# WENN EINE LÖWIN FAUCHT

Lion's Pride, Band 5

EVE LANGLAIS

Copyright © 2020 Eve Langlais

Englischer Originaltitel: »When A Lioness Snarls (A Lion's Pride Book 5)«
Deutsche Übersetzung: Birga Weisert für Daniela Mansfield Translations
2020

Alle Rechte vorbehalten. Dies ist ein Werk der Fiktion. Namen, Darsteller, Orte und Handlung entspringen entweder der Fantasie der Autorin oder werden fiktiv eingesetzt. Jegliche Ähnlichkeit mit tatsächlichen Vorkommnissen, Schauplätzen oder Personen, lebend oder verstorben, ist rein zufällig.
Dieses Buch darf ohne die ausdrückliche schriftliche Genehmigung der Autorin weder in seiner Gesamtheit noch in Auszügen auf keinerlei Art mithilfe elektronischer oder mechanischer Mittel vervielfältigt oder weitergegeben werden.

Titelbild entworfen von: Yocla Designs © Februar 2016
Herausgegeben von: Eve Langlais www.EveLanglais.com

eBook: ISBN: 978-1-77384-151-9
Taschenbuch: ISBN: 978-1-77384-152-6

## Kapitel Eins

*Das ist das wahre Leben. Luna war es egal, was alle* behaupteten. Es gab nichts Besseres, als sich an einem warmen Platz in der Sonne zu rekeln, während ein kalter Herbstwind durch die Straßen der Stadt pfiff.

Sie reckte sich auf den bezogenen Kissen und streckte dabei alle viere von sich, wobei sie geradezu vor Freude schnurrte, als das grelle Sonnenlicht durch die großen Panoramafenster der Wohnung fiel.

»Was zum Teufel machst du da?« Die schockierte Stimme erschreckte sie nicht. Der laute Wolf. Sie hörte schon seit geraumer Zeit, dass er kam. Er sollte wirklich an seiner Anschleichtechnik arbeiten.

Luna legte eine Faulheit an den Tag, wie sie normalerweise nur männliche Löwen erreichen konnten, dann öffnete sie ein Auge und sah den Mann an, der mit verschränkten Armen auf der anderen Seite des Zimmers stand. Er sah sie wütend an – wie süß. »Hi, Jeoff.«

»Sag nicht ›Hi, Jeoff‹. Was zum Teufel machst du hier in meiner Wohnung? Und dann auch noch nackt?«

Es war ihm also aufgefallen. Ein Punkt für ihn. »Ich bin

nackt, weil es hier ein wunderbares Plätzchen für ein Nachmittagsnickerchen gibt, und zwar genau hier.« Sie räkelte sich genüsslich auf den großen Kissen, die sie vom Sofa auf den Boden gelegt hatte und auf denen sie jetzt mit ausgestreckten Armen und Beinen lag. Die Pose zog ihre Haut straff. Sie war nahtlos braun, sollte sie hinzufügen. Sie war vor Kurzem für einen Job im Süden gewesen und hatte Gelegenheit gehabt, Zeit am Strand zu verbringen. Dort war man Gestaltwandlern freundlich gesinnt und Kleidung war optional.

»Ist dir eigentlich klar, dass die Leute aus dem Nebengebäude direkt hier reinschauen können?«

Wie aufregend. »Glaubst du, sie beobachten mich?« Luna rollte sich auf den Bauch und blickte aus dem riesigen Fenster, das vom Boden bis zur Decke reichte. Sie winkte, aber da die Sonne sie blendete, konnte sie nicht erkennen, ob jemand sie sah und zurückwinkte.

Ein schweres Seufzen ließ sie wissen, dass Jeoff noch immer hinter ihr stand. Als würde sie seine Gegenwart nicht spüren können. Jeoff war nicht die Art Mann, die man als Frau ignorieren konnte. Und nicht nur deshalb, weil er nach Hund stank. Eher wie ein Wolfswandler als wie ein Hund, obwohl die beiden Spezies erstaunlich ähnlich rochen.

Aber sie würde ihm dieses fellige Manko vergeben, denn er war der widerwillige heiße Typ, mit dem alle schlafen wollten. Im Ernst, alles, was einen Puls hatte, wollte Jeoff ausziehen und wie ein Cowgirl reiten.

Und daran war er selbst schuld. Jeoff war groß, viel größer als sie selbst, und hatte breite Schultern, war insgesamt aber eher schmal und athletisch gebaut, mit wohldefinierten Muskeln. Er war nicht so wie die Löwen in ihrem Rudel, alles voller Muskelberge und wahnsinnig selbstverliebt. Obwohl er mit seiner Brille und dem dreiteiligen Anzug ein wenig streberhaft aussah – die Brille war eher wie ein

Superhelden-Accessoire seiner öffentlichen Person –, war Jeoff ausgesprochen männlich. Und ein prüder Spießer.

»Wenn irgendwelche Nacktbilder von dir im Internet auftauchen, dann komm nicht zu mir, um dich zu beschweren.«

»Es gibt nichts, wofür du dich schämen müsstest«, erwiderte sie mit einem Grinsen.

»Unmöglich«, murmelte er. »Es ist einfach unmöglich, anständig mit dir zu reden.«

»Gib mir nicht die Schuld dafür, dass du den weiblichen Verstand nicht verstehst.«

»Der weibliche Verstand ist im Gegensatz zu dem einer Löwin ausgesprochen leicht zu verstehen. Du bist doch völlig durchgeknallt.«

»Oh, vielen Dank.« Er seufzte erneut – jetzt schon? Das könnte ein neuer Rekord sein und ein weiterer Punkt für sie.

»Warum bist du hier?«, fragte Jeoff genervt, was ihr innerhalb von weniger als fünf Minuten gelungen war. Der Wolf erwies sich als ausgesprochen einfaches Ziel für ihre Neckereien.

»Ich bin hier, um etwas für das Rudel zu erledigen.« Luna kam auf die Füße und ging auf Jeoff zu, während sie ihren Sonnenplatz zurückließ.

*Mach dir keine Sorgen, ich bin bald wieder da.* Bald würde der Winter anfangen. Sie würde alle warmen Plätze brauchen, die sie kriegen konnte, um in der Sonne zu schlafen.

»Und beinhalten alle deine Erledigungen für das Rudel Hausfriedensbruch?«, fragte Jeoff, wandte sich von ihr ab und ging in die Küche.

»Nicht immer, aber öfter als du vielleicht denkst.«

Er lugte hinter der geöffneten Kühlschranktür hervor und fragte: »Weil der Job das verlangt oder weil du ein neugieriges Kätzchen bist?«

»Jeoff, das ist so speziesfeindlich. Dafür sollte ich dir eigentlich den Hintern versohlen.«

Er nahm den Kopf aus dem Kühlschrank, richtete sich auf und gab ihr ein Bier. »Du kannst dich später bei mir einschleimen. Und jetzt zieh dich an und sag mir, warum du hier bist.«

»Ich kann auch nackt reden.«

»Das mag schon sein, aber ich weigere mich, dir zuzuhören, wenn deine Muschi raushängt.«

Also, manche Leute waren wirklich Spießer. »Erstens solltest du wissen, dass meine Muschi nicht raushängt, weil ich täglich Übungen für meine Beckenbodenmuskulatur mache.« Luna ging tief in die Hocke und musste feststellen, dass er die Augen verdrehte und zur Decke sah.

*Aber so ganz desinteressiert scheint er doch nicht zu sein.* Dafür war die Beule in seiner Hose zu offensichtlich.

*Da sieh mal einer an. Vielleicht ist Jeoff ja doch nicht so immun für meine Reize, wie ich gedacht habe.* Und das fragte sie sich wirklich. Sie hatte den Wolf jetzt schon seit geraumer Zeit im Auge und ihm sogar schon ein paar Avancen gemacht, die er einfach höflich abgetan hatte. Er hatte ihr gesagt, dass er nur menschliche Frauen als Freundinnen nehme, weil sie anscheinend »nicht immer so ein Drama machen«.

Eigentlich ziemlich langweilig. Aber hey, sein Verlust.

»Jetzt zieh dich schon an. Und zwar sofort.« Es war schon komisch, wie ein unverheirateter Mann in den frühen Dreißigern sich anhören konnte wie ihr Vater.

Allerdings war Luna kein kleines Mädchen mehr. Deswegen machte sie sich einen Spaß daraus, ihn von hinten anzuspringen und ihre nackten Beine um ihn zu wickeln. Sie rief: »Eine nackte Frau berührt dich!« Sie konnte es kaum erwarten, dass er ausflippte.

Sie hatte allerdings nicht damit gerechnet, dass er sie mit dem Rücken auf die kissenlose Couch legte, er über ihr.

Sein Blick verbrannte sie geradezu. »Hast du den Verstand verloren?«

Sie lächelte. »Das kommt darauf an. Mütterlicherseits wäre es schon möglich.«

»Und was hast du väterlicherseits geerbt?«

»Die Fähigkeit, das Alphabet zu rülpsen, ohne abzusetzen.«

»Damit würde ich aber nicht unbedingt angeben.«

»Das sagt meine Tante Zelda auch immer. Sie behauptet, dass meine Großmutter sich in ihrem Grab umdrehen würde. Was ich als positiv bewerten würde. Sie sollte sich nämlich in Form halten, falls die Zombies die Welt übernehmen und sie einem menschlichen Gehirn zum Abendessen hinterherjagen muss.«

»Ich sollte es besser wissen, als mich mit einer Katze zu unterhalten. Ihr seid wirklich alle unmöglich.« Er rollte von ihr herunter und stand auf. Er bewegte sich nur ein paar Schritte und ließ sich auf einen Sessel fallen, von dem sie die Kissen noch nicht abgeräumt hatte. Mit seiner freien Hand zerrte er an seiner Krawatte und löste sie ein wenig. »Sag mir jetzt, warum du hier bist, und dann verschwinde.«

»Willst du mich nicht noch mal ansehen, bevor ich mich anziehe?« Luna saß ihm gegenüber auf der Couch, die Beine züchtig überschlagen, die Hände auf den Knien und die Schultern gestrafft. Der Inbegriff einer vorbildlichen Haltung.

Er hielt den Blick auf ihr Gesicht gerichtet. »Nacktsein steht dir gut. Von daher kannst du also ruhig so bleiben. Mir macht es nichts aus.«

Oh. Ein Punkt für ihn, weil es ihm gelungen war, sie zu überraschen, und verdammt, das wusste er auch, wenn man von dem Blitzen seiner Augen und den unglaublich süßen Grübchen in seiner Wange ausging.

»Flirtest du etwa mit mir?« Luna war nicht gerade schüchtern.

»Ich nehme keine Gestaltwandlerinnen als Freundinnen —«

»— besonders keine Löwinnen. Weiß ich doch.« Sie verdrehte die Augen. »Allerdings verstehe ich immer noch nicht warum. Wir könnten so viel Spaß miteinander haben. Ganz unverbindlich. Einfach nur stundenlang heißen, verschwitzten Sex.«

»Wenn es bei ihm Stunden dauert, bis du kommst, macht er irgendwas falsch.« Und einen Moment lang brannte sein Blick förmlich.

»Sag mir jetzt nicht, dass du einer von diesen bist, die nur zwei Minuten brauchen.«

»Wenn dir das dabei hilft, nachts nicht wach zu liegen und dich nach mir zu verzehren.«

»Ich verzehre mich doch nicht nach dir.«

»Behauptet die Frau, die nackt in meiner Wohnung sitzt. Falls du es so nötig hast, kenne ich eine gute Dating-Agentur.«

Seine Andeutung, dass Luna anscheinend sonst keinen Mann abbekam, ärgerte sie. Sie beugte sich vor und griff nach ihrem T-Shirt, das auf die Armlehne geflogen war, als sie es vorhin ausgezogen hatte. Sie streifte es sich über und bemerkte, dass sein Blick ein wenig tiefer gewandert war, nachdem sie den Kopf durch das Loch gesteckt hatte. Sie unterdrückte ein Lächeln, während sie sich das T-Shirt herunterzog.

Er versuchte zwar, sie sich vom Leib zu halten, doch so ganz unbeeindruckt war er dennoch nicht.

*Er spielt nur schwer zu kriegen.*

Damit konnte sie umgehen, obwohl sie zugeben musste,

dass sie normalerweise nicht so offensichtlich mit einem Mann flirtete. Für gewöhnlich bevorzugte Luna eine direktere Herangehensweise. So etwas in der Art wie: »Hey, du siehst toll aus. Willst du dir mal meine Wohnungsdecke ansehen?«

Ihre Decke, seine Decke, beides war okay, solange es keinen Deckenventilator gab. Wenn sie dem nämlich zusehen musste, wurde ihr schwindelig.

»Jetzt schau dir das mal an, Mr. Spießer. Ich habe etwas angezogen. Zufrieden?«

»Nicht unbedingt. Weißt du eigentlich, was auf deinem T-Shirt ist?«

Sie blickte an sich herab und grinste. Auf dem T-Shirt war eine kleine Katze zu sehen, die Lippenstift trug, und darunter waren die Worte gedruckt: *Streichle meine Muschi*. »Ist sie nicht süß?«

»Soweit ich mich erinnere, war die letzte Muschi, die ich gesehen habe, nicht so haarig.« Das war ziemlich geradeheraus.

Ja, er hatte anscheinend gesehen, dass sie sich auch unter der Gürtellinie frisierte. »Möchtest du sie streicheln?«

Erneut erstarrte er, eine Wildheit im Blick, die in der nächsten Sekunde wieder verschwunden war. »Schluss mit den Wortspielchen. Kommen wir zurück zum Thema. Warum bist du hier?«

»Es geht das Gerücht um, dass du auf der Suche nach ein paar verschwundenen Wölfen bist.«

»Ich habe keine Ahnung, wovon du sprichst. Dem Rudel geht es wunderbar.« Als Alphatyp einer kleinen Gruppe Stadtwölfe sollte Jeoff das durchaus wissen. Und es war ziemlich offensichtlich, dass Jeoff log.

Luna prustete los. »So ein Blödsinn. Ein Paar der Wölfe sind auf unerklärliche Weise verschwunden und es hat allen Anschein, dass die Wölfe, die du gerade suchst, nicht die ersten sind, die verschwunden sind. Nicht nur dein Rudel hat dieses Problem.«

Mit gerunzelter Stirn fragte Jeoff: »Woher weißt du von den vermissten Personen? Diese Information habe ich noch niemandem mitgeteilt.«

Sie zuckte mit den Achseln. »Unser Rudel hat so seine Mittel und Wege.« Sie wackelte mit den Augenbrauen und grinste.

Und dieser Weg hatte darin bestanden, dass Brodys neue Freundin, die zufällig auch gleichzeitig Jeoffs Schwester war, sie bestens auf dem Laufenden hielt über alles, was in dem kleinen Rudel der Stadtwölfe vor sich ging.

»Aber ich verstehe trotzdem nicht, was du hier willst. Die Leute, die verschwunden sind, sind Wölfe, es ist also Sache des Wolfsrudels.«

»Doch dieses Wolfsrudel befolgt die Regeln des Löwenrudels.«

Wenn große Gruppen von Raubtieren sich einen Lebensraum teilen mussten, übernahm immer eine der Gruppen die Führung. In diesem Fall war es das Löwenrudel, angeführt von ihrem furchtlosen Anführer Arik – und die Löwinnen führten seine Befehle aus. »Es wurden keine Regeln verletzt. Es gibt nichts zu berichten. Auch gab es keinerlei Anzeichen dafür, dass etwas nicht mit rechten Dingen zugeht. Und auch nicht, wohin sie verschwunden sind. Ich weiß nicht, warum das Löwenrudel sich einmischen sollte.«

»Weil bei uns auch Leute verschwunden sind.«

## Kapitel Zwei

»Was willst du damit sagen, auch vom Löwenrudel sind ein paar Leute verschwunden?«, fragte Jeoff, was er aber eigentlich sagen wollte, war: »*Zieh dieses Hemd aus.*« Denn obwohl er Luna vielleicht gebeten hatte, sich anzuziehen, so mochte er sie lieber nackt.

Als er ihr gegenübersaß, musste Jeoff sich zusammenreißen, um nicht über sie herzufallen. Seit er das Wohnhaus betreten hatte, hatte er den Duft, der ihr ganz eigen war, wahrgenommen – so wahnsinnig weiblich – und das Bedürfnis gehabt, sich höchst unpassend zu benehmen.

*Sie von oben bis unten abzulecken.*

Aber er würde sie nicht lecken. Nicht diese Frau. Ganz besonders nicht diese Frau.

Jeoff vertrat einen felsenfesten Standpunkt, wenn es darum ging, sich mit Angehörigen des Rudels zu treffen, obwohl die Damen – von denen viele wenig damenhaft waren – nicht aufhörten, es zu versuchen. Und es war noch nicht mal so, dass die Löwinnen nicht attraktiv gewesen wären. Sie waren wunderschön und lebhaft und offen. Aber es gab auch eine Menge Drama und eine Familiendynamik, die die des Rudels völlig in den Schatten stellte.

Mit einer Löwin zusammen zu sein bedeutete, weder ein Privatleben noch einen privaten Moment zu haben.

Jeoff glaubte nicht, dass er das aushalten könnte. Genauso wenig wie er dazu in der Lage wäre, die freche Frau vor ihm in den Griff zu bekommen, eine Frau, die sich vor niemandem beugte, abgesehen vor Arik, dem König des Löwenrudels. Und manchmal nicht mal das.

Plötzlich wurde ihm klar, dass sie die ganze Zeit über geredet hatte, während er nachdachte, und er hörte nur noch die letzten Worte dessen, was sie sagte.

»Keinen Schwanz?« Er wiederholte es als Frage.

Sie verdrehte die Augen und seufzte. »Hast du mir denn überhaupt nicht zugehört?«

»Nein.«

»Du wärst der geborene Löwe«, kicherte sie. »Ich habe gesagt, vor einem Monat ist ein Paar verschwunden, das zu Besuch hier war.«

»Wie kommt es, dass ich erst jetzt davon erfahre?« Schließlich gehörte es zu Jeoffs Aufgaben im Rudel, für die Sicherheit zu sorgen. Er leitete die Firma, die Menschen und Wölfe als Privatdetektive und Leibwächter anheuerte.

»Weil wir es gerade erst herausgefunden haben. Wir waren alle davon überzeugt, sie hätten ihre Reise fortgesetzt und wären nach Hause zurückgekehrt. Nur dass eben letzte Woche die Schwester der verschwundenen Frau angerufen hat, weil sie nach ihr suchte. Und so hat sich herausgestellt, dass niemand sie mehr gesehen hat, seit sie das Hotel hier verlassen haben.«

Was sich verdächtig nach seinem eigenen Fall anhörte. Ein vermisstes Paar Wölfe, die Wohnung leer, keine Anzeichen dafür, dass etwas nicht stimmte, allerdings auch kein

Anzeichen dafür, wo sie stecken könnten, oder eine Notiz.

»Ist das der einzige Fall?«

Luna schüttelte den Kopf, sodass ihr unordentlicher Pferdeschwanz hin- und herschwang. »Draußen in der Vorstadt ist ebenfalls ein frisch vermähltes Tiger-Pärchen verschwunden. Genau die gleiche Scheiße. Die Wohnung leer. Die Konten aufgelöst. Es ist, als hätten sie nie existiert.«

»Ich nehme an, du bist damit nicht zur Polizei gegangen?«

Der Blick, den sie ihm zuwarf, Verachtung mit ein wenig Spott, beantwortete seine Frage.

»So wie es aussieht, haben all die Fälle der vermissten Personen etwas gemeinsam. Aber ich verstehe immer noch nicht, was du hier willst. Ganz offensichtlich benötigst du keine Informationen.« Verdammt, wahrscheinlich sollte er sie besser ordentlich verhören, da sie einiges zu wissen schien.

*Sie auf dem Boden festhalten und sie zum Reden bringen.*

Irgendwie bezweifelte er, dass er sie zum Reden bringen würde, indem er ihr ein bestimmtes Körperteil in den Mund schob, außer natürlich, er konnte ihr Gemurmel entziffern.

»Der Chef will, dass ich mit dir zusammenarbeite.« Der Chef war Arik. »Anscheinend hält er dich für eine Art Experten, wenn es ums Spurenlesen geht.« Sie verdrehte vielsagend die Augen und zeigte ihm damit, was sie davon hielt. Die Löwinnen waren selbst großartige Jägerinnen und nahmen nur ungern Hilfe an.

»Ich habe mich diskret erkundigt, aber bis jetzt habe ich nicht viel herausgefunden. Die Nachbarn haben weder etwas gesehen noch gehört.« Und er hatte keine Anhaltspunkte finden können, hauptsächlich deshalb, weil die Wohnung darüber einen Wasserrohrbruch erlitten hatte, der die Decke zum Einsturz gebracht und damit jede Duftmarke zerstört hatte.

»Den Nachbarn sind keine Umzugswagen und Helfer,

die Möbel herumtrugen, aufgefallen?« Luna zog eine Augenbraue hoch.

»Oh, doch, das schon, aber sie haben sich nichts dabei gedacht. Schließlich ziehen ständig irgendwelche Leute ein oder aus.«

»Und wo sind dann alle ihre Sachen hin?«

Er zuckte mit den Achseln. »Ich habe keine Ahnung. Ich habe Nachforschungen über die Umzugsfirma angestellt. Einem der Nachbar war der Name der Firma aufgefallen: *Starting Over Moving Inc.*, aber es ist mir nicht gelungen, die Firma ausfindig zu machen. Deswegen fange ich auch langsam an zu glauben, dass da etwas nicht mit rechten Dingen zugeht.« Und obwohl die Mitglieder des Rudels natürlich nicht jedes Mal bei Jeoff Rechenschaft ablegen mussten, wenn sie irgendwas taten, so war es doch eine Frage der Höflichkeit, ihm Bescheid zu sagen, wenn sie vorhatten umzuziehen. Doch die Tatsache, dass alle überrascht waren, weil sie verschwunden waren, ihre Chefs genauso wie ihre Freunde und Familien, zusammen mit der Tatsache, dass alle Spuren ihrer Existenz komplett ausgelöscht worden waren, brachte Jeoff dazu zu glauben, dass dem Paar etwas passiert war. Etwas Schlimmes.

»Das ist die gleiche Umzugsfirma, die bei den Tigern war. Wir haben es also ganz offensichtlich mit irgendeiner Art Verschwörung zu tun. Ich würde sagen, wir decken sie auf.« Sie schlug sich mit der Faust in die Handfläche der anderen Hand.

»Das ist ein toller Plan. Wir müssen nur erst einmal herausfinden, wer dahintersteckt.«

»Hast du irgendwelche Verdächtigen?«

Er schüttelte den Kopf und nahm einen weiteren Schluck Bier, bevor er antwortete: »Bis jetzt nicht. Soweit ich sehen kann, hatten sie keine Feinde. Niemand schien zu vermuten, dass sie etwas anderes waren als Menschen. Sie wurden allgemein gemocht.«

»Und wie sieht es mit Hobbys aus? Mein verschwundenes Ehepaar scheint nichts mit ihnen gemeinsam zu haben, abgesehen von der Tatsache, dass sie ebenfalls jung waren. Die, die aus dem Hotel verschwunden sind, waren beides Löwen. Fit, blond und einigermaßen wohlhabend. Die anderen Leute im Hotel haben behauptet, dass sie sich wie frisch Verliebte aufgeführt hätten. Aber wer kann schon sagen, dass der Typ nicht durchgedreht ist und sie umgebracht hat, bevor er alle Spuren verwischt hat und mit dem Geld abgehauen ist?«

Er starrte sie einen Moment lang an. »Glaubst du tatsächlich, dass es so gewesen sein könnte?«

»Möglich wäre es, aber ich halte es für unwahrscheinlich. Ich habe den Typen kennengelernt. Wenn überhaupt, hat sie ihn umgebracht und seine Leiche versteckt. Der Kerl war ein ziemliches Kuscheltier.«

»Na ja, schließlich war er ein Löwe, da ist das normal.« Er unterdrückte sein Lachen.

Sie lächelte betrübt. »Es gab einen Grund dafür, warum Lionel nie für einen höheren Rang im Rudel in Betracht gezogen wurde. Ich gehe also davon aus, dass er nicht das Genie war, das hinter den verschwundenen Personen steckt. Und was Kammie angeht«, sie zuckte mit den Achseln, »ich bin ihr nur ein Mal begegnet. Mir kam sie ganz normal vor.«

»Aber wenn man bedenkt, mit wem du Zeit verbringst, will das nicht viel heißen.«

»Kritisierst du etwa meine Freundinnen?« Sie sah ihn mit einem vernichtenden Blick an. »Sei vorsichtig, Wolf. Du weißt nicht, wozu ich in der Lage bin, wenn du es dir mit mir verscherzt.«

»Soll das etwa heißen, dass du bis jetzt nett zu mir warst?«, neckte er die leicht reizbare Löwin absichtlich.

Sie lächelte. »Natürlich. Oder siehst du bis jetzt irgendwo die Polizei oder Blut?«

»Da wir gerade von Blut reden, ich muss etwas essen.«

»Etwas essen? Aber es ist erst fünf Uhr nachmittags.« Luna zog die Nase kraus. »Das Mittagessen ist gerade erst vorbei.«

»Wenn du eine Eule bist.« Im Gegensatz zu den nachtaktiven Spezies arbeitete Jeoff lieber tagsüber. Er stand um sechs Uhr morgens auf, um laufen zu gehen. Er war um acht bei der Arbeit, um zwölf gab es Mittagessen und Abendessen so um fünf. Und es war gar nicht nötig, dass sein Magen ihn daran erinnerte, dass es Essenszeit war.

»Warum schlüpfst du nicht in etwas Gemütlicheres, während ich uns irgendwas zu essen zaubere?«

»Wage es nicht, meine Küche zu betreten.« Ja, er bedrohte sie. Er hatte von anderen bereits von Lunas Kochkünsten gehört, was normalerweise von Würggeräuschen und Finger-in-den-Mund-stecken begleitet wurde.

»Willst du mich etwa bekochen? Ich habe zwar eigentlich noch keinen Hunger, aber ich könnte etwas essen, wenn wir ins Schlafzimmer gehen.« Sie gab jede Fassade auf und bot sich ihm mutig an.

»Wir werden nicht miteinander schlafen und ich ziehe mich auch nicht um. Ich fühle mich in dieser Kleidung ausgesprochen wohl. Und da du ja anscheinend nicht zum Punkt kommen willst, werde ich mir jetzt ein Sandwich machen, während du mir schließlich irgendwann erzählen wirst, was du hier eigentlich machst.«

»Ich dachte, ich hätte mich deutlich ausgedrückt, als ich sagte, dass wir zusammen an dem gleichen Fall arbeiten. Ist das nicht Grund genug?«

»Du hättest mich anrufen können. Eine E-Mail schreiben oder eine SMS. Du hättest alles Mögliche machen können, anstatt durch die halbe Stadt zu fahren, um mich persönlich zu belästigen.«

»Hat dir noch niemand gesagt, dass man seiner Beute am besten persönlich auflauert?«

Sie zwinkerte ihm zu und sah ihn auf eine Art an, die fast dazu geführt hätte, dass er seine Eier fallen gelassen hätte.

*Hab Angst, große Angst. Eine Löwin hat uns ins Visier genommen.*

Und nein, er hatte nicht vor, sich auf den Rücken zu legen und sie zu bitten, mit ihren Krallen seinen Bauch zu kraulen.

Die wollte er lieber auf seinem Rücken spüren!

## Kapitel Drei

Der Ausdruck auf seinem Gesicht, als sie ihm sagte, sie hätte ihm aufgelauert, war höchst amüsant. Besonders interessant jedoch war der heiße Blick, der direkt darauf folgte. Schnell duckte er sich in den Kühlschrank und versteckte sein Gesicht. Er sprach zu ihr aus diesem kalten Edelstahlmonster – auf dem nun ein perfekter Handabdruck prangte, der alle Welt wissen ließ, dass Luna da war.

*Wir sollten genau den gleichen Abdruck auch auf dem Wolf hinterlassen.*

Ihre verdammte innere Katze schien den Wolf ziemlich zu mögen. Die verbotene Frucht – der, der sich weiterhin weigerte. Wusste er denn gar nicht, dass genau diese Weigerung dazu führte, dass er noch interessanter für sie war und sie ihn noch entschiedener verfolgen würde?

»Also wolltest du mir persönlich auflauern. Das hört sich ein wenig verzweifelt an, allerdings könnte ich immer die Sprayflasche herausholen, falls du zu aufdringlich wirst, und dich damit bespritzen.«

Er hatte den Tritt in den Hintern total verdient, zu dem

sie ausholte. Sie hatte allerdings nicht erwartet, dass er vom Kühlschrank zurücktreten und ihren Fuß abfangen und hochhalten würde. Sie verschränkte die Arme, als wäre nichts Merkwürdiges daran, dass sie auf einem Bein stand und nichts weiter anhatte als ein T-Shirt. Noch dazu ein T-Shirt, das nicht lang genug war, um alles zu verdecken.

Und das bemerkte er auch. Es war interessant, dabei zuzusehen, wie er versuchte, sich wie ein Gentleman zu benehmen, und sich darum bemühte, ihr weiterhin ins Gesicht zu sehen.

»Kannst du dich nicht anständig benehmen?«, wollte er wissen.

»Nein.«

»Ich verlange von dir allerdings, dass du wenigstens aufhörst, nach mir zu treten.«

»Spritz mich an, und ich werde Schlimmeres tun, als dir einen Tritt in den Hintern zu verpassen.«

Ein verdorbenes Lächeln machte sich auf seinem Gesicht breit, das ihren erotischen Motor zum Schnurren brachte. »Ich soll dich nicht bespritzen? Und ich dachte, das wäre genau der Grund, warum du mit mir flirtest.«

Wie konnte er es wagen, eine sexuelle Anspielung daraus zu machen? Sie war diejenige, die zuerst daran hätte denken sollen. »Und du denkst immer noch, ich sei schwer zu verstehen? Erinnere dich später an diesen Moment, wenn wir beide nackt im Wald sind und ich dich auslache und mit dem Finger auf dich zeige.«

Er ließ ihren Fuß los, wandte sich ab und begann wieder, im Kühlschrank herumzusuchen, wobei er diesmal mit mehreren verschlossenen Behältern, einer Packung Käse, Tomaten, Salat und etwas Mayonnaise wieder auftauchte. »Macht es überhaupt Sinn, dich zu fragen, was wir nackt im Wald machen?«

»Wir überprüfen die Wohnung der Tiger in der Vorstadt.«

»Ich dachte, du hättest gesagt, sie sei leer.«

»Das stimmt auch, aber da der Tatort noch ziemlich frisch ist, wollte ich vorbeischauen, um, du weißt schon, deine gute Nase zu benutzen, um Hinweise zu finden.«

»Aber dazu müssen wir nicht nackt sein.«

»Tja, dann wird dein Wolf wohl ziemlich witzig aussehen, wenn er in seiner weißen Unterwäsche durch den Wald läuft.«

Er hatte sein erstes Sandwich gemacht. »Es sind Zeiten wie diese, die mich daran erinnern, warum ich so ungern etwas mit Löwen zu tun habe.«

»Und doch bleibst du in der Stadt und arbeitet weiterhin für uns.«

»Anscheinend bin ich ein Masochist.« Er nahm einen Bissen von seinem Sandwich und stöhnte.

Verdammt, sie wollte auch stöhnen. Dieses Sandwich war wirklich ein Meisterwerk. Ein wahrer Turm aus Leckereien auf einem krossen Panini. Sie hatte ihm dabei zugesehen, wie er es belegt hatte, und es hatte ganz einfach ausgesehen – und unglaublich lecker. Er hatte es mit Butter bestrichen und dann leicht auf dem Grill geröstet, sodass das Brot kross geworden war, während er dünne Scheiben von Roast Beef aufgeschnitten hatte, mit denen er dann das Sandwich belegt hatte, bevor er noch kalten Speck daraufgelegt und das Ganze mit ein wenig Soße beträufelt hatte. Er hatte auch den Käse zum Schluss nicht vergessen, bevor er das Sandwich erneut auf den Grill gelegt hatte. Als der Käse begonnen hatte, Blasen zu werfen, hatte er es auf seinen Teller gelegt und es dann mit ein wenig köstlich duftendem Basilikum, Mayonnaise, zwei Tomatenscheiben und ein wenig Salat garniert, und *voilà*, schon hatte er ein Sandwich, das sie ihm am liebsten gestohlen hätte.

Und das tat sie auch und nahm sofort einen Bissen.
»Mmm. Das ist wirklich verdammt lecker.«

Sie hatte nicht mitgezählt, wie oft er genervt geseufzt hatte, doch während er sich ein zweites Sandwich zubereitete, wobei er sie immer wieder böse anstarrte, erhöhte sich die Anzahl drastisch.

Als er das Sandwich fertig hatte, blieb er außerhalb ihrer Reichweite. Er war in Sicherheit. Das eine Sandwich, das sie gestohlen hatte, hatte ausgereicht, um ihren Hunger zu stillen.

Sie hüpfte auf die Küchentheke und wäre fast zusammengezuckt, als ihr nackter Hintern auf den kalten Granit traf. »Jetzt, da wir unseren Hunger gestillt haben, bist du bereit, unser Abenteuer zu beginnen?«

»Es gibt wahrscheinlich keine andere Option, vermute ich?«

»Sei doch nicht so eine Mimose. Das Ganze wird Spaß machen. Außer du bist da unten winzig klein, dann könnte es für uns beide ziemlich peinlich werden.«

»Das Einzige, was momentan winzig klein an mir ist, ist meine Geduld«, grummelte er. »Dann bringen wir es lieber hinter uns. Umso schneller kann ich wieder nach Hause kommen und mich entspannen.«

»Vertrau mir, Wölfchen, ich wäre jetzt auch lieber bei den anderen Löwinnen bei einem Glas Tequila und einer Partie Darts.«

»Ich dachte, ihr hättet Hausverbot in der Bar.«

»Haben wir auch. Diese Spielverderber. Es ist ja nicht so, als hätten wir irgendwem das Auge rausgeschossen.« Niemand anderes als der Mensch selbst war schuld gewesen. Er hätte eben nicht nach Rebas Hintern greifen dürfen. Er hatte total verdient, was er bekommen hatte.

»Gib mir einen Moment Zeit, um mir etwas Praktischeres anzuziehen.« Er verließ die Küche und Sekunden später hörte sie, wie eine Tür zugeschlagen wurde, da er wohl anscheinend ein wenig Privatsphäre suchte.

*Wir sollten einen Blick riskieren.* Dann würde er nämlich völlig durchdrehen, und aus irgendeinem Grund genoss sie das. Denn obwohl Luna Jeoff schon seit Jahren kannte, war dies wahrscheinlich das längste Gespräch, das sie jemals allein mit ihm geführt hatte. Und je mehr er sie abwies, umso heißer fand sie ihn.

In Anbetracht der Tatsache, dass sie schon vorher heiß gewesen war, glühte sie jetzt wie eine Supernova. Wusste er, dass es sie nur umso heißer machte, wenn er ihr die kalte Schulter zeigte?

Als er aus dem Schlafzimmer kam, trug er seine Brille nicht. Eine Schande, sie mochte sie irgendwie. Ohne sie stellte sich heraus, dass sein Blick durchdringend war. Dunkelgrün, das Grün eines Waldes in der Dämmerung. Vorher, als Jeoff seinen Anzug getragen hatte, hatte sie nur eine allgemeine Vorstellung von seiner Figur bekommen, aber in seinem schwarzen T-Shirt, das sich an seinen Körper schmiegte, war sie von seiner schlanken Figur beeindruckt. Er war schön definiert und muskulös. Ein Mann, der fit war, aber nicht massig.

Sein T-Shirt lag an seinem Oberkörper an und hing über dem Bund seiner athletischen Hose, die Art mit dezenten Druckknöpfen an der Seite, um sie leicht aufreißen zu können.

»Gehst du barfuß?«, fragte sie mit Blick auf seine großen – ja, *großen* – Füße.

»Gehst du vollkommen nackt?«

»Wahrscheinlich sollte ich für die Fahrt lieber meine Hose anziehen.« Diesmal war es an ihr, genervt zu seufzen aufgrund dessen, was er gesagt hatte. Und irgendwie war sie auch genervt. Normalerweise baten die Männer sie nicht, ihre Hose wieder anzuziehen. Ihre Tante Zelda andererseits?

*Zieh dir um Himmels willen Unterwäsche an, wenn du Rad schlägst!*

Sie schlüpfte in ihre Hose und ihre Jacke, während er sich seine Schuhe und ebenfalls eine Jacke anzog. Als er nach seinem Schlüssel greifen wollte, schüttelte sie den Kopf. »Ich bin mit meinem Gefährt da.«

Sie erwähnte allerdings nicht, dass es nur zwei Räder hatte, da ihm das nicht allzu sehr zu gefallen schien.

»Kommt überhaupt nicht infrage.« Jeoff schüttelte entschieden den Kopf, als sie auf dem Bürgersteig draußen standen.

Luna, die bereits auf dem Motorrad saß, rutschte nach vorn, während sie ihre Motorradbrille aufsetzte, die auch ihr einziges Zugeständnis an die Sicherheit darstellte – sie hasste es nämlich, Insekten ins Auge zu bekommen. »Steig auf. Es ist ausreichend Platz.«

»Ich werde auf keinen Fall auf dem Schlampensitz auf deinem Motorrad mitfahren.«

»Ist das irgend so ein Machoding?« Sie schaltete den Motor ein und ein tiefes Brummen erfüllte die Luft, bevor sie hinzufügte: »Oder fühlst du dich entmannt von der Freude, die es mir bereitet, diese Bestie aus Stahl zwischen meinen Beinen zu spüren?«

»Nein, ich frage mich, ob meine Krankenversicherung die Krankenhausrechnung zahlen wird, weil ich wahrscheinlich einen Nervenzusammenbruch bekomme, wenn ich dich fahren lasse.«

»Ich möchte, dass du weißt, dass ich noch nie einen Unfall gebaut habe oder Ähnliches. Als würde ich es zulassen, dass mein Baby hier zu Boden fällt.« Sie streichelte den Tank ihres Motorrads und die rosafarbenen Flammen waren wahrscheinlich das Mädchenhafteste, das sie besaß.

»Kann ich nicht lieber ein Taxi rufen?«

»Natürlich. Also, ich bin mir ziemlich sicher, dass

niemand ein Gerücht darüber starten wird, dass der Leitwolf des Rudels vor Ort zu viel Schiss hat, um Motorrad zu fahren.« Oh, diesmal seufzte er nicht, sondern knurrte eher. Er schwang sein Bein über das hintere Ende des Motorrads und sie konnte nicht umhin zu bemerken: »Ich muss schon sagen, Wölfchen, bei der Hitze deines Blickes wird mir schon wieder ganz warm ums Herz.« Das war genau das, was sie brauchte, denn obwohl noch kein Schnee lag, war die Luft kalt. Ausgesprochen kalt. Aber er war heiß, so unglaublich heiß, besonders als er sich an ihren Rücken drückte und die Arme um ihre Taille legte.

»Fahr schon.«

Die heiser geflüsterten Worte ließen sie erschauern. Vielleicht fuhr sie mit dem Motorrad ein bisschen zu heftig an. Es schoss los, aber Jeoff hielt sich fest, anders als ihr letzter flüchtiger Freund. Wegen einer simplen Fleischwunde hatte er auf Sex verzichtet. Schlappschwanz. Unnötig zu sagen, dass es mit ihnen nicht geklappt hat.

Sie schlängelte sich durch den Verkehr und konnte nicht umhin, Erregung zu empfinden, weil Jeoffs Körper sich mit ihrem bewegte, sie lehnten und legten sich gemeinsam in die scharfen Kurven und kamen gut durch den Stau – und nicht eine Person schrie, dass sie eine verrückte Schlampe war. Sicherlich ein neuer Rekord.

Innerhalb von weniger als dreißig Minuten fuhr sie in die Einfahrt des leer stehenden Hauses, in dem noch vor etwas mehr als einer Woche ein verliebtes Tigerpaar gewohnt hatte. Jetzt lag es einsam und dunkel vor ihnen.

Sie stellte den Motor ab. In der Stille war nur das Ticken zu hören, als sich das heiße Metall abkühlte. Ein Blick auf das Haus genügte, um sie erschaudern zu lassen. Normalerweise ließ sie sich von nichts beeindrucken; Gewalt war in ihrem Leben ziemlich normal. Aber dieses ... dieses systematische Auslöschen zweier Menschen, die vollständige und gründliche Weise, in der ihr Leben ausradiert worden war, bereitete ihr großes Unbehagen.

Jeoff bewegte sich nicht, seine Arme waren noch immer um sie gelegt.

»Ist dir kalt?«

Sie schüttelte den Kopf. »Nein.« Aber sie wollte nicht erklären, was ihr solch Unwohlsein verursachte. Er würde sich sonst über sie lustig machen, und zwar zu Recht. Am liebsten hätte sie sich selbst über sich lustig gemacht. Schließlich war es nur ein Haus. Mehr nicht.

»Und wie kommen wir hinein?«

»Ich habe den Schlüssel.« Sie musste sich aus dem warmen Kokon seines Körpers herauswinden und aufstehen, um in ihrer Tasche danach zu suchen. Dann hielt sie den einzelnen, glänzenden Schlüssel an seinem kleinen Ring hoch.

Die meisten Männer hätten ihn ihr weggenommen – zumindest die Löwen. Vor deren Nase konnte man nichts herumbaumeln lassen, ohne dass sie nicht versuchten, es zu erwischen.

Jeoff hingegen griff nicht danach. Er stieg vom Motorrad und ging mit geneigtem Kopf zur Haustür. Mit den Fingerspitzen stieß er die Tür auf.

»Was zum Teufel? Jemand hat vergessen abzusperren. Arik wird ziemlich sauer werden.« Schließlich gehörte dem Rudel das Haus und viele andere in der gleichen Art, die sie zu vergünstigten Preisen an Gestaltwandler vermieteten. So halfen sie denen, die gerade erst ihr eigenes Leben begannen und nicht in einer Mietwohnung leben wollten.

»Das war kein Versehen. Jemand hat sie eingetreten.« Er zeigte auf den zerbrochenen Türrahmen. Dann hockte er sich hin und sie bemerkte, wie seine Nasenflügel bebten, als er einatmete. »Nur eine Duftspur.«

»Menschlicher Art?«

»Vielleicht. Wer auch immer es war, trug ein starkes Parfüm.« Er beugte sich weiter vor und schnüffelte an der Schwelle, die Hände flach auf den Asphalt gedrückt. »Derjenige trug auch Sportschuhe, und zwar ziemlich neue.« Er stand auf und klopfte sich die Hände an der Hose ab. »Sollen wir hineingehen?« Er drückte die Tür auf und trat zuerst ein. Der Idiot. Er versuchte doch tatsächlich, den Helden zu spielen und als Erster den ganzen Spaß abzusahnen.

Schnell folgte sie ihm ins Haus. Im Flur hielten sie beide abrupt inne. Ein starker Gestank erfüllte die Luft.

»Ist das etwa ...« Sie rümpfte die Nase. »Urin?«

»Urin und noch etwas anderes«, murmelte er und steckte den Kopf ins dunkle Wohnzimmer, wo der Teppich sich als Schwamm für denjenigen erwiesen hatte, der eingebrochen war.

»Diese verdammten Vandalen. Da muss ich jemanden rufen lassen, um den Teppich herauszureißen und neuen zu verlegen.«

Doch Jeoff beachtete ihre Bemerkung gar nicht. Er trat in das Zimmer, das jemand als Toilette benutzt hatte, und atmete tief ein.

»Der Täter hat vorher Spargel gegessen«, bemerkte Jeoff. »Der Duft ist ziemlich markant im Urin.«

»Und wenn schon? Was für eine Rolle spielt das?«

»Weil er es wahrscheinlich mit Absicht gemacht hat. Es handelt sich nämlich um eine der Speisen, die jemand zu sich nehmen kann, um seinen wahren Duft zu überdecken.«

»Und woher weißt du das?«

»Weil ich mich in Sicherheitsfragen auskenne. Manchmal lohnt es sich, seinen Duft so zu verschleiern. Und Spargel ist um einiges besser, als, sagen wir mal, sich mit giftigen Substanzen zu besprühen.«

»Seinen Duft zu verschleiern ist wirklich besonders bösartig«, grummelte sie. »Ich verstecke nie, wer ich bin.«

»Das liegt daran, dass du dich mit Diskretion nicht auskennst.«

Oh, sie wusste alles über Diskretion. Sie entschied nur, sie nicht anzuwenden. Luna ging es nur um die Wahrheit – auch wenn sie wehtat.

Jeoff ging aus dem stinkenden Wohnzimmer weiter ins Haus und steckte den Kopf durch eine Tür, um in das Bad im Erdgeschoss zu schauen. Er hielt einen Moment in dem leeren Büro inne. Auf der Rückseite des Hauses fanden sie noch mehr Chaos vor.

Luna schüttelte den Kopf, als sie die Schränke bemerkte. Die Türen waren alle offen, einige hingen schief, einige waren aus den Angeln gerissen worden und lagen auf dem Boden. Mehr Renovierungsarbeiten. Arik wäre alles andere als glücklich, aber wer hätte diese Art von sinnlosem Vandalismus vorhersehen können? Es war ja nicht so, als wüsste außer ein paar Auserwählten jemand, dass das Haus leer war. Es waren erst ein paar Tage vergangen, seit das Paar verschwunden war.

Der Geruch von Urin war in der Küche nicht so stark, besonders als sie die Kellertür öffnete und eine scheußliche Gaswolke herauswehte.

»Das riecht ja so, als hätte da ein Dämon gefurzt«, bemerkte sie.

»Verdammt! Es riecht nach verdorbenen Eiern, und das bedeutet, dass es hier ein Gasleck gibt. Verschwinde so schnell wie möglich von hier.« Er ging zur gläsernen Schiebetür und fummelte einen Moment lang mit dem Schloss, bevor er die Tür aufriss.

Der plötzliche Luftstoß sorgte dafür, dass Luna sich auf ihn zubewegte, gierig nach ein wenig frischer Luft.

Von ganz hinten aus dem Garten flog aus der Dunkelheit etwas Leuchtendes auf sie zu.

»Beweg dich!«, rief Jeoff, griff nach ihr und warf sie regelrecht nach draußen.

Während das Glas mit dem typischen Geräusch zerbrach, hatte sie einen Moment Zeit, um zu denken: *Das kann nichts Gutes heißen*, bevor ein heißer Luftstoß sie in den Rücken traf und nach vorne schleuderte.

## Kapitel Vier

Die Wucht der Explosion hob Jeoff von seinen Füßen und er wurde durch die Luft gewirbelt. Er hatte genügend Erfahrung, um zu wissen, dass er sich zusammenrollen musste, sodass er teilweise geschützt auf den Boden schlug und sofort auf die Füße kam.

Während der Wolf in ihm sofort demjenigen hinterherjagen wollte, der den Molotow-Cocktail geworfen hatte, galt seine erste Sorge jedoch Luna.

Anscheinend stand er aber nicht auf ihrer Liste. Ein Knurren fuhr durch die Luft und bevor er Zeit hatte, sich umzuwenden, sah er, wie sie als goldene Löwin in den Wald verschwand. Sie hatte ihre Jacke ausgezogen, aber ihre Jeans und ihr Hemd waren völlig zerfetzt. Trotzdem schnappte er sich ihren Kram, lief zum Waldrand und warf sie dort auf einen Haufen, gerade außerhalb der Sichtweite des Hauses, von dem Rauch aufstieg und den dunklen Hof mit dem orangefarbenen Schein hungriger Flammen erhellte.

Schnell entledigte er sich seiner eigenen Kleider, ließ sie auf ihre fallen und zitterte von dem unterdrückten Drang, ebenfalls loszustürzen. Sein innerer Wolf verlangte, dass sie auf die Jagd gingen, und das würden sie auch, aber die menschliche Hälfte war auch praktisch veranlagt. Sie konnten nicht gerade nackt nach Hause gehen.

Nackt hockte er sich hin und rief seine innere Bestie. Nicht dass sie sich erst groß bitten lassen musste. Die tierische Hälfte seiner Psyche war nie weit von der Oberfläche entfernt.

Seine Haut kräuselte sich, das Fell spross, die Glieder drehten und verzerrten sich mit einem Schmerz, der einen normalen Menschen in einen katatonischen Zustand versetzen würde. Aber er war stark. Grimmig.

Wolf ...

Als seine vier Pfoten auf dem Boden aufkamen, hob er den Kopf und heulte, ein unheimliches Geräusch, das verkündete: »Ich bin auf der Jagd.«

Er brauchte seine Nase nicht auf den Boden zu drücken, um eine Spur zu finden. In dieser Form erschien ihm alles so klar. Der Geruch hatte praktisch eine Farbe und Form, die verschiedenen Fäden davon waren sichtbar und leicht zu verfolgen. Während ein Teil von ihm sich danach sehnte, die Katze zu jagen – und sie vielleicht auf einem Baum in die Enge zu treiben –, blieb er bei dem unstimmigen Geruch in der Luft, der total fehl am Platz zu sein schien. Derselbe Duft, den er auf der Veranda gerochen hatte.

In dieser vierbeinigen Gestalt flink unterwegs sprang er durch den Wald, und das Naturschutzgebiet erstreckte sich in alle Richtungen um ihn herum, so viele Plätze, an denen sich die Beute verstecken konnte.

In der Ferne hörte er das nahende Kreischen von Sirenen – Feuerwehrmänner, die auf dem Weg waren, ein verlorenes Haus zu retten. Näher bei sich konnte er das Knirschen hören, als seine Pfoten auf das heruntergefallene Laub trafen, das den Boden bedeckte. Die verstreuten Blätter wirbelten und raschelten und markierten seinen Weg.

Aber er wollte sich nicht verstecken. Er war auf der Jagd.

Wen auch immer er jagte, erwies sich als sehr schnell. Jeoff war schnell, aber nicht schnell genug, und die Löwin auch nicht. Er holte Luna am Rand einer Straße ein, die den Wald durchquerte, und sie lief auf der Schotterpiste neben der Straße hin und her, der Geruch von Autoabgasen lag noch in der Luft.

Dort endete die Duftspur. Ihre Beute war entkommen.

Sie verwandelte sich zurück und ging jetzt nackt hin und her. Und war sehr schön anzusehen. »Scheiße!« Sie wiederholte das Wort einige Male, während sie aufgeregt hin und her stolzierte.

Er legte sich hin, den Kopf auf die Pfoten, und hörte ihr Schimpfen.

»Ich fasse es nicht, dass er mir entkommen ist. Und noch dazu nur auf zwei Beinen! So was ist noch nie passiert. Kein Mensch kann mich zu Fuß schlagen.«

Da hatte sie allerdings recht. Aber wenn es sich nicht um einen Menschen handelte und auch nicht nach einem Gestaltwandler roch, um was konnte es sich dann handeln? Jeoff hatte noch nie von einem Geschöpf gehört, das sich auf zwei Beinen fortbewegte und schneller war als ein Wolf oder eine Löwin.

»Und was war überhaupt mit dieser Duftmarke los? Dieses Parfüm war unglaublich stark. Man könnte meinen, er hätte sich damit getränkt.«

Und das wiederum legte die Frage nahe, warum? Was wollte der Brandstifter damit verheimlichen?

»Ich würde gern wissen, warum zum Teufel er das Haus angezündet und uns gleich am liebsten mit gegrillt hätte. Hatte er Angst, wir könnten einen Beweis finden?«

Falls der Brandstifter tatsächlich etwas zurückgelassen hatte, hatten sie es nicht bemerkt. Und was auch immer es gewesen sein mochte, war mittlerweile zu Asche verbrannt, sodass der Fall der vermissten Tiger immer ein Geheimnis bleiben würde.

Sie sah ihn wütend an, zu ihrer ganzen Größe von gerade mal einem Meter fünfundfünfzig aufgerichtet war sie ganz blonde Wut. Verdammt süß, wenn auch tödlich. »Und warum zum Teufel bist du immer noch ein Hündchen? Hast du etwa tatsächlich Angst, dass ich mit dem Finger auf dich zeigen und lachen könnte?«

Sprach sie schon wieder darüber? Es war an der Zeit, ihrer Fantasie eine Pause zu geben. Er verwandelte sich wieder zurück, wobei der umgekehrte Prozess nicht weniger schmerzlich war. Er fand es jedoch ziemlich amüsant, wie groß ihre Augen wurden, als sie ihm schamlos auf den Schritt starrte.

»Verdammt noch mal. Wirst du ohnmächtig, wenn das Ding hart wird?«

## Kapitel Fünf

Es fiel ihr schwer, nicht zu kichern, während Jeoff mit gerade aufgerichtetem Rücken zurück in Richtung des brennenden Hauses marschierte, wobei er barfuß über das Laub stampfte.

»Ach komm schon, das ist eine berechtigte Frage. Schließlich hast du nur eine bestimmte Menge an Blut und dein Ding ist riesig.«

»Ich werde nicht ohnmächtig«, lautete seine angespannte Antwort.

»Und grunzt du dabei einfach nur und stöhnst, so wie Frankenstein?«

»Während des Sex ist mein Sprachvermögen ausgezeichnet.«

»Echt? Ich meine, du musst mir meine Skepsis schon verzeihen. Schließlich muss ich deinem Wort vertrauen. Du kannst es mir natürlich jederzeit beweisen. Ich opfere meine Jungfräulichkeit dem höheren Gut.«

»Jungfräulichkeit?« Er lachte verächtlich.

»Hey, was willst du damit denn andeuten?«

»Was heißt hier andeuten? Wir wissen doch beide, dass du keine Jungfrau mehr bist.«

»Gegen einen gesunden Appetit ist nichts einzuwenden«, grummelte sie, konnte ihm aber nicht lange böse sein, da sein nahezu perfekter Hintern vor ihr her wackelte. »Also, was ist der Plan, wenn wir beim Haus ankommen? Marshmallows besorgen? Oh, oder vielleicht einen heißen Feuerwehrmann. Die riechen so lecker. So rauchig und –«

Bevor sie diesen Gedanken vollenden konnte, wurde sie an einen nackten Körper gepresst und gegen einen nahe gelegenen Baumstamm gedrückt. Grüne Augen, hell und wild, blickten auf sie herab.

»Hörst du eigentlich jemals auf?«, wollte Jeoff wissen.

»Womit?«

»Zu reden.«

»Wenn dich das stört, dann sorg doch dafür, dass ich aufhöre. Wir wissen doch beide, dass du genau das richtige Werkzeug dafür hast.« Sie konnte nicht umhin, vielsagend zu grinsen.

»Wie oft soll ich dir noch sagen, dass das niemals passieren wird? Ich lasse mich nicht mit Löwinnen ein. Ich bezweifle, dass mein gesunder Menschenverstand oder meine Versicherung damit umgehen könnten.«

Aus irgendeinem Grund machte es ihr etwas aus, dass er diesbezüglich so unbeugsam war. »Das behauptest du, und trotzdem hast du uns nie eine Chance gegeben.« Er hatte ihr tatsächlich nie eine Chance gegeben, und das trotz der Tatsache, dass Luna genau wusste, dass er sie attraktiv fand. Dazu brauchte man sich nur die Erektion anzuschauen, die sie anstupste.

»Ich brauche dir gar keine Chance zu geben, weil ich das Ergebnis genau kenne.«

»Ach tatsächlich?« Trotz seiner ständigen Abweisungen

konnte sie nicht umhin, mit den Fingerspitzen über seinen nackten Oberkörper zu streichen.

Er atmete ein und schloss halb die Augen, aber selbst das konnte das Leuchten nicht verdecken. Das Pochen seines Herzens schaltete einen Gang höher. Er neigte den Kopf zu ihr hinab und flüsterte: »Wir sind nicht mehr allein.«

Er wirbelte von ihr davon und sprang in eine halb geduckte Angriffshaltung, bereit, sie zu verteidigen. Wie süß.

Aber völlig unnötig. Sie seufzte. »Dein Timing ist wirklich schlecht, Reba.«

Zwischen den Stämmen trat ihre dunkelhäutige Freundin hervor. Sie hielt Lunas Lederjacke in der einen Hand und hatte den Rest ihrer Kleidung unter ihren Arm geklemmt. »Ich würde sagen, mein Timing ist wunderbar. Also mal ehrlich, Luna, in Zeiten wie diesen spielst du mit einem Hündchen.«

Luna fing die Jacke auf, die sie ihr zuwarf. Allerdings würde es ein wenig merkwürdig aussehen, wenn sie sie anzog und sonst nichts weiter anhatte.

»Wie hast du uns gefunden?«, fragte Luna und griff dabei nach Jeoffs Kleiderstapel. Und obwohl seine Unterhose ein wenig groß war, bedeckte sie doch ihren Hintern, und sein T-Shirt verhüllte den Rest von ihr. Allerdings half es nicht gegen die Kälte. Es war nämlich nicht gerade warm genug, um nackt herumzulaufen, besonders jetzt, da Jeoff sie mit verschlossenem Gesichtsausdruck ansah.

Sie war so nahe dran gewesen, von ihm geküsst zu werden. Doch das hatte Reba verhindert, die das Geschick, ihr die Tour zu vermiesen, zur Wissenschaft erhoben hatte.

»Ich habe gerade meine Großmutter besucht. Sie wohnt ein paar Straßen von hier entfernt. Also bin ich hergekommen, um nachzusehen, was all die Sirenen bedeuten. Dann habe ich die Überreste deines Motorrads gefunden.«

»Die Überreste?« Luna lief los und vergaß dabei ganz, dass sie immer noch barfuß war und nichts weiter als ein Männer-T-Shirt und ihre Lederjacke trug, doch sie konnte gar nicht schnell genug laufen, um ihr geliebtes Motorrad zu retten.

Als Jeoff sie erreichte, kniete sie neben ihrem Motorrad und versuchte, das Schluchzen zu unterdrücken. Im Eifer der Ersthelfer war ihr kostbarer Schatz umgeworfen und aus dem Weg geschleppt worden, um Platz für die Feuerwehrmänner und ihre Schläuche zu machen.

Es war mit einem schmutzigen Film aus Asche überzogen, heiße Glut hatte den handgenähten Ledersitz beschädigt und der Benzintank war von dieser schändlichen Behandlung ganz zerkratzt und verbeult. Sie tätschelte ihn. »Ist schon okay, mein Schatz. Deine Mama sorgt dafür, dass alles wieder gut wird.«

»Ist alles in Ordnung?«, fragte ein Unbekannter.

Luna hörte die geflüsterte Frage, antwortete jedoch nicht. Nichts würde in Ordnung sein, bis ihr Schatz wieder repariert war.

Schluchz.

»Sie stand ihrem Motorrad sehr nahe«, erklärte Jeoff.

»Ich habe gesehen, wie ihr vorgefahren seid. Wart ihr die neuen Mieter? So wie es aussieht, werdet ihr jetzt wohl eher nicht einziehen, was?«

Luna hörte mit halbem Ohr zu, während sie ihr Motorrad im Arm hielt.

»Tatsächlich waren wir mit dem Paar, das vorher hier gelebt hat, befreundet. Wir sind vorbeigekommen, um Hallo zu sagen, aber mussten feststellen, dass sie schon verschwunden waren.«

»Ja, es war ziemlich merkwürdig, wie schnell sie ausgezogen sind. Petunia hat nie etwas darüber gesagt, dass sie umziehen.«

»Also habt ihr euch mit ihnen unterhalten?«

Luna sah sich aus dem Augenwinkel um und bemerkte, dass Jeoff, der seine Hose und seine Jacke und sogar Schuhe trug, sich mit einer schlanken Rothaarigen unterhielt, die nichts weiter trug als einen winzigen Morgenmantel. Einen ausgesprochen winzigen Morgenmantel.

Grrr.

»Ich habe mich ein paarmal mit Petunia unterhalten. Sie war zum Schreien komisch. Sie und ihr Ehemann haben immer versucht, mich und meinen Freund dazu zu überreden, mit ihnen auszugehen.«

»Auszugehen? Wohin?«

»Party machen in den Klubs. Aber wir sind nicht mitgegangen.«

»Gefällt euch die Klubszene nicht?«, hakte er nach.

»Oh, ich mache gern Party, versteh mich nicht falsch, aber Petunia gefielen die normalen Tanzklubs nicht so. Sie und ihr Ehemann standen auf etwas abgefahrenere Sachen.«

»Und wie abgefahren?«, fragte Jeoff mit leiser, rauer Stimme und diese kleine rothaarige Schlampe – die anscheinend keine besonders gute Freundin war – fiel voll darauf rein.

»So richtig versauten Kram, Swingerklubs mit Partnertausch und so was.«

Verdammt, das war etwas, das Luna nicht gewusst hatte.

»Wirklich? Ich wusste gar nicht, dass es die hier gibt.«

»Es gibt nicht viele davon. In den meisten kommen nur einige wenige gleich gesinnte Paare zusammen. Aber es gab da diesen einen Ort. In der Stadt, unten im Lagerhausbezirk. Sie sagte uns immer wieder, dass wir dort mal hingehen sollten.«

»Weißt du noch, wie der Laden hieß? Ich habe eventuell ein paar Freunde, die Interesse daran hätten.«

Die Rothaarige tippte sich ans Kinn. »Hmmm. Ich erinnere mich nicht. Ich erinnere mich nur noch daran, dass es ein komischer Name war. Irgendwie hatte es gleichzeitig was mit dem Dschungel und dem Zoo zu tun.«

Mehr Hinweise brauchte Luna nicht. Sie sprang auf die Füße und mischte sich ins Gespräch ein. »Kommt dir der Name *Rainforest Menagerie* bekannt vor?« Luna hatte gerüchteweise davon gehört, war aber selbst nie da gewesen. Wenn sie feierte, dann am liebsten so nahe an ihrem Zuhause, dass sie nach Hause wanken oder notfalls auch kriechen konnte. »Weißt du zufällig, ob sie in den Tagen vor ihrem Verschwinden dort waren?«, wollte Luna wissen. Aber vielleicht fragte sie es ein wenig zu aggressiv.

Die Rothaarige wich einen Schritt zurück. »Ich weiß es nicht. Es ist ja nicht so, als hätte ich jeden ihrer Schritte verfolgt. Und was meinst du mit verschwinden? Ich dachte, sie wären umgezogen.«

Jeoff versuchte, die Nachbarin zu beruhigen. »Sie sind umgezogen. In ihrem neuen Zuhause geht es ihnen hervorragend.«

»Aber ich dachte, du hättest gesagt –«

»Würdest du uns bitte einen Moment entschuldigen? Ich glaube, dass einer unserer Freunde uns von der anderen Straßenseite aus zuwinkt.«

Und tatsächlich winkte Reba ihnen mit der Hand zu und Luna ließ sich von Jeoff von ihrem Motorrad wegführen. Sie kuschelte sich in ihre Jacke, deren warmes Inneres allerdings nicht gegen ihre kalten nackten Beine und Füße half.

»Was ist los, Kätzchen?«, fragte sie.

»Die Polizei möchte mit euch reden, um herauszufinden, was vorgefallen ist.« Reba neigte den Kopf und Luna konnte ein Stöhnen nicht unterdrücken.

»Nicht die Polizei. Die hassen mich.«

»Hmmm, man fragt sich wieso«, bemerkte Jeoff.

»Leg dich jetzt nicht mit mir an, Wölfchen. Ich bin sowieso schon schlecht gelaunt.«

»Dein Motorrad können wir reparieren lassen. Ich kenne da jemanden. Überlasse es mir und ich sorge dafür, dass er sich darum kümmert.«

»Aber was ist mit der Polizei? Was sollen wir der sagen?«

Denn sie konnten ja nur schwer die Tatsache verstecken, dass sie beide nur unvollständig bekleidet am Tatort gewesen waren. Und ihr Motorrad, das davor geparkt war, war der beste Beweis dafür.

»Lass mich das erledigen.« Er schlang seine Finger um ihre und sie gingen hinüber zu ein paar Polizisten, einer von ihnen ein Mensch, der andere nicht.

»Hey, Ralph. Clive.« Jeoff grüßte beide Polizisten mit einem Kopfnicken.

»Kennst du die beiden?«, flüsterte sie.

»Natürlich. Da ich ein Experte für Sicherheitsfragen bin, müssen wir manchmal zusammenarbeiten.«

»Jeoff, eigentlich wollte ich dich noch anrufen, um mich für deinen Hinweis mit dem Spanner zu bedanken. Wir haben den Typen endlich geschnappt. Jetzt zeigt er seinen Schniedel nur noch den Kameras auf dem Polizeirevier in der Innenstadt.«

»Gern geschehen. Ich freue mich immer, wenn ich helfen kann.« Jeoff lächelte sie an.

Clive, ein Bär, mit dem Luna schon zu tun gehabt hatte – meistens weil jemand die Polizei gerufen hatte, weil ein betrunkenes Mädchen unterwegs war –, zog Stift und Notizblock hervor. »Möchtest du uns vielleicht erzählen, was hier los war?«

»Das war wirklich eine ziemlich abgefahrene Geschichte«, entgegnete Jeoff. »Luna und ich haben uns dieses Miethaus angesehen, da wir darüber nachdenken, eventuell zusammenzuziehen.«

»Tatsächlich?« Clive zog erstaunt die Augenbrauen hoch. Verdammt, bei seiner unglaublichen Lüge trug Luna wahrscheinlich den gleichen Ausdruck des Erstaunens auf dem Gesicht. »Ich wusste gar nicht, dass du eine Freundin hast.«

»Ja, wir haben es bisher geheim gehalten. Aber jetzt denken wir darüber nach, den nächsten Schritt zu wagen, also haben wir uns das Haus angesehen und die Ausstattung getestet, um sicherzustellen, dass auch alles wirklich funktioniert. Und wie ihr beide wisst, koche ich gern.«

»Ja, die Rumkugeln, die du für die Weihnachtsfeier gemacht hast, waren unglaublich lecker.« Ralph rieb sich seinen runden Bauch.

»Na ja, jedenfalls glaube ich, dass das Gasventil sich nicht richtig geschlossen hat. Allerdings wussten wir das nicht und sind losgezogen, um uns den Garten anzusehen. Als wir wieder reingekommen sind, hat Luna das Licht angemacht und ... *Bumm!* Das ganze Haus ist in die Luft geflogen.«

»Also handelt es sich um einen Unfall?« Clive schrieb in sein Notizbuch.

»Auf jeden Fall. Und es tut uns wirklich leid. Ich wünschte, wir hätten das Gas gerochen, bevor wir nach draußen gegangen sind.«

»Gut, dann scheint ja nichts Außergewöhnliches vorgefallen zu sein. Ich werde den Bericht so einreichen. Falls du in den nächsten ein oder zwei Tagen noch auf dem Revier vorbeikommen könntest, um ein paar Punkte zu klären, wäre das sehr nett.« Clive machte seinen Notizblock zu, doch Ralph sah ihn mit gerunzelter Stirn an.

»Warte mal kurz, Partner. Ich hätte da noch ein paar Fragen, zum Beispiel, wo ist der Rest eurer Kleidung? Und warum trägt sie keine Schuhe?« Er zeigte auf Lunas bloße Füße.

Darauf hatte sie eine Antwort. »Mein Freund versucht, meinen Ruf zu retten. Er ist so ein Schatz.« Sie kicherte. »In Wahrheit könnte es nämlich sein, dass wir den Gasofen aus Versehen eingeschaltet haben, als Jeoff es mir wie ein wildes Tier auf der Küchentheke besorgt hat.«

## Kapitel Sechs

*Ich fasse es nicht, dass sie das gesagt hat.*

Nein, eigentlich konnte er es durchaus glauben. Das eigentliche Problem war, dass es hätte passieren können, wenn er ein Mann mit etwas weniger Selbstbeherrschung wäre.

Da die Feuerwehrleute das Feuer unter Kontrolle hatten und die Polizisten mit ihrer Aussage zufrieden waren, fuhren sie mit Reba mit, die sie auf dem Rückweg zur Wohnung absetzte. Aus irgendeinem Grund entschied sich Luna dafür, bei Jeoff zu bleiben, und behauptete, sie hätten etwas Geschäftliches zu besprechen.

Das Einzige, worüber er reden wollte, war eine Dusche, um den Rauchgestank von seiner Haut zu waschen. Da seine Wohnung zwei Badezimmer hatte, konnten beide gleichzeitig duschen, wobei manch einer schneller war als der andere. Er wusch sich noch die Seife ab, als sie begann, mit ihm zu reden.

»Meinst du, Ralph hat uns die Geschichte abgekauft?«

Er spähte um den Duschvorhang und bemerkte, dass

Luna ein Handtuch trug und sonst nichts und sich auf die Ablage des Waschbeckens gesetzt hatte.

»Ich bin mir sicher, dass Clive dafür sorgen wird, dass die Fakten stimmen. Musstest du wirklich gerade jetzt hierherkommen, um das zu besprechen?« Er verschwand wieder hinter dem Duschvorhang und stellte das heiße Wasser komplett ab. Er brauchte nicht noch zusätzlich etwas Heißes, wenn sie zugegen war. Denn immer, wenn Luna in der Nähe war, wurde sein Körper so heiß, als hätte er Fieber.

»Sag mir jetzt nicht, dass du noch immer schüchtern bist. Ich habe dich nackt gesehen, Wölfchen. Und ich habe nicht gelacht.«

»Nein, stattdessen hast du mich hingestellt, als wäre ich ein Blödsinn redendes, komatöses Spielzeug.«

»Aber nur, weil du dich weigerst, mir das Gegenteil zu beweisen.«

»Ich werde dir niemals das Gegenteil beweisen.« Aber nicht, weil es ihn nicht gereizt hätte. Ganz im Gegenteil, er hatte viel zu große Lust, der Versuchung nachzugeben.

*Drück sie an die Wand und nimm sie von hinten.* Sein innerer Wolf teilte seine Vorbehalte anscheinend nicht. Die Urinstinkte waren für sein inneres Tier eine ganz offensichtliche Sache und sein Verlangen forderte von ihm, dass er sie nehmen sollte.

Auf keinen Fall.

Sie sorgte so schon für genügend Chaos in seinem Leben – und sie hatten erst einen Tag zusammen verbracht! Er konnte sich nicht vorstellen, wie mehrere Tage oder gar Wochen oder Monate aussehen würden. Sie für länger als einen kurzen Moment der Zusammenarbeit in sein Leben zu lassen würde ihn wahrscheinlich umbringen – *aber ich wette, wir würden lächelnd sterben.*

Luna hatte etwas an sich, das jeden einzelnen Nerv in

seinem Körper zum Schwingen brachte. Am liebsten hätte er sich einen Joint gedreht, um wieder runterzukommen.

»Was machen wir also als Nächstes, Wölfchen?«

»Du wirst dir als Nächstes ein paar Klamotten anziehen. Nimm dir einen Pulli oder so was aus meinem Schrank.«

»Jetzt fängst du schon wieder damit an, dass ich mich anziehen soll. Hast du immer solche Bedenken, was Nacktheit angeht?«

Nur wenn sie da war. Jeoff stellte die Dusche aus und griff blind nach einem Handtuch. Seine Fingerspitzen fanden eines und er griff es sich, wandte es sich um die Hüften und das Handtuch war noch warm und ein wenig feucht –

»Du hast mir dein benutztes Handtuch gegeben?« Ohne nachzudenken, hielt er das Handtuch mit einer Hand fest und riss den Vorhang auf. Und dort saß Luna neben dem Waschbecken und trug nichts außer einem Lächeln. Eine vollständig nackte Luna. Da er ein Mann war, und noch dazu einer, dessen Selbstbeherrschung hart auf die Probe gestellt worden war, starrte er sie einen Moment lang an.

»Krieg dich wieder ein, Wölfchen, und roll deine Zunge auf, sonst rutschst du noch aus und tust dir weh.«

Warum seine Zunge wieder einrollen, wenn er damit lecken konnte? Er würde ihr das Lächeln vom Gesicht lecken und dann etwas weiter unten weitermachen, bis sie so außer Atem wäre, dass sie nicht mehr sprechen könnte.

*Na ja, vielleicht könnte sie deinen Namen seufzen.*

Schließlich war Stöhnen ja schön und gut, aber manchmal wollte ein Mann wissen, dass die Frau sich bewusst war, wem sie das zu verdanken hatte.

Seine Zunge blieb in seinem Mund – trauriges Winseln – und das Handtuch blieb um seine Taille, ohne dass er ihr versehentlich einen Blick darunter gewährte. Als er an Luna vorbeischritt, tat er sein Bestes, um nach vorne zu schauen statt auf ihre wahnsinnig schönen Brüste.

Als ob er ihr damit davonkommen würde. Sie ließ den Fuß hervorschießen. Er wich aus, um nicht darüber zu stolpern, und lockerte den Griff um das Handtuch, das sie ihm dann schnell aus der Hand riss.

Es war jedoch nicht die plötzliche Nacktheit, die ihn zum Ausrasten brachte. Es war der Schlag des Handtuchs gegen seinen nackten Hintern.

Technisch gesehen tat es nicht sehr weh, nur ein leichter Stich, aber das kleine Klatschen des nassen Handtuchs war der Tropfen, der das Fass zum Überlaufen und den Wolf zum Durchdrehen brachte. Er drehte sich um, packte Luna um die Taille und warf sie sich über die Schulter. Er marschierte zurück ins Schlafzimmer und setzte sich hin. Nachdem er ein wenig mit ihr gerungen hatte, lag sie auf seinem Schoß, den Hintern hoch und den Kopf nach unten gerichtet.

Es gab ein paar Dinge, die ein Mann erwarten konnte, wenn er einer Löwin den Hintern versohlen wollte. Zum Beispiel Reue: *»Bitte, Jeoff, versohle mir nicht den Hintern. Ich werde ein braves Mädchen sein.«*

Das von Luna zu hören? Ziemlich unwahrscheinlich.

Stattdessen: *»Du verdammter Idiot, das wirst du bitter bereuen.«*

Das hörte sich schon eher nach Luna an.

Selbst der darauffolgende Kampf, wer die Überhand hatte, war etwas, mit dem er bei ihr gerechnet hatte. Womit er allerdings nicht gerechnet hatte war Neugier.

Luna sah zu ihm hoch. »Worauf wartest du noch? Tu es.«

»Was soll ich tun?« Er fragte, um sicherzustellen, dass sie dasselbe meinte wie er. Schließlich war sie eine Löwin; da konnte man nie wissen.

»Versohle mir den Hintern. Deswegen hast du mich doch übers Knie gelegt, oder?«

»Bist du schon einmal so gemaßregelt worden?«

»Gemaßregelt?« Sie kicherte. »Das ist komisch. Und nein. Ich habe noch nie einen Kerl getroffen, der den Mut dazu hatte. Und ich muss zugeben, dass ich ein wenig neugierig bin.«

Das machte ihm den ganzen Spaß zunichte. Ganz zu schweigen von all diesen Gesprächen, die ihn dazu brachten, seinen ursprünglichen Plan, diese Pobacken mit der Hand zum Glühen zu bringen, neu zu überdenken.

Er sollte hinzufügen, dass er noch nie eine Frau geschlagen hatte. Noch nie. Er hatte auch als Kind noch nie eine Tracht Prügel erhalten. Er dachte lediglich wegen etwas, das einer der Jungs zu ihm gesagt hatte, daran. Nur dass in der Geschichte seines Kumpels das Mädchen nicht darum gebeten hatte, den Hintern versohlt zu bekommen, und sie am Ende wilden Sex hatten.

*Kein Sex mit dieser Löwin.* Es würde nicht gut ausgehen.
*Aber ich will sie.*

Wölfe sollten keine Welpenaugen machen. Das passte einfach nicht.

All dieser Druck. Es gefiel ihm ganz und gar nicht. Er setzte Luna auf das Bett neben sich, stand auf und ging zu seiner Kommode.

»Holst du jetzt irgendein Hilfsmittel, um mir den Hintern zu versohlen? Können wir nicht erst mal mit einer Hand anfangen? Ich finde nicht, dass wir gleich mit einem Tischtennisschläger oder einer Peitsche beginnen sollten.«

Er drehte sich herum und warf ihr ein T-Shirt zu. »Zieh das an. Hier wird niemandem der Hintern versohlt.«

»Du bist wirklich so ein Spielverderber.«

»Es nennt sich ›verantwortungsbewusst handeln‹. Das solltest du auch mal probieren.«

Sie steckte den Kopf durch den Halsausschnitt seines T-Shirts und eines ihrer Augen war hinter ihrem unordentlichen blonden Haar versteckt. »Verantwortungsbewusstsein wird überbewertet.«

»Wenn das so ist, fahr besser nach Hause.«

»Bist du jetzt eingeschnappt?«

»Nein. Ich bitte dich, nach Hause zu fahren, weil du lügst. Du bist verantwortungsbewusst. Mehr als du es dir selbst eingestehst.«

Luna drohte ihm mit der Faust. »Das nimmst du sofort zurück. Ich bin ein Freigeist. Ich tue, was ich will, wann ich es will, und bin niemandem Rechenschaft schuldig.«

»Außer natürlich Arik.«

»Er ist ja auch der König.«

»Und deiner Familie.«

»Das ist ja wohl offensichtlich.«

»Und deinen Freunden.«

»Worauf willst du hinaus?«, wollte sie wissen.

Er lehnte sich ganz nahe zu ihr und konnte nicht umhin zu grinsen, als er flüsterte: »Du gehorchst nicht nur dem König deines Rudels, du hilfst auch deinen Freunden und bist sogar fest entschlossen, Fremden zu helfen. Du bist eine verantwortungsbewusste Erwachsene.«

»Ach.« Sie bekreuzigte sich und sah ihn böse an. »Hinfort mit dir und den schlimmen Dingen, die du sagst, du Bestie.«

»Bist du noch ganz echt?«

»Zu einhundert Prozent. In diesen Babys ist kein Plastik. Wenn du möchtest, kannst du sie mal drücken, um dich zu versichern.«

»Nein.« Es war schon schlimm genug, dass sie ihm einladend ihre Brüste entgegenstreckte. Er stolzierte aus dem Schlafzimmer und verzichtete vorläufig noch auf ein T-Shirt. Er musste so schnell wie möglich Abstand zwischen sich und Luna bringen. Außerdem brauchte er etwas zu trinken.

Als er aus der Küche kam, zwei Bier in der Hand – weil

ihm bereits klar war, dass sie nicht einfach so verschwinden würde –, saß sie auf seiner Couch.

»Wirf es hier rüber.« Sie hielt die Hände hoch und wartete.

Vorsichtig reichte er ihr das Bier. Man warf einfach nicht mit offenen Flaschen um sich. Sie hatte ihr Handy auf dem Schoß und auf dem Display leuchtete ein Suchfenster.

»Wonach suchst du?« Er setzte sich absichtlich auf einen Barhocker vor der Küchentheke. Wenigstens konnte er behaupten, dass sein Handy sich dort am Ladegerät befand.

»Ich suche nach Informationen über diesen Klub, aber ob du es glaubst oder nicht, ich kann gar nichts darüber finden.«

»Das ist doch nicht möglich. Vielleicht schreibst du es falsch.«

Oder vielleicht war dieser Ort etwas besser verborgen, als man es erwarten würde.

Die nächsten paar Stunden vergingen in seltsam geselliger Stille, durchsetzt mit Anekdoten über das, was sie gefunden – oder nicht gefunden hatten. Irgendwann schaute er hinüber und stellte fest, dass sie auf der Couch eingeschlafen war, flach auf dem Bauch liegend, ein Bein herunterhängend, mit offenem Mund und leisem Schnarchen.

Fast lächerlich niedlich. Er wollte ihr die Haare von der Wange streichen. Sich an sie kuscheln und sie an seinen Körper pressen, um sie warmzuhalten.

Stattdessen warf er eine Decke über sie, schaltete das Licht aus und ging zu Bett. Er schlief nicht, jedenfalls nicht sofort, und als er schlief, träumte er von einer Menge Verfolgungsjagden – ein Löwe jagte einem Wolf hinterher –, die darin gipfelten, dass ein Wolf auf einen Baum kletterte. Höchst beunruhigend, war es da also ein Wunder, dass er, als plötzlich ein Gewicht auf seine Brust prallte und jemand »Wach auf, Wölfchen« rief, ein höchst tierisches und schreckliches Brüllen hören ließ?

»Oh, wie furchterregend. Und jetzt wach auf.«

»Es gibt einfach keinen Respekt mehr.« Er hielt die Augen geschlossen, um sie nicht zu sehen. »Warum bist du immer noch hier?«

»Weil ich hier übernachtet habe.«

»Hast du kein Zuhause, zu dem du gehen kannst?«

»Machst du dir Sorgen darüber, dass ich verschwinde, während wir noch so viel Spaß miteinander haben? Auf keinen Fall. Ich bleibe so lange hier, bis du mich nicht mehr brauchst.«

»Gibt es zu Hause niemanden, der dich braucht?«

»Nein. All meine Pflanzen sind aus Plastik und das einzige Haustier, das ich habe, ist virtuell und verhungert wahrscheinlich gerade. Ich habe mich schon länger nicht mehr darum gekümmert.«

»Du solltest besser nach Hause fahren. Du brauchst frische Kleidung.« Plötzlich wollte er ihr nämlich nicht mehr sein T-Shirt leihen. Wollte nicht, dass das Material, das er so nahe an seinem Körper trug, ihre Haut berührte.

*Recht hast du, zieh es ihr aus. Sie sieht sowieso besser aus, wenn sie gar nichts anhat.*

Eifersüchtig auf sein eigenes T-Shirt. Er musste wohl letzte Nacht ein paar Bier zu viel getrunken haben.

»Während du also den ganzen Tag verschlafen hast –«

»Es war schon nach drei Uhr, als wir ins Bett gegangen sind.«

»Du Weichei. Während du Dornröschen gespielt hast, hatte ich ein paar interessante Gedanken über unseren geheimen Klub.«

»Haben wir vielleicht tatsächlich etwas Handfestes herausgefunden?«, wollte er wissen.

»Nein. Was Informationen angeht, ist der Klub wirklich wasserdicht, also werde ich ihn mir persönlich anschauen.«

»Du hast vor, den Klub zu infiltrieren.« Das Gefühl der

Eifersucht, das ihn bei diesem Gedanken überkam, überraschte ihn selbst. Warum sollte es ihn interessieren, wenn Luna sich herausputzte und in einem Swingerklub mit Partnertausch verdeckt Ermittlungen anstellte?

»Das ist der Plan, aber es gibt ein Problem. Wenn es bei diesem Klub so ist wie bei den meisten anderen, werden nur Paare und einzelne Frauen hereingelassen.«

»Na und? Wo liegt das Problem? Du bist ja schließlich eine einzelne Frau.« Zumindest als er das letzte Mal nachgesehen hatte. Nicht dass Jeoff irgendwelche Pläne hätte. Er gab sein Bestes, um den Frauen des Rudels aus dem Weg zu gehen – es war schon schlimm genug, dass seine Schwester ihn beständig über die Neuigkeiten informierte, nun, da sie bei ihnen lebte.

»Das habe ich auch zu Arik gesagt, als ich ihm mitgeteilt habe, dass ich losziehen werde, um Ermittlungen anzustellen. Aber er scheint davon überzeugt zu sein, dass es besser wäre, noch jemanden mitzunehmen. Und das Problem ist nun, dass er es für keine gute Idee hält, meine besten Freundinnen mitzunehmen.«

Arik war ein weiser Anführer. Eine Löwin alleine irgendwohin zu schicken bedeutete schon Ärger. Aber sobald sie zu zweit oder zu mehreren auftauchten? Dann war niemand mehr sicher.

»Also will Arik nicht, dass du alleine losziehst. Aber das bedeutet noch längst nicht ...« Er beendete den Satz nicht, weil Entsetzen ihn überkam, ein Entsetzen, das sich noch verschlimmerte, als Luna ihn von ihrem Platz auf seiner Brust aus anlächelte. Er schüttelte den Kopf in energischer Verneinung. »Oh nein. Das kommt überhaupt nicht infrage.«

»Aber ich habe dir doch noch gar nicht gesagt, warum ich dich brauche. Mal abgesehen von der ein oder anderen kleinen Nummer, um mein Verlangen zu stillen.«

»Du willst, dass wir gemeinsam zu diesem Klub gehen und uns als Paar ausgeben?«

»Jetzt sieh mich nicht so entsetzt an. Es war Ariks Idee.«

»Wann hast du denn mit Arik gesprochen?«

»Ich bin schon etwas länger auf.«

Und anscheinend stand sie unter dem Einfluss von Koffein oder von etwas anderem, wenn sie dem zugestimmt hatte. »Und was hat er sonst noch gesagt?«

»Er hat gesagt, wir sollten zusammen als festes Paar gehen. Und ich hätte am liebsten über seine Idee gelacht. Als würde irgendjemand glauben, dass all das hier dazu bereit ist, sesshaft zu werden.« Sie zeigte auf ihren Körper und ließ die Fingerspitzen über ihre Haut streichen.

»Allerdings finde ich es noch viel unglaublicher, dass jemand uns beide tatsächlich für ein Paar halten könnte.«

»Das haben wir doch gestern Abend schon mit der Polizei bewiesen.«

»Aber da hat es sich nur um ein paar Minuten gehandelt. Die Polizisten waren abgelenkt und so konnten wir damit davonkommen. Aber niemals würde irgendjemand ernsthaft glauben, dass wir tatsächlich zusammen sind.«

»Was soll das jetzt schon wieder heißen?«, wollte Luna wissen und klang ausgesprochen empört.

»Wir passen überhaupt nicht zusammen. Mal ganz ehrlich, ich bin ein Anzugträger, der gern liest und gutes Essen zu schätzen weiß und täglich im Park eine Runde laufen geht.«

»Also, erstens würde ich mit dir mitlaufen. Schließlich muss ja jemand deine Leine halten. Ich finde Bücher großartig, besonders wenn man kein Katzenstreu mehr im Katzenklo hat. Und ich esse ausgesprochen gern. Falls du jemals herausfinden möchtest, was ich alles gern in den Mund nehme«, sie zwinkerte ihm zu, »sag mir einfach Bescheid.«

»Hat der Koch in eurem Apartmentgebäude wieder Katzengras in die Muffins gemischt?«

»Nein.« Schmollend verzog sie die Lippen. »Angeblich ist das sowieso die Einstiegsdroge für quietschendes Mäusespielzeug und einen Milchrausch.«

Er schloss die Augen und kniff sich in die Nase. »Warum gerade ich?«, murmelte er laut, sodass sie es natürlich hören konnte.

»Ganz ehrlich, ich halte dich für die perfekte Wahl eines Scheinfreundes, denn wenn jemand mal rauskommen und sich austoben muss, dann du.«

»Ich habe bestimmte Verpflichtungen.«

»Die hast du, und wenn man dir Glauben schenken möchte, habe ich sie auch.« Ihre Stimme wurde ernst, was bei ihr nur selten vorkam und deswegen umso effektiver war. »Ich brauche deine Hilfe, aber wenn du das Gefühl hast, dass du das nicht schaffst, suche ich mir jemand anderen, der meinen Freund spielt.«

Jemand anderen? Das kam überhaupt nicht infrage. Schließlich konnte er keinem anderen armen Typen Lunas Verrücktheit zumuten. »Ich mache es.«

»Wirklich?« Ihr entzückter Aufschrei bereitete ihn nicht darauf vor, dass sie ihn packte und hinsetzte.

Sie war stärker als sie aussah. »Was machst du da?«

Sie legte ihm die Arme um den Hals. »Ich sorge nur dafür, dass mein neuer Scheinfreund sich daran gewöhnt, dass ich ihn berühre. Schließlich sollst du nicht jedes Mal zusammenzucken, wenn ich das hier mache.« Sie lehnte sich zu ihm und ihr warmer Atem strich über seine Haut.

Er erschauderte und wich zurück. Nicht absichtlich. Ganz im Gegenteil, er hätte gern ihre Lippen auf seiner Haut gespürt, weil ihm das die perfekte Einladung dazu geliefert hätte, seine Hände über ihren Körper wandern zu lassen.

Allerdings konnte das zu ziemlich schlimmen Dingen führen.

Wunderbaren schlimmen Dingen.

Also warf Jeoff Luna von seinem Schoß und ließ sich aus dem Bett gleiten, um ihr zu entkommen.

Sie grummelte: »Das wird nie funktionieren, wenn du dich weiterhin so gehemmt verhältst.«

»Ich bin nicht gehemmt.«

Sie blickte ihn mit herausfordernd blitzenden Augen an. »Beweise es.«

Es gab viele Dinge, gegen die ein Mann ankämpfen konnte. Er konnte sich vor Verführung schützen. Er konnte sich unter Kontrolle halten, anstatt um sich zu schlagen. Nach einer Nacht mit zu vielen Bieren konnte er Sport machen, um Kalorien zu verbrennen. Aber wenn man sich an seiner Männlichkeit vergriff, konnte er das nicht ungestraft durchgehen lassen.

Bevor er sich das ausreden konnte, legte er Luna einen Arm um die Taille und hielt sie fest. Er zog sie zu sich heran und hob sie auf die Zehenspitzen, sodass ihre Lippen ganz nahe an seinen waren.

»Mach dir keine Sorgen über meine Schauspielkünste in der Öffentlichkeit«, wisperte er ganz nahe an ihren Lippen. »Ich werde meine Rolle als liebevoller Freund spielen, solange du dich als normale Frau ausgeben kannst. Und wie ich das so sehe, wird deine Rolle für dich um einiges schwieriger sein.«

Und damit ließ er sie los und bemerkte ihre vor Überraschung gerundeten Lippen, die Tatsache, dass sie verärgert war – und das heiße Verlangen in ihrem Blick.

*Oh, oh. Ich würde sagen, ich habe die Dinge schlimmer gemacht.* Das Auge des Tigers war etwas für Kleinkinder. Der Blick einer Löwin war um einiges tödlicher.

## Kapitel Sieben

Als sie sich in das Wohngebäude des Rudels begab – wo die meisten Löwen und einige wenige streunende Rassen in der Stadt lebten –, war Luna noch immer nicht sicher, was sie von Jeoff halten sollte. Der Mann wusste, wie er ihr inneres Kätzchen zum Schnurren bringen und gleichzeitig dafür sorgen konnte, dass sich ihr Nackenfell aufrichtete.

Das war schon etwas ungewöhnlich. Normalerweise war Luna diejenige, die Männer aus dem Gleichgewicht brachte. Dieser Rollentausch passte ihr überhaupt nicht. Aber das würde nicht lange so bleiben. Sobald sie herausgefunden hatten, was mit den vermissten Personen passiert war, konnte sie Jeoff wieder aus der Ferne begehren.

*Oder ich kann diese Gelegenheit nutzen, um meine Lust zu befriedigen.* Und dann zu pelzigeren Gefilden weiterziehen.

»Luna!« Ein Chor von Stimmen rief ihren Namen, als sie durch die zweite Glastür in das eigentliche Gebäude eintrat. Das Wohngebäude war das Herz der Wandlergemeinschaft in diesem Bezirk. Sozusagen die Zentrale. Aber während die

Männer dachten, sie würden das Geschäft von ihren niedlichen kleinen Büros oben aus betreiben, wurde die eigentliche Arbeit unten in der Eingangshalle erledigt.

Mehr als nur ein paar hellbraune Köpfe hoben sich und blickten Luna mit bernsteinfarbenen Augen an. Sie winkte in ihre Richtung. »Was ist los, Mädels?«

»Wird aber auch langsam mal Zeit, dass du auftauchst.« Stacey winkte ihr zu. »Schieb deinen dicken Hintern hier rüber. Es gibt etwas zu besprechen.«

»Dick?« Luna griff sich an die Hinterbacken. »Das ist reinster Stahl, du blöde Kuh.«

»Jetzt noch«, erwiderte Nellie in unheilvollem Ton. »Aber wir wissen alle, was mit dem Hintern deiner Mutter geschehen ist, nachdem sie dich bekommen hat.«

Der Begriff »üppig« kam ihr in den Sinn. Es weckte auch traumatisierende Erinnerungen an ihren Vater, der ihrer Mutter ständig an den Hintern griff – und an die Tatsache, dass er es nach fast dreißig Jahren Ehe immer noch tat. Vielleicht war es also keine schlechte Sache, nach ihrer Mutter zu kommen.

Als Luna in ihre Richtung schlenderte, bemerkte sie, dass sich ihre Clique in einem Kreis zusammengetan hatte und etwas auf dem Boden betrachtete.

»Was haben wir denn da?«, fragte sie, hielt außerhalb des Rings inne und schaute über die Schultern der Frauen hinweg.

Zwei Schuhe standen in der Mitte. Ein roter Stiletto mit dünnen Riemen und einer teuflischen Wölbung. Der andere war ein eher gediegener schwarzer Pumps, der mit mattem Leder überzogen war, einen dickeren Absatz hatte und vorne geschlossen war.

»Welche Schuhe soll Melly heute Abend bei ihrer Verabredung tragen?«

»Im Ernst? Das war es, was so wichtig war?« Sie

verdrehte die Augen und zeigte auf – Mellys bloße Füße. »Die Antwort ist ja wohl offensichtlich. Nur ihre Füße, aber nach einer Pediküre, sodass sie gut aussehen, wenn sie neben seinen Ohren sind.« Weil Verabredungen überbewertet wurden. Wenn Luna sich amüsieren wollte, ging sie mit ihren Freundinnen aus, und wenn sie sich *amüsieren* wollte, blieb sie zu Hause, mit wem auch immer sie Lust hatte.

»Sie hat recht. Ich bestelle uns einfach irgendwas beim Chinesen um die Ecke. Dann können wir ein Picknick machen.« Melly grinste und Gelächter erschallte, als die schmutzigen Vorschläge im Überfluss auf sie einströmten.

Da das Problem gelöst war, ließ Luna sich auf die Couch fallen und quetschte sich zwischen die Damen, die dort schon saßen.

Stacey lehnte sich zu ihr und schnüffelte. »Was ist das denn für ein Geruch?«

Eine weitere ihrer Freundinnen streckte schnüffelnd die Nase in die Luft. »Das riecht nach Hund, oder? Hat wieder jemand die Streunerin gefüttert?«

»Das ist keine Streunerin«, erwiderte Nellie. »Sie heißt Arabella. Sie ist Hayders Freundin.«

»Was für eine Verschwendung eines Löwen«, seufzte Stacey.

»Wen interessierts? Ich will wissen, wer hier nach Hund riecht.«

»Das bin ich«, gab Luna zu. »Ich war mit Jeoff unterwegs.« Tatsächlich hatte sie bei ihm übernachtet, aber diese Bombennachricht würde sie sich für den richtigen Moment aufheben.

»Du warst mit einem Wolf unterwegs? Warum das?«, wollte Stacey wissen und rümpfte die Nase. »Brauchte er ein Flohbad?« Denn obwohl das Wolfsrudel und das Löwenrudel eng zusammenlebten, bestand eine gewisse natürliche Feindseligkeit zwischen den Großkatzen und den Wölfen. Größtenteils gutmütig, aber trotzdem wurden natürlich Scherze gemacht.

Für einen Moment hätte Luna fast die Wahrheit zugegeben, dass sie und Jeoff in etwas ermittelten, was immer mehr wie eine echte Verschwörung zur Entführung von Menschen zu wirken begann. Vielleicht war es an der Zeit, die Mädels einzuweihen, damit sie dabei halfen, das Geheimnis zu lüften. Aber ...

Es war ein echtes Geheimnis. Nicht nur Arik hatte sie gebeten zu schweigen, sondern auch Jeoff. Und Jeoff war als Leiter der Sicherheitsfirma der Experte. Es bestand eine geringe Chance, dass jemand aus dem Rudel mit dem Verschwinden der Leute in Verbindung stand. Wenn sie es ihrer Clique sagte und jemand sich verplapperte, könnte es sein, dass sie einen möglichen Verdächtigen verschreckten.

Es war richtig und verantwortungsvoll, die Sache geheim zu halten, aber sie musste den Mädchen etwas erzählen.

»Ich rieche nach Hund, weil ich bei dem Wolf übernachtet habe.« Das entsprach immerhin der Wahrheit. »Jeoff und ich werden in näherer Zukunft ein wenig Zeit miteinander verbringen«, auch das entsprach der Wahrheit, »und zwar als Paar.« Und jetzt stelle man sich das Pfeifen einer Bombe im Anflug vor, bevor sie einschlug – *bumm!*

Einen Moment lang herrschte schockiertes Schweigen, das allerdings nicht von langer Dauer war. Kurz darauf ging das Kreischen los.

»Du bist mit diesem Spießer zusammen?«

»Eine Katze und ein Wolf? Was ist nur aus dem Rudel geworden?«, stöhnte jemand anderes.

»Wenn du mit ihm fertig bist, kann ich ihn dann haben?«

Luna zog knurrend die Lefzen hoch, bevor sie sich davon abhalten konnte. Der plötzliche Anflug von Eifersucht kam unerwartet. An Nellies Frage war nichts auszusetzen. Luna war bekannt für ihr vorübergehendes Interesse an Männern.

Nur wenige überdauerten mehr als ein paar Wochen. Ihr Rekord mit einem Mann betrug weniger als drei Monate.

*Nur weil ich noch nicht den Richtigen getroffen habe.* Derjenige, der sie nicht dazu bringen würde, sich aus seinem Bett zu schleichen und ihre Nummer von seinem Telefon zu löschen.

»Erzähl mal, wann ist das passiert?«, wollte Stacey wissen. »Ich wusste nicht mal, dass ihr beiden euch miteinander unterhaltet.«

»Wahrscheinlich haben sie einfach ihre Zungen sprechen lassen.« Nellie machte Kussgeräusche und tat so, als würde sie einen unsichtbaren Mann umarmen, was dafür sorgte, dass die anderen in Gelächter ausbrachen.

»Er ist mit dir zusammen?« Joan konnte die Überraschung in ihrer Stimme nicht verbergen.

»Was soll das denn heißen?«, fuhr Luna sie an.

»Er ist einfach nur so, du weißt schon, spießig und so.« Joan zuckte mit den Achseln. »Und du bist eben so ... du weißt schon ... wie du eben bist.«

Diese Bemerkung hörte sich der von Jeoff unheimlich ähnlich an. Aus irgendeinem Grund fühlte Luna sich angegriffen. »Tja, aber wir sind zusammen und heute Abend gehen wir aus.«

»Und wohin?«, wollten mehr als nur ein paar der Löwinnen wissen.

»In irgend so einen eleganten Klub. Er holt mich in ein paar Stunden ab.«

»Und was wirst du anziehen?«

»Klamotten natürlich.«

Stacey verdrehte die Augen. »Ja, natürlich Klamotten, aber was für welche?«

»Was stimmt nicht mit denen, die ich jetzt anhabe?«

Anscheinend gab es eine Menge Dinge, die mit den Sachen,

die sie aus Jeoffs Schrank gestohlen hatte, nicht in Ordnung waren. Gut, dass ihre Clique mehr als bereit dazu war, ihr zu helfen – alias »zu foltern« – und sie in ein blödes Kleid zu stecken, das rasierte Beine erforderte, sodass sie, als sie an diesem Abend um neun Uhr nach unten kam, an den richtigen Stellen gewachst und gerupft war. Zusätzlich war ihr Haar frisiert und ihr Gesicht in hurenhafter Perfektion geschminkt. Sie sah aus wie ein hochpreisiges Callgirl – in den roten Stöckelschuhen, die Melly verworfen hatte. Stöckelschuhe, die entschlossen schienen, Luna auf ihrem Arsch landen zu lassen.

All die Dinge, die sie für die Arbeit tat. *Arik sollte das besser zu schätzen wissen.* Und Jeoff sollte es auch besser bewundern. Obwohl sie nicht sagen konnte, warum ihr das wichtig war.

Als sie in den Aufenthaltsraum schwankte, verstummten alle Gespräche, als die Leute, die sich um ihren falschen Freund herum versammelt hatten, sich umdrehten, um sie anzusehen.

Zum Glück kommentierte niemand in der Eingangshalle die Tatsache, dass sie ein Kleid trug. Noch erfreulicher war, dass keine der Löwinnen ihre Verabredung berührte. *Pfoten weg, er gehört mir.* Zumindest für heute Abend tat er das, und sie gab gern zu, dass er zum Anbeißen aussah. Jeoff sah in seiner schmal geschnittenen Hose, seinem königsblauen Hemd mit Knöpfen und seiner dunklen Jacke zwar etwas streberhaft, aber immer noch unglaublich gut aus. Die Brille, die ihr ausgesprochen gut gefiel, saß hoch auf seiner Nase. Ihm fehlte zwar eine Krawatte, aber alles in allem sah er absolut klasse aus.

Als sie mit den hohen Schuhen, die obszön laut auf dem Boden klapperten, zu ihm stolzierte – keine Chance, sich anzuschleichen, wenn man diese Dinger trug –, verzog sie keine Miene, als er sie von oben nach unten ansah, aber nicht einmal er konnte den anerkennenden Glanz in seinem Blick verbergen.

»Ich wusste nicht mal, dass du ein Kleid hast.«

»Vorsicht, Hündchen, sonst reiße ich dir die Zunge raus.«

Er lächelte. »Und das wäre wirklich schade, wenn man bedenkt, wozu sie alles in der Lage ist.«

Seine Anspielung sorgte dafür, dass sie stolperte, oder vielleicht waren es auch die hohen Schuhe. Jedenfalls fiel sie vornüber und musste sich nicht auf ihre katzenartigen Reflexe verlassen, um auf ihren Füßen zu landen, weil ein bestimmter Wolf sie rettete. Er fing sie auf und hielt sie fest, wobei seine Augen verschmitzt glänzten. »Ein Punkt für mich. Ich glaube, damit habe ich die Runde gewonnen.«

»Zählst du etwa mit?«

»Du etwa nicht?«, wollte er wissen.

Natürlich tat sie das, und nun, da er einen Punkt Vorsprung hatte, würde sie aufholen müssen.

»Wollen wir?« Er bot ihr seinen Arm an und sie nahm ihn, während die Frauen, die um sie herumstanden, pfiffen und riefen, also streckte sie ihnen den Mittelfinger entgegen und prustete verächtlich.

»Bis später, Mädels!«

»War das wirklich nötig?«, fragte er, als er die Tür nach draußen für sie aufhielt. Hielt er sie etwa für außerstande, sich selbst die Tür zu öffnen?

*Das nennt sich gute Manieren.* Die arroganten Männchen in ihrem Rudel legten sie leider nicht immer an den Tag.

»War was wirklich nötig?«

»Vergiss es. Es überrascht mich zu sehen, dass du dir heute Abend wirklich große Mühe gegeben hast. Wie fühlt es sich an, Kleidung zu tragen?«

»Gar nicht so schlecht, wie ich gedacht hätte, da die Mädchen mir alle geraten haben, keinen BH zu tragen, und meine Unterwäsche besteht nur aus einem winzigen Stringtanga.«

»Wie bitte?« Er stolperte auf dem Bürgersteig. Der arme kleine Wolf, er war eben einfach nicht so graziös wie eine Katze.

»Ich trage so gut wie keine Unterwäsche. Das ist praktischer, falls wir beschließen, auf dem Klo des Klubs eine Nummer zu schieben.«

»Wir werden nicht miteinander schlafen. Wir sind dort, um einen Job zu erledigen.« Er stieß die Worte genervt hervor.

Sie lachte. »Entspann dich. Ich werde dich schon nicht fressen.« Das kam erst später. *Brüll.* »Aber schließlich musste ich die Mädchen davon überzeugen, dass es das ist, was ich vorhabe. Wenn wir möchten, dass unsere kleine Scharade funktioniert, müssen wir uns in der Öffentlichkeit als Paar geben, nur für den Fall, dass sich ein Spion in unserer Mitte befindet.«

»So leid es mir auch tut, das zugeben zu müssen, aber damit hast du vielleicht recht. Auch wenn es mir schwerfällt zu glauben, dass jemand im Rudel dafür verantwortlich ist, Leute verschwinden zu lassen.«

»Auch ich möchte das lieber nicht glauben.« Es würde ihr nicht gefallen, einen Freund töten zu müssen. Denn für einige Dinge gab es kein Verzeihen und auch keinen Prozess. Stattdessen wurde schnell Gerechtigkeit vollzogen. »Hoffen wir, dass niemand, den wir kennen, in den Fall involviert ist. Aber solange wir uns dessen noch nicht sicher sind, sollten wir lieber Vorsicht walten lassen.«

»Jetzt bist du schon wieder verantwortungsbewusst. Du überraschst mich immer wieder. Ich dachte, bei den Löwinnen ging es immer nur darum, Risiken einzugehen.«

»Wir haben kein Problem mit Risiken, solange wir nur selbst betroffen sind. Wenn es allerdings darum geht, das

Beste für diejenigen zu tun, die unter meinem Schutz stehen, nehme ich die Sicherheit um einiges ernster. Allerdings«, sie lehnte sich näher zu ihm, »wenn es darum geht, Spaß zu haben, mach dir keine Sorgen. Da bin ich wilder, als du es dir vorstellen kannst«, schnurrte sie.

Er stolperte.

Sehr schön.

Dann piepte etwas und die Lichter an einem der Fahrzeuge, die am Straßenrand standen, gingen an.

»Sag mir jetzt nicht, dass das dein Wagen ist«, murmelte sie voller erregter Bewunderung. Sie liebte ihr Motorrad, daran gab es keinen Zweifel, aber in kühlen Nächten und an regnerischen Tagen wäre es schön, den Komfort eines geschlossenen Fahrzeugs zu genießen. Eines Fahrzeugs wie diesem hier.

»Doch, der gehört mir.«

Sein Wagen war ein Ford Mustang des Jahrgangs 2015, der in einem herrlichen Kirschrot lackiert und mit funkelndem Chrom verziert worden war. Wie unerwartet. Sie hätte von dem verklemmten Wolf etwas um einiges Behäbigeres erwartet.

Andererseits, was wusste sie eigentlich über Jeoff? Sicher, er hatte einen heißen Körper, den praktisch jede Frau haben wollte – Pfoten weg, ihr Schlampen –, aber gleichzeitig war er eher zurückhaltend in Bezug auf das Rudel, vor allem bei den Damen.

*Er verabredet sich mit Menschen.* Ihre innere Katze stieß die Bemerkung höhnisch hervor. Das behauptete er, weil er kein Drama wollte.

*Ein wenig Drama ist gut fürs Herz. Es hält uns stark.*

Langeweile hingegen war wirklich gefährlich. Eine gelangweilte Bestie war ein gefährliches Tier. Luna langweilte sich oft.

Aber nicht in der Nähe von Jeoff. Es gab viele interessante Dinge an ihm. Trotz seines etwas kauzigen Äußeren – und es fiel ihr wirklich schwer, diese Brille als etwas anderes als das attraktivste Accessoire aller Zeiten zu sehen – war nichts Albernes an ihm.

Wenn sie die Anzüge und die Brille ignorierte und einfach nur die Tatsachen betrachtete, was wusste sie dann über ihn? Er leitete eine Sicherheitsfirma, die eine interessante Mischung aus Menschen und Lykanern beschäftigte, Mitglieder seines kleinen Rudels, über das er als Alpha regierte. Er hatte also Mut, auch wenn er für das Rudel arbeitete. Einige der Damen behaupteten, dass er in einer Band Gitarre spielte, eine weitere total heiße Männersache.

*Denk an den Fernseher.* Wie konnte sie die Tatsache ignorieren, dass sein digitaler Videorekorder keinen einzigen Boxkampf aufgezeichnet hatte? Keine hartgesottenen Polizeisendungen. Keine einzige Reality-Show, in der die Kandidaten aufeinander losgingen.

Ja, sie hatte herumgeschnüffelt. Wie hätte sie sonst mehr über Jeoff herausfinden sollen? Warum sie mehr wissen musste, war etwas, das sie mit ihrem Psychiater bei einem Bier besprechen musste. Ihr Lieblings-Barkeeper musste es so aussehen lassen, als würde er arbeiten, wenn er großartige Lebensratschläge austeilte.

Als sie neben dem Auto entlangging, konnte sie nicht umhin, mit den Fingerspitzen über die Motorhaube zu fahren und das glatte, lackierte Metall zu streicheln. Sie war total neidisch auf das Auto.

Jeoff griff nach der Türklinke und kam ihr zuvor, wobei er sie erneut wie eine Dame behandelte. Er öffnete ihr die Tür und wartete, bis sie die Beine in den Wagen gelegt hatte, bevor er sie schloss.

Sie konnte nicht anders, als das Interieur zu bewundern, vielleicht sogar ein wenig zu sehr.

Als er die Fahrerseite öffnete, hielt er inne und blinzelte ihr zu. »Was machst du auf meinem Platz?«

Luna grinste und streckte eine Hand aus. »Ich fahre.«

»Nein, tust du nicht. Rutsch rüber.«

»Ach, komm schon. Sei nicht so ein missmutiges Hündchen. Ich will wissen, wie schnell dieses Ding fahren kann.«

»Ich möchte lieber lebend ankommen.«

»Du solltest wissen, dass ich ausgesprochen gut Auto fahren kann. Ich kenne mich mit einem Schalthebel aus.« Und obwohl ihre Hand sich vielleicht um den Schalthebel legte, driftete ihr Blick südlich unterhalb seiner Gürtellinie.

Er räusperte sich. »Die Antwort lautet trotzdem nein. Und als dein Scheinfreund bestehe ich darauf, dass du mir gehorchst, oder ich setze dieser Farce jetzt sofort ein Ende.«

»Wegen eines Autos?«

Er ließ seine Hand über den Lack des Wagens gleiten, und zwar auf eine Art, die sie fast eifersüchtig machte. »Wegen dieses Autos schon.«

»Nur damit du es weißt, ich betrachte das als Katzenquälerei«, grummelte sie, während sie sich auf den Beifahrersitz gleiten ließ.

»Ich mache es später mit einem Schälchen Creme wieder gut.«

»Wirklich?« Sie wurde hellhörig und richtete sich in ihrem Sitz auf.

»Einem Schälchen Eiscreme. In aller Öffentlichkeit«, fügte er hinzu.

»Und ihr behauptet, wir seien Schmusekätzchen, die sich vor allem fürchten«, murmelte sie.

»Schnall dich an.«

Für einen Mann, der sich zur Liebe zu seinem Auto bekannte und befürchtete, dass Luna diesem wehtun könnte, fuhr er wie ... na ja, wie Luna selbst. Schnell, aggressiv, mit scharfen Schnitten über die Fahrbahnen, abrupten

Geschwindigkeitswechseln und ließ sich zeitlich perfekt abgestimmt in entstehende Lücken zwischen den Fahrzeugen gleiten.

Luna fand es faszinierend, ihm zuzusehen, sein Gesicht konzentriert, seine Hand fest um den Schalthebel gelegt, das leichte Anspannen der Muskeln in seinem Oberschenkel, jedes Mal wenn er die Kupplung betätigen musste.

»Was glaubst du also, werden wir in diesem Klub finden?«, wollte sie wissen.

»Ich habe keine Ahnung. Nachdem du gegangen warst, ist es mir gelungen, ein weiteres Paar im Rudel zu finden, das schon einmal den Klub besucht hat.«

»Was haben sie berichtet?«

»Sie haben gesagt, dass an dem Ort nichts merkwürdig ist, mal abgesehen davon, dass er eben von all denjenigen besucht wird, die ein bisschen mehr Würze in ihr Sexleben bringen möchten. Anscheinend bedient der Klub ein gemischtes Publikum aus Gestaltwandlern und Menschen. Sei also vorsichtig und verstecke deine innere Katze.«

»Was, ich darf meine Krallen nicht zeigen? Mir auf der Tanzfläche kein Fell sprießen lassen?«

Er warf ihr einen Blick zu. *Diesen Blick.* Er funktionierte nicht, und ganz sicher hatte sie es nicht nötig, dass er ihr sagte, wie sie sich verhalten soll. »Was wissen wir sonst noch?«

»Hast du dich etwa nicht über den Klub informiert?«, wollte er wissen.

Sie legte ihre Füße auf das Armaturenbrett und beachtete dabei die Tatsache nicht, dass ihr Rock hochrutschte und einer der Lastwagenfahrer, an dem sie vorbeirasten, wahrscheinlich etwas zu viel zu sehen bekam. »Informationen zu sammeln ist für Leute wie dich. Ich bin nur die Verstärkung.« Am besten brachten sie es jetzt gleich hinter sich.

»Die Verstärkung sollte unbedingt ihre schmutzigen Füße von meinem Armaturenbrett nehmen.«

»Du machst dir über meine Füße Gedanken?«

»Runter damit.«

»Wenn du darauf bestehst.« Sie rutschte rüber und ließ ihre Beine auf seinen Schoß fallen. »Besser so?«

Sein Körper verspannte sich, vielleicht weil er Schmerzen hatte. Weil er sich beschwert hatte, hatte sie mit ihren Absätzen vielleicht etwas fester zugestoßen, als nötig gewesen wäre.

»Also, was hast du sonst noch herausgefunden?«, fragte sie, als er nichts sagte.

»Ich habe herausgefunden, dass du sogar noch nerviger bist, wenn man länger mit dir zusammen ist.«

Das hätte vielleicht mehr wehgetan, hätte sie nicht die riesige Beule in seiner Hose bemerkt. Und ja, sie hatte nachgesehen.

Jeoff wollte sie vielleicht nicht mögen, aber bestimmte Teile von ihm mochten sie anscheinend sehr. Und dabei handelte es sich sowieso um das einzige Teil, das bei einem Typen eine Rolle spielte. Mal abgesehen von seiner Zunge ...

»Unglaublich, dass du mit dieser Einstellung überhaupt flachgelegt wirst«, grummelte sie. »Außer natürlich ...« Sie sah ihn an und wagte es kaum, darüber nachzudenken, aber auszusprechen wagte sie es schon. »Bist du vielleicht noch Jungfrau, kleiner Wolf? Bist du deshalb so zurückhaltend?«

Daraufhin machte der Wagen einen Schlenker etwas näher am Bürgersteig, als es gut gewesen wäre.

»Ich? Eine Jungfrau?« Er sagte die Worte voller Unglauben. »Ganz im Gegenteil.«

»Also treibst du es mit jeder?«

»Wie wäre es, wenn wir uns einfach auf die Spur konzentrieren, die wir verfolgen? Weißt du überhaupt irgendetwas über den Klub, in den wir heute Abend gehen?«

Natürlich wusste sie alles, aber ihn dazu zu bringen, alles noch einmal zusammenzufassen, was er herausgefunden hatte, hätte vielleicht Dinge zutage gefördert, die sie verpasst hatte. Doch da er darauf bestand, zählte sie die Fakten auf. »Die *Rainforest Menagerie* wurde vor etwas mehr als einem Monat eröffnet. Laut Recherchen gehört sie einem gewissen Gaston Charlemagne. Keine Ahnung, wer er ist. Er hat sich dem Rudel nicht angenähert und niemand ist ihm nahe genug gekommen, um zu überprüfen, ob er ein Mensch ist oder nicht. Wir haben ein paar Hintergrundüberprüfungen gemacht, aber wir stehen mit leeren Händen da. Wir konnten herausfinden, dass er von Frankreich hierher emigriert ist, aber darüber hinaus ist er ein Rätsel. Unsere Verbindungen nach Übersee haben auch keine weiteren Informationen für uns.«

»Und er hat sich mitten im Herzen der Stadt niedergelassen. Allein auf dieser Grundlage gehe ich davon aus, dass wir es mittlerweile wüssten, wenn er einer von uns wäre.«

Aber stimmte das auch? Luna konnte nicht umhin, an die kluge Person zu denken, die Spargel gegessen hatte, um ihren Duft zu verschleiern, und den Typen, den sie im Wald verfolgt hatten. Den Typen, der schneller laufen konnte, als es einem Menschen auf zwei Beinen möglich sein sollte, der aber nicht nach Gestaltwandler roch. *Das bedeutet aber längst noch nicht, dass er nicht irgendeine Art von Gestaltwandler ist.* Jemand, der darauf erpicht war zu verstecken, wer er war, konnte das auch tun, besonders weil Düfte online so leicht erhältlich waren.

»Was hast du sonst noch über den Klub herausgefunden? Die Leute, mit denen ich gesprochen habe, haben bestätigt, dass dort hauptsächlich Paare bedient werden, dass aber auch eine bestimmte Anzahl alleinstehender Frauen hereingelassen wird. Was die Klientel selbst angeht, so besteht sie sowohl aus Menschen als auch aus Gestaltwandlern. Hauptsächlich sind es Katzenwandler und Lykaner, auch wenn Barry dort einen Bärenwandler mit einer menschlichen Begleitung gesehen hat, als er mit seiner Frau dort war. Anscheinend waren sie eingeflogen, um in diesem Klub zu feiern.«

»Die Leute reisen von weit her an, um diesen Ort zu besuchen?« Welche *Extras* bot dieser Klub wohl sonst noch an?

»Dafür, dass er noch nicht sehr lange auf ist, hat er sich schon einen ziemlichen Ruf gemacht.«

»Und sie lassen einfach jedes Paar rein?«

»Ich nehme an, das werden wir herausfinden, wenn wir dort ankommen.«

Auf der Straße vor dem Klub war einiges los. Es war sogar sehr viel los. Autos standen zu beiden Seiten der Straße, was bedeutete, dass Jeoff etwas weiter entfernt parken musste, und noch dazu im Halteverbot, wie sie bemerkte.

»Dort wirst du bestimmt abgeschleppt«, stellte sie fest und zeigte auf den Wasserhydranten.

»Nein, werde ich nicht.« Er lächelte sie an und neigte sich zu ihr, so nahe, dass sein maskuliner Duft sie einhüllte und ihr ganz schwindelig wurde. Sie konnte sich selbst in seinen Augen sehen, als er zwischen die Sitze griff, um etwas hervorzuziehen.

Er wusste, wie man einem Mädchen falsche Hoffnungen machte.

Er legte ein »Im Dienst«-Zeichen in die Windschutzscheibe.

»So eins brauche ich auch unbedingt.«

»Denk nicht einmal daran, mir meins zu stehlen«, knurrte er.

Sie grinste. »So was würde ich doch niemals tun.«

»Würdest du schon.« Wie gut er sie doch schon kannte.

Bevor er aus dem Wagen stieg, sagte er: »Ich nehme an, dir macht ein kleiner Spaziergang nichts aus?«

*In diesen Schuhen?* »Das halte ich schon aus.«

Sie erreichte nicht einmal den Bürgersteig. Sie trat auf ein Abflussgitter, oder besser gesagt sie blieb darin stecken, ihr Absatz zwischen zwei Stäben eingeklemmt, und sie fragte sich, warum zum Teufel sie es zugelassen hatte, dass diese verdammten Löwinnen sie wie ein Mädchen anzogen.

*Wahrscheinlich weil ich ein Mädchen bin.*

Man höre sie brüllen!

Allerdings hätte sie den Schlussstrich bei den Schuhen ziehen sollen. Normalerweise konnte sie an den Orten, die sie sonst besuchte, in zerrissenen Jeans und einem T-Shirt mit irgendeinem Spruch auftauchen, das eine bestimmte Gruppe von Leuten, meist Blondinen wie sie selbst, beleidigte, und Sportschuhen – oder festen Stiefel, für den Fall, dass sie jemanden in den Hintern treten musste.

Aber für den Ausflug heute Abend wollte sie hübsch aussehen ... für Jeoff.

Hust. Stöhn. Keuch. Diese Erkenntnis brachte sie zum Keuchen, und zwar so sehr, dass Jeoff ausgesprochen besorgt den Arm um sie legte, nachdem er um das Auto herumgegangen war. »Alles in Ordnung?«

»Ja.« Alles super. Mal abgesehen von der Tatsache, dass ihr dieser blöde Wolf gefiel und sie ihn beeindrucken wollte. Was für eine Schande. »Ich bin nur mit dem Fuß stecken geblieben.«

»Du konntest eben einfach nicht warten, bis ich komme, um dir zu helfen.« Jeoff betrachtete das Dilemma und sah sie dann wieder kopfschüttelnd an.

»Ich bin wirklich dazu in der Lage, selbst eine Wagentür zu öffnen und auszusteigen.«

»Anscheinend ja wohl nicht.« Er ließ seinen spöttischen Blick zu ihrem Fuß wandern. Sie befreite sich, indem sie ihn herausriss, machte einen Schritt und musste dann feststellen, dass beide Absätze in dem dummen Abflussgitter feststeckten.

Er musste lachen, weil sie verärgert knurrte: »Das ist deine Schuld.«

»Wie kommst du denn darauf? Ich bin es nicht, der diese äußerst fragwürdigen Schuhe trägt.«

»Du hast absichtlich da geparkt.«

»Ja, genau, das habe ich gemacht, damit du hier feststeckst. So bin ich eben.«

Die Tatsache, dass er sich über sie lustig machte, half auch nichts, sondern machte sie nur umso wütender.

»Lass mich dir helfen.« Er streckte ihr die Hand hin, doch als stolze Löwin ergriff sie sie nicht. Sie würde sich schon selbst befreien, vielen Dank.

Der erste Absatz ließ sich relativ leicht lösen, der zweite hingegen nicht.

Sie ruckte daran und ein ausgesprochen wahrnehmbares Knacken war die Folge. Der Schuh löste sich, genau wie der andere, und der Absatz fiel mit einem spöttischen Platschen irgendwo unter das Gitter.

So lässig wie möglich – eine Katzeneigenschaft, die sich als sehr nützlich erwies – trat sie mit nur einem kleinen, schiefen Wackeln auf den Gehweg. Würde das jemand bemerken?

*Klick. Klock.*

»Gib mir deinen Fuß«, befahl er.

»Nein.«

»Her damit.«

»Nein. Alles in Ordnung.« *Klick. Klock.* Sie machte ein paar unbeholfene Schritte.

»Dickköpfig. So verdammt dickköpfig.« Er sagte es mit einem Seufzen.

Zwischen zwei Atemzügen stellte sie fest, dass er sie sich

einfach über die Schulter warf, mit dem Kopf nach unten und dem Hintern nach oben, obwohl sie die Hände zu Fäusten ballte und auf ihn einschlug.

»Setz mich sofort ab.«

»Gleich. Halt still, während ich dir diese Schuhe ausziehe und die anderen an.«

Sie hielt still. »Was für andere Schuhe?«

»Die, die ich in der Tasche habe. Jemand hat sie mir im Löwenhaus zugesteckt, als ich nicht aufgepasst habe.«

»Lass mich mal sehen.«

»Du siehst sie dann schon, wenn du sie an den Füßen hast.«

Da er so erpicht darauf zu sein schien, ließ sie zu, dass er ihr die anderen Schuhe anzog. Alles war besser als diese verdammten hochhackigen Dinger. Sie hätte darauf bestehen sollen, dass Melly sie zu ihrer Verabredung anzog.

Die hohen Schuhe mit Blümchen wurden ihr ausgezogen und ersetzt durch – sie sah ihre Füße erstaunt an, als er sie wieder abstellte. »Flip-Flops?« Allerdings ziemlich schicke mit Strasssteinen.

»Anscheinend war deinen Freundinnen schon klar, dass es Probleme geben könnte.«

Dafür war ganz sicher Reba verantwortlich. Zumindest hatte sie Sandalen gewählt, die als sexy Abendkleidung durchgehen konnten. Sie waren jedoch nicht für den Schlamm auf dem Bürgersteig vor einem leeren Bauplatz gedacht. Bevor sie einen Umweg über die Straße machen konnte, fand sie sich erneut in die Luft gehoben und im Prinzessinnenstil getragen. Unerwarteterweise fand sie es ziemlich unterhaltsam. Normalerweise wurde sie, wenn sie gewaltsam hinausgeworfen wurde, von Leo oder einem der anderen Jungs im Rudel über die Schulter geschmissen, der sie dann schimpfend und tretend hinausbrachte.

Aber Jeoff behandelte sie, als wäre sie zierlich.

Zierlich! Zum Glück lauerte keine Löwin ihrer Clique in der Nähe, um auf sie zu zeigen und sie auszulachen.

Da er entschlossen zu sein schien, nutzte sie den Umstand dazu, ihre Nase an seinen Hals zu schmiegen, um an ihm zu schnüffeln.

»Was machst du da?« Da war wieder der Hauch von Verzweiflung, auf den sie es abgesehen hatte.

»Ich rieche an dir.«

»Und warum?«

»Nur für den Fall, dass ich dich verliere.«

»Warum solltest du mich verlieren?«

»Schließlich bist du ein Hund. Die laufen die ganze Zeit weg. Oder achtest du nicht auf die Poster an den Bäumen draußen?«

»Nur damit du es weißt, Katzen entlaufen auch.«

Daraufhin biss sie ihn. Ziemlich fest.

*Wir sollten ihn auch noch kratzen. Unser Zeichen hinterlassen.*

»Aua, warum hast du das gemacht?«

»Brauche ich einen speziellen Grund?«

»Löwinnen«, knurrte er, anstatt zu antworten. Als sie an einem sauberen Abschnitt des Bürgersteigs angekommen waren, setzte er sie nicht sofort ab.

Sie wand sich in seinem Griff. »Ich kann selbst laufen, weißt du?«

»Das weiß ich, aber wenn ich dich trage, stehen die Chancen geringer, dass du Ärger verursachst.«

»Ich möchte, dass du weißt, dass ich nicht so oft in Schwierigkeiten gerate.«

»Ich weiß über den Kampf im Lion's Pride Steakhouse Bescheid.«

»Diese Schlampe hatte es total verdient, dass ich ihr ein Getränk über den Kopf schüttete. Schließlich hat sie meine

Cousine um drei Ecken zum Weinen gebracht.« Und niemand legte sich mit Lunas Familie an.

»Und damals, als du wegen Erregung öffentlichen Ärgernisses die Nacht im Gefängnis verbringen musstest?«

»Davon hast du auch erfahren?« Sie lächelte. »Es ist nicht meine Schuld, dass wir in einer prüden Gesellschaft leben. Joan und ich wollten einfach nur das Sprichwort ›Brustwarzen so hart, dass man damit Glas schneiden kann‹ überprüfen. Es war ziemlich kalt an diesem Tag. Und wir hatten wirklich beide knallharte Brustwarzen. Nur dass eben irgendwelche blöden Spießer die Polizei gerufen haben. Das Ganze wurde unsittliche Entblößung genannt, was für ein Schwachsinn.«

Als sie sich dem Klub näherten, vibrierte der entfernte Klang der Musik in der Luft, und er setzte sie schließlich ab. Sie nahm seinen Arm und so sahen sie sehr pärchenhaft aus, als sie auf den Klub zugingen, ein weiteres unanständiges Paar auf der Suche nach Action.

Unten im Lagerhausviertel standen zwei- und dreistöckige Gebäude, groß und gedrungen und dunkel, die hoch über ihnen auftragten. Die meisten von ihnen schienen zu dieser späten Stunde geschlossen zu sein und wenn der Klub nicht gewesen wäre, wäre der ganze Ort vermutlich menschenleer. Das Raubtier in ihr bemerkte die Schatten und möglichen Stellen für einen Hinterhalt. Das Bewusstsein dafür war fürs Überleben unerlässlich.

Da Jeoff nicht zum Reden geneigt schien, tat sie es. »Im Klub ist anscheinend einiges los. Als wir daran vorbeigefahren sind, habe ich eine Schlange bemerkt.« Außerdem hatte sie ein paar Outfits bemerkt, die noch heißer waren als ihres.

»Machst du dir Sorgen, dass wir nicht zu den coolen Leuten gehören, die reinkommen?«

»Oh, sie werden mich hineinlassen.«

Nur schien der Türsteher anfangs nicht allzu geneigt dazu zu sein. Er blickte auf Luna hinunter, buchstäblich von etwa zwei Metern Höhe. Gebaut war er wie ein gigantisches Biest, aber er roch nicht nach einem Wandler. Sein Eau de Cologne – das dem Lufterfrischer fürs Auto sehr ähnelte – brannte ihr in der Nase und dieser Kerl, der entwicklungstechnisch nur eine Stufe über den Affen stand, dachte, er könnte ihr den Zutritt verbieten.

»Ohne Ausweis kommt ihr hier nicht rein.« Der riesige Kerl verschränkte die Arme und lächelte höhnisch zu ihr hinab.

Seit wann musste man seinen Ausweis vorzeigen, wenn man in einen Klub wollte? Luna hatte nie einen Ausweis dabei. Die meisten Gestaltwandler hatten das nicht, nur für den Fall, dass sie sich verwandeln und ein wenig herumlaufen wollten. Nur ein Idiot ließ seine persönlichen Sachen zurück, damit sie gestohlen werden konnten.

Jeoff kam ihr zu Hilfe. »Ich kann dir versichern, dass sie volljährig ist.«

»Normalerweise würde es mir nicht gefallen, dass jemand mich alt nennt, aber diesmal werde ich es durchgehen lassen«, murmelte sie. Er konnte ihr später für ihren Großmut danken.

»Vielleicht ist sie das. Vielleicht auch nicht«, knurrte der Türsteher. »Ich habe Sechzehnjährige gesehen, die älter aussehen als sie. Es tut mir leid. Und jetzt verschwindet.«

Da Jeoff entschlossen schien, sich mit dem Mann noch etwas mehr zu streiten – weil das soooooooo gut funktionierte –, überging Luna ihn und griff auf ihre übliche Vorgehensweise zurück.

Sie schnappte sich das Hemd des großen Türstehers mit zwei Fäusten, zerrte fest daran, zog ihn auf ihr Niveau hinunter und hielt ihn dort fest.

»Jetzt hör mal zu, Großer.« Sie flüsterte die Worte,

sprach mit leiser, sanfter Stimme, wusste aber nur allzu gut, dass er in ihren Augen etwas völlig anderes lesen konnte. »Du hörst jetzt sofort auf, mir auf die Nerven zu gehen, und lässt mich in diesen Klub. Und es ist auch eine gute Idee, mich in den Klub zu lassen. Wenn du es nämlich nicht tust, habe ich eine große Clique von Löwinnen, die dafür sorgen können, dass dein Rücken für immer Kratzspuren aufweist und du für alle anderen Frauen verdorben bist.«

»Wie ist es möglich, dass du so stark bist?«, wollte er wissen.

Sie zog ihn noch näher zu sich. »Das willst du gar nicht wissen.«

»Da hat sie recht, das willst du wirklich nicht«, fügte Jeoff hinzu. »Das kannst du mir glauben.«

»Hörst du also auf, mir auf die Nerven zu gehen und lässt mich rein?«, fragte sie.

Mit erstaunt aufgerissenen Augen nickte der Türsteher. Vielleicht hatte es etwas damit zu tun, dass sie ihre Klauen ganz leicht in seine Haut bohrte. Oder mit dem Riesenstapel Geld, den Jeoff ihm zusteckte.

»Danke, mein Freund.« Jeoff behielt seine Hand fest auf ihrem Rücken, als er sie durch die Tür schob.

»Ich hatte die Situation unter Kontrolle.«

»Du kannst nicht jeden bedrohen, mit dem wir reden müssen.«

»Ich habe ihn nicht bedroht, sondern ihm nur ein Versprechen gegeben.«

»Von jetzt an übernehme ich das Reden.«

»Ich sehe schon, was das für eine Beziehung geben wird«, grummelte sie.

»Eine ziemlich kurze, wenn du dich nicht benimmst. Ich nehme mal an, dass es keinen Sinn macht, dir zu sagen, dass du dich benehmen sollst.«

»Das kommt darauf an. Wirst du mir den Hintern versohlen, wenn ich mich nicht gut benehme?«

»Würde es eine Rolle spielen?«

Sie sah zu ihm auf und blinzelte. »Aber natürlich. Wenn du mir versprichst, dass du mir den Hintern versohlst, wenn ich mich schlecht benehme, werde ich alles tun, um mich schlecht zu benehmen. Aber so langsam habe ich das Gefühl, dass das alles nur heiße Luft ist.«

Damit warf sie ihm einen Kuss zu, zwinkerte ihm zu und tänzelte dann durch die Klubtüren.

Was sie nicht erwartet hatte, war der feste Schlag auf ihren Hintern, als er sie einholte.

## Kapitel Acht

Im Gegensatz zu den meisten Mädchen, die gekreischt hätten, nachdem sie den wohlverdienten Klaps auf den Hintern bekommen hatten, reagierte Luna mit einem rauen Lachen und nahm seinen Arm.

»Schon mal nicht schlecht. Das hat mir gar nichts ausgemacht. Aber ich bin mir ziemlich sicher, dass du das besser kannst.«

»Du bist so ein böses Mädchen.« Eine unartige Löwin, die er in einen reinen Pärchenklub mit einem tiefen, dröhnenden Bass brachte, der seine wilde Seite ansprach. *Muss widerstehen.* Es kommt nie etwas Gutes dabei heraus, wenn der Takt die Oberhand gewinnt und einen Mann auf seine wilde Seite zieht.

Der Türsteher war offenbar nur die erste Sicherheitsebene. Die nächste bestand aus schönen jungen Frauen mit Klemmbrettern, die jeden beiseitenahmen, der ohne Armband eintrat.

»Willkommen in der *Rainforest Menagerie*«, erklärte eine zierliche Rothaarige. »Ich heiße Candy und da ihr zum ersten Mal hier seid, müsst ihr bitte dieses winzige Formular ausfüllen, um sicherzustellen, dass ihr die Regeln versteht, und dann könnt ihr reingehen.«

»Was denn für Regeln?«

Natürlich musste Luna nachfragen, denn normalerweise stellten Löwinnen ihre eigenen Regeln auf.

»Einfach ein paar grundlegende Sachen. Die anderen Besucher des Klubs zu respektieren. Man verspricht, den anderen Mitgliedern nichts in den Drink zu mischen oder etwas zu versuchen, um sie dazu zu bringen, etwas zu tun, was sie normalerweise nicht tun würden.«

Mit anderen Worten bedeuteten die Regeln so viel wie *Sei kein Arschloch* und *Nein heißt nein*.

Das Formular mit der Überschrift »Führe deine Interessen und Aktivitäten auf« erwies sich allerdings als interessanter.

Jeoff wunderte sich über das Formular, das sie ausfüllen mussten. Sie saßen nebeneinander auf einer lederbezogenen Bank und Luna beugte sich zu ihm, um zu flüstern: »Sie wollen wissen, wie oft wir es miteinander tun.« Und das war noch eine der normaleren Fragen. Sie warf dem Sicherheitsmann, der sie im Auge hatte, einen frechen Blick zu. »Soll ich da auch mitzählen, wie oft ich dir in der Dusche einen blase, oder geht es nur um den tatsächlichen Sex?« Sie klimperte mit den Wimpern in Richtung Jeoff und er dankte dem Himmel, dass er das Klemmbrett über seinen Schwanz hielt. Die verdammte Frau wusste, wie sie ihn in Fahrt bringen konnte. Und damit meinte er, dass er härter war als die verdammten Stahlträger, die die meisten Gebäude aufrecht halten.

Die Sexfrage war nur die Spitze des Eisbergs. Man wollte die sexuelle Orientierung wissen. Ob sie sich für einen Partnertausch interessierten. Oder für Voyeurismus.

Es war der seltsamste Fragebogen, den Jeoff je ausgefüllt hatte. Aber als es erledigt war und er die Klubgebühr bezahlt hatte – die er Arik in Rechnung stellen würde –, bekamen er und Luna ihre eigenen Armbänder und durften in die nächste Ebene des Klubs eintreten.

Der Vorraum war mäßig belebt und die gedämpfte Beleuchtung erlaubte es ihnen, das Garderobenmädchen zu sehen. Jeoff entschied sich dafür, seine Jacke zu behalten. Luna nahm das Schultertuch ab und er konnte einen richtigen Blick auf ihr Outfit werfen.

*Ich glaube, ihr fehlt ein Teil davon.*

Sicherlich sollte sie etwas über dem Korsett tragen, die geschmeidige schwarze Spitze, die eng um ihre Rippen geschnürt war und aus dem ihre Brüste oben herausquollen, mit Mühe und Not gehalten von dem dünnen Seidenhemd, das sie darunter trug. Ihre Schultern waren entblößt, ebenso wie der Streifen Haut zwischen dem Korsett und ihrem hüftbetonten Rock. Ein Rock, unter dem sie, wie sie selbst zugegeben hatte, kaum mehr als einen kleinen Stofffetzen trug.

Ein echter Hund hätte seinen Kopf unter diesen aufreizenden Stofffetzen gesteckt, um einen Blick darauf zu werfen. Als ein Wolf, der immerhin kein Welpe mehr war, würde er das Richtige tun und warten, bis sie sich bückte.

Luna und das Garderobenmädchen tauschten das Tuch gegen ein Ticket, das in ein dunkles Tal geschoben wurde.

»Du weißt aber schon, dass ich Taschen habe.« Zum Beispiel eine vorne an seiner Hose, die sie später nach dem Abschnitt des Tickets durchsuchen konnte. Schnell steckte er seine Hände in die Taschen.

»Aber so kannst du mir helfen, es wiederzufinden.« Sie zwinkerte ihm zu. Dann hakte sie sich bei ihm unter und führte sie gemeinsam zu den Schwingtüren, vor denen ein weiterer Türsteher wartete und die in den Innenbereich des Klubs führten. »Amüsieren wir uns ein wenig.«

»Wir sind hier, um nach Hinweisen zu suchen.«

»Das bedeutet noch längst nicht, dass wir uns währenddessen nicht amüsieren dürfen.«

Das Portal schwang auf und ein Tsunami von Geräuschen überspülte sie, laut und dick genug, um sie praktisch zu erfassen und zu formen. Die Zähne vibrierten bei dem tiefen Bass. Auch die Haut summte. Es war Lärm, schlicht und ergreifend, und doch hatte der vibrierende Puls etwas an sich, das Schlagzeug appellierte an seinen Urinstinkt, der zu ihm sprach. Er sprach zu Luna und allen anderen an diesem Ort.

Bewegungen wurden zum Tanz, nicht weil sie es wollten, sondern eher, weil man nicht anders konnte. Man wippte mit jedem Schritt. Jeder Tritt war von einem Hüftschwung begleitet. Der Rhythmus forderte Huldigung und der Körper musste ihm antworten.

Es war nicht der eindringliche Ruf der Musik, der ihn erstarren ließ, sondern das, was er hinter den Türen sah. Für einen Moment war er versucht, sich umzudrehen. *Ich gehöre nicht hierher.*

Scheiß auf das Gespräch, das er vorher mit Arik geführt hatte. »*Aber ich nehme diese psychotische Löwin auf keinen Fall mit.*«

»*Doch, das wirst du. Aber damit es dir ein wenig leichter fällt, zahle ich dir das Doppelte von dem, was du normalerweise verlangst.*«

Denn Luna allein war nichts, worüber man nachsinnen sollte. Ein Ort wie dieser war ein wenig mehr, als er in Erwägung ziehen wollte. Vielleicht war er so prüde, wie Luna ihm vorwarf zu sein.

*Dies ist ein Job. Reiß dich mal zusammen.*

Luna schien sich nicht an ihrer Umgebung zu stören. Sie legte ihre Hand in seine und zerrte ihn hinter sich her. Sie gelangten ein gutes Stück in den Raum, denn es war zwar einiges los, aber nicht überfüllt. Es war noch möglich, sich zu bewegen, und zwischen den sich windenden Körpern war noch etwas Platz vorhanden. Während andere Körper so nahe beieinander waren, dass sie wie einer schienen.

Sie blieben am Rande der Tanzfläche. Jeoff lehnte sich an einen Pfeiler und versteifte sich nicht – jedenfalls nicht sehr –, als Luna sich an ihn wandte und auf die Zehenspitzen stellte. Sie packte seinen Kopf und legte ihre Lippen an sein Ohr. Es entstand der Eindruck von Intimität. »Für mich sieht bis jetzt alles ganz normal aus. Wenn du mich fragst, sogar ein bisschen enttäuschend.«

Er küsste ihren Hals und seine getönte Brille versteckte die Tatsache, dass er den ganzen Raum im Auge behielt. Er ließ seine Lippen zu ihrem Ohr wandern und spielte ganz den Part des hingerissenen Liebhabers. Und der war nicht gerade schwer zu spielen. »Das kommt ganz darauf an, was du für normal hältst. In den meisten Klubs gibt es keine Leute, die in Käfigen miteinander rummachen.« Er sollte hinzufügen, dass er sie nicht wirklich sehen konnte. Ein dünnes Tuch schützte den Käfig vor Blicken, sodass man nur die Schatten der Personen darin sehen konnte. Doch was diese Schatten taten ... war auf keinen Fall jugendfrei.

Sie lachte laut, während sie antwortete: »Dann weißt du nicht, wohin man ausgehen sollte.«

Nein, er wusste allerdings, dass er es vorzog, seine Privatangelegenheiten privat zu halten. Er verstand nicht, warum Menschen in der Öffentlichkeit intime Fantasien ausleben wollten. Wenn zu viele Blicke auf ihm ruhten, sträubte sich ihm das Nackenfell, genauso wie wenn zu viele Blicke auf Lunas wohlgeformter Gestalt ruhten.

*Markiere sie, damit jeder weiß, dass sie uns gehört.*

Sein Wolf wurde wirklich langsam lästig mit seinen ständigen Vorschlägen. »Ich glaube nicht, dass wir etwas herausfinden werden, wenn wir einfach nur hier herumstehen.« Abgesehen von der möglichen Notwendigkeit, plötzlich in eine Klinik gehen zu müssen, um sich einige Spritzen geben zu lassen, als ein Mensch, der eine unanständige Lederhose trug und an ein Hundehalsband angeleint war, gegen ihn stieß.

Luna legte ihre Hände gegen seine Brust und lächelte ihn an, ein süßes Lächeln, das von einem schelmischen Funkeln in ihren Augen verdorben war. »Wie ich sehe, ist der Herr Spießer wieder da. Du hast schon wieder diesen Blick.«

»Was für einen Blick?«

»Den Blick, der sagt, dass die Leute, die da in den Käfigen Spaß miteinander haben, sich besser ein Zimmer besorgen sollten.«

»Ich sehe einfach nicht ein, was falsch daran ist, ein wenig zurückhaltend zu sein.«

»Zurückhaltung ist etwas für Leute, die etwas zu verbergen haben.« Sie rückte näher zu ihm und drückte ihren gesamten Körper an seinen.

Es waren Spötteleien wie diese, die ihn dazu brachten, Bescheidenheit für verdammt zu halten und aus der Rolle zu fallen. Es war die Provokation in ihren Augen, die ihn dazu brachte, ihre Hand zu ergreifen und sie gegen die Vorderseite seiner Hose zu drücken. »Du solltest mittlerweile doch schon wissen, dass es nichts gibt, wofür ich mich schämen müsste.« Und er hätte es besser wissen sollen als zu glauben, er könnte Luna schockieren.

Wo ein anderes Mädchen vielleicht gequietscht oder ihn geohrfeigt oder sogar auch nur gekichert hätte, musste Luna einfach anders reagieren. Sie drückte seinen Schwanz, neigte ihr Kinn und sah ihn mit nachdenklichem Blick an, als sie laut nachdachte. »Sehen und Berühren sind zwei ziemlich verschiedene Dinge. Schauen wir also mal nach, was wir hier haben.« Sie drückte zu. »Kein schlechter Umfang.« Sie rieb ein wenig. »Hervorragende Reaktion auf Reize. Auch ziemlich lang, was immer ein Bonus ist. Insgesamt nicht schlecht.«

Insgesamt nicht schlecht. Das war mal ein Kompliment,

das einen Mann dazu brachte, sich am liebsten verstecken zu wollen. Bevor sie ihn noch weiter in Verlegenheit bringen oder seine Männlichkeit beleidigen konnte bis zu dem Punkt, dass er für immer zusammenschrumpfte, griff er nach ihrer Hand. »Holen wir uns was zu trinken.«

Diesmal ging er voran, schlängelte sich zwischen den Körpern hindurch, wich den Säulen mit den Regalen und den Sofas aus, auf denen Männer mit Frauen auf dem Schoß saßen. Er war sich ziemlich sicher, dass mehr als ein Rock unanständige Vorgänge verbarg.

Zu seiner Überraschung bemerkte er auf einem der Sofas einen Kerl aus seinem Rudel – zusammen mit einer Frau, die nicht seine Frau war. Das beunruhigte ihn. Er verstand Leute nicht, die ihre Partner betrogen. In seiner Welt bedeutete eine einmal eingegangene Verpflichtung gegenüber jemandem etwas. Sein Wort bedeutete etwas.

Wie konnte man *die Richtige* jemals betrügen, wenn man sie endlich gefunden hatte?

*Wir werden der Frau treu sein.*

Welcher Frau? Und doch, musste diese Frage wirklich sein Wolf beantworten? Der litt immer noch unter der verrückten Fehleinschätzung, dass Luna etwas bedeutete. Eine Löwin, die zu ihm gehörte? Nur wenn er sie ausstopfen und an die Wand hängen konnte. Diese wilden Damen waren schwer dazu zu bringen, sich niederzulassen, und selbst wenn man eine dazu gebracht hatte, dass sie zuließ, von ihm sein Eigen genannt zu werden, konnte man sich von seinem Leben verabschieden. Er bräuchte noch einen zweiten Job, um genügend Geld für die Kautionen aufzubringen.

Sie gelangten zur Bar. Er schnappte sich ein Bier von dem erschöpften Barkeeper, während Luna sich etwas mit einem Schirmchen darin bestellte. Er drehte sich um und lehnte sich gegen die Theke, um den Raum im Auge zu behalten. Luna lehnte sich an ihn, ihre Nähe war eine Ablenkung, die er nicht abschütteln konnte. »Fällt dir irgendetwas auf?«, fragte er leise, weil er wusste, dass sie ihn trotzdem hören würde. Ein perfektes Gehör war etwas, über das die meisten Gestaltwandler verfügten.

»Nur einen Haufen Leute, die miteinander rummachen. Aber nichts, was darauf hinweist, dass ein Psychokiller in diesem Laden auf der Suche nach neuen Opfern ist.«

Er seufzte. »Da setzt du aber ein paar Dinge voraus. Erstens, wir wissen nicht, ob es überhaupt einen Mörder gibt.«

»Aber immerhin verschwinden die Leute und noch dazu unter ungeklärten Umständen. Du scheinst andeuten zu wollen, dass ich voreilige Schlüsse ziehe. Was für Schlüsse sollen wir denn dann ziehen? Wozu sind wir denn sonst da, wenn wir nicht nach möglichen Verbindungen suchen?«

Ja, warum? Schließlich war es ja nicht so, als könnten sie Fotos der vermissten Personen herumzeigen und die Leute hier befragen. Damit würde ihre Deckung auffliegen, und das wollte er jetzt noch nicht. »Es steht fest, dass das Tigerpärchen öfter hierhergekommen ist, genau wie das Wolfspärchen. Was das dritte Paar angeht, so können wir uns dessen nicht sicher sein. Aber selbst zwei von drei möglichen ist ein ziemlich merkwürdiger Zufall, andererseits können wir auch keine falschen Anschuldigungen machen. Was, wenn wir falschliegen?«

»Was, wenn wir nicht falschliegen? Was, wenn der Besitzer dieses Klubs in irgendein Verbrechen involviert ist, bei dem es um Gestaltwandler geht, die ihre Partner tauschen?«

Das war durchaus möglich. Er hatte schon gehört, dass Gestaltwandlerhandel in anderen Staaten betrieben wurde, doch es kam nicht besonders häufig vor. Allerdings war die

Tatsache, dass das Verschwinden der Leute gleichzeitig mit der Eröffnung des Klubs angefangen hatte, sehr interessant.

»Wir werden gar nichts herausfinden, solange wir nur herumstehen«, stellte sie fest. Das stimmte. Also ließ er zu, dass sie ihn an die Hand nahm und ihn aus dem großen Raum, durch einen Torbogen und in ein zweites Zimmer führte. Hier war die Musik sogar noch lauter und insgesamt war es voller.

Hier gab es weder Stühle noch Sofas, auf denen man sich ausruhen konnte. Die Decke über ihnen funkelte mit tanzenden farbigen Lichtern, die von Discokugeln projiziert wurden. Entlang der linken Wand des Raumes erstreckte sich eine lange Bar ohne Hocker. Die Leute lehnten sich daran, einige hatten Getränke in der Hand, andere standen einfach nur da und starrten auf die Leute, die sich auf der Tanzfläche wanden.

Hier war die Trennung der Paare weniger deutlich, da sich die Körper in einem Massenrausch wellenförmig und ungehindert mit der Musik bewegten.

»Dann werfe ich mich mal ins Getümmel. Du hältst Wache.« Und bevor Jeoff irgendeinen Einwand erheben konnte, war Luna schon davon getanzt und hatte sich in die Mitte der sich bewegenden und kreisenden Körper geworfen. Da Jeoff nicht vorhatte, es ihr gleichzutun, trank er den Rest seines Bieres aus und begab sich zur Bar. Seiner Erfahrung nach war das normalerweise der beste Ort, um Informationen zu erhalten.

Er fand einen Platz an einem Ende des Tresens. Es dauerte nur einen Moment, bis der Barkeeper für diesen Bereich – ein großer, dunkelhäutiger Kerl, der nur Jeans trug, die ihm tief auf den Hüften hing und seinen beeindruckend muskulösen Oberkörper entblößt ließ – ihn bemerkte.

Der Barkeeper legte seine Hand auf die Bar und beugte sich lächelnd nach vorne, seine Zähne waren strahlend weiß, mit Ausnahme eines in Silber überzogenen Zahns mit einem eingeätzten Symbol. Jetzt, da er ihm so nahe war, konnte Jeoff riechen, dass er ein Bär war; der Barkeeper war definitiv ein Gestaltwandler, ein Grizzly, würde er wetten. »Was kann ich für dich tun?«, fragte ihn der Barkeeper.

»Ich hätte gern ein Bier vom Fass, egal welches.« Jeoff stützte sich mit dem Ellbogen auf die Bar und ließ ganz nebenbei den Blick über die Menge gleiten, und sofort fiel ihm Lunas blonder Schopf auf, der aus der Menge hervorstach. Sie tanzte nicht alleine. Ganz im Gegenteil, sie war von zwei Männern und zwei Frauen umringt. Und eine Löwin war bei ihr in der Mitte. Sie schien sich nicht daran zu stören, dass sie an sie stießen und sich vollkommen unangemessen an ihr rieben.

Ihr schien es nichts auszumachen, ihm hingegen machte es sehr viel aus. Aber warum? Nun, sie war immerhin eine erwachsene Frau. Wenn sie tanzen wollte, so konnte sie das tun. Und selbst wenn sie sich von diesen Perversen berühren lassen wollte, war das ihre Entscheidung.

*Sie dürfen sie nicht berühren. Beiß sie.*

Sein Wolf klang genauso verärgert wie er. Es half nicht, dass sein Kopf immer wieder versuchte, ihm etwas klarzumachen. Nein. Er wollte es nicht zulassen. Für den Moment war Leugnen seine beste Strategie.

Der Barkeeper stellte ein Glas vor ihn, das fast bis zum Rand mit einer goldenen Flüssigkeit gefüllt war, die mit einem Hauch von Schaum gekrönt war. Jeoff bemerkte, dass niemand sonst versuchte, um seine Aufmerksamkeit zu buhlen, und so dachte er: *Welcher Zeitpunkt wäre besser, um ein Gespräch zu beginnen?* »Ich bin Jeoff.«

»Malcolm«, stellte der Mann hinter der Bar sich vor.

»Hallo, Malcolm. Ich bin zum ersten Mal hier und verdammt, ich muss schon sagen, hier ist die Hölle los.«

»Aber echt. In letzter Zeit ist es fast jeden Abend so.

Leute aus dem ganzen Land kommen angereist, um den Klub zu besuchen. Anscheinend sind wir jetzt der beste Swingerklub im Land. Ich gehe davon aus, dass du mit deiner Alten da bist?«

Luna würde ausflippen, wenn sie wüsste, dass Malcolm sie *alt* genannt hatte. »Ja. Sie ist ein heißes kleines Gerät. Zerrt mich immer in neue Klubs, um Dinge auszuprobieren.« Und heißes Gerät war noch untertrieben.

»Es ist nichts dagegen einzuwenden, neue Dinge auszuprobieren.«

Ihm ging das Ganze allerdings zu weit. »Arbeitest du schon lange hier?«, wollte er wissen.

Der Barkeeper schüttelte den Kopf. »Nein. Ich habe erst letzte Woche angefangen. Tatsächlich wurde ich von dem Klub an der Westküste, in dem ich vorher gearbeitet habe, abgeworben. Ich bekam das Angebot, herzukommen und die Bar zu schmeißen. Ziemlich verrückt, was? Wer hat schon jemals davon gehört, dass ein Barkeeper abgeworben wird? Aber die Bezahlung ist ziemlich gut. Und das Trinkgeld sogar noch besser.« War das ein subtiler Hinweis? Jeoff warf zwanzig Dollar auf die Theke. Der Barkeeper lächelte und steckte den Schein in den Bund seiner Jeans.

»Also mal abgesehen von diesem Raum und dem mit den Sofas, was kann ich sonst noch erwarten?«

»Du solltest dich umsehen und es herausfinden. Ich will dir die Überraschung nicht verderben. Dieser Klub ist wie ein Wunderland für die erotischen Sinne.«

»Ich dachte, ich hätte eine weitere Etage gesehen. Was ist dort oben?«

Malcolm schüttelte den Kopf. »Der erste Stock ist für Gäste verboten. Dort befinden sich die Büros der Geschäftsführung und solche Sachen. Lauter langweilige Dinge. Aber mach dir keine Sorgen, unten gibt es allerlei Sachen, mit denen du dich unterhalten kannst.«

Viele, in der Tat, da Luna sich wieder den Weg zu ihm zurückbahnte. Ihre Lippen glänzten und öffneten sich, sie wand ihren Körper auf eine Weise, die die Menschen dazu veranlasste, ihr nachzusehen.

Er konnte sich selbst so viel vormachen, wie er wollte, und behaupten, er würde nur nach ihr greifen, weil er seinen vorgetäuschten Besitzanspruch als ihr Freund deutlich machen wollte, um die Illusion ihrer sogenannten Beziehung aufrechtzuerhalten. In Wahrheit aber zog er sie an sich, weil er es wollte. Ganz schlicht und ergreifend. Er mochte es, sie in seiner Nähe zu haben und von ihr berührt zu werden.

»Wie ich sehe, ist da jemand lockerer geworden. Komm schon, tanzen wir.«

Jeoff wollte es wirklich nicht, aber Luna ließ ihm keine Wahl. Sie zog ihn an der Hand mit und schleppte ihn auf die Tanzfläche. Widerstand war zwecklos, besonders als sie ihre Hände auf seine Hüften legte und anfing, sich an ihm zu reiben.

Die Lichter blitzten weiter und sie brachen sich und funkelten, während glitzernde Staubkörnchen auf sie herabschwebten. Das Glitzern überzog seine Haut, gelangte in seinen Mund und er nahm es mit jedem Atemzug in sich auf. Kein Geruch. Kein Geschmack. Nur eine weitere Spielerei, die von einem Klub zur Unterhaltung der Gäste eingesetzt wurde.

Trotz Jeoffs Widerwillens bewegte er die Hüften, umfasste mit den Händen Lunas Taille und hielt sie fest. Ihr Duft umgab ihn.

*Sie riecht so verdammt gut.*

Die Nähe ihres Körpers, die Hitze, die zwischen ihnen brannte, machte es schwer, sich zu erinnern, warum er hier war. Er hatte ein Ziel.

*Ja. Nimm das Weibchen. Das ist unsere Aufgabe.*

Nein, es gab noch einen anderen Grund, warum er hier

war. Etwas anderes als die Art und Weise, wie ihre geöffneten Lippen ihn verführten und das Reiben ihres Beckens an seinem ihn dazu brachte, sich zu wünschen, er könnte sie einfach umdrehen und sie nehmen. Hier und jetzt.

Wahnsinn. Sie waren in der Öffentlichkeit, eine Tatsache, an der er sich festhielt. Er versuchte, sich abzulenken, indem er sich die Menge ansah, aber überall, wo er hinsah, klammerten sich die Menschen aneinander, küssten und befummelten sich.

In der Tat waren er und Luna die Einzigen, die nicht in eine glühende Umarmung vertieft waren. Das erregte ihn. Es störte ihn. Er packte sie an der Hand und kehrte in den ersten Raum zurück, den Raum mit den Sofas und hoffentlich einem Hauch von Vernunft.

Er fand keine. Tatsächlich waren die Leute hier drin mittlerweile ziemlich nackt und verschwitzt. Sicherlich waren die Handlungen, die hier vor sich gingen, gesetzeswidrig. Der ganze Ort schien durchgedreht zu sein, der fleischlichen Begierde vollständig erlegen.

Und noch immer blinkten die Lichter und der Staub funkelte.

Um ihn herum war Erotik im Überfluss vorhanden und obwohl er um seine Sinne und seine Moral kämpfte, stellte Jeoff schließlich fest, dass er nicht immun war. Als Luna ihn am Hintern packte und ihn küsste, hielt er sie nicht davon ab. Im Gegenteil, sein Blut erhitzte sich bis zum Siedepunkt, als sie mit der Zunge einen sinnlichen Streifzug in seinen Mund unternahm.

Er gab sich dem Moment hin und ließ seine Hände über ihren Körper gleiten. Er drückte ihren runden Hintern, zog sie fest an sich und presste sie an seinen Leib. Eine Wildheit brannte in ihm. Ein Bedürfnis, diese Frau zu besitzen.

*Nimm sie jetzt.*

Ja. Ja. Sie gehörte ihm. *Meins*. Er musste nur in sie eindringen.

Als er mit den Händen unter ihren kurzen Rock wanderte, küsste er mit seinem Mund eine Spur entlang ihres Halses und saugte an der zarten Haut. Bei einem lauten Stöhnen, das weder seines noch Lunas war, ließ er den Kopf in die Höhe schnellen und erhaschte einen Blick auf andere Paare um ihn herum, von denen keines auch nur den Anschein erweckte zu tanzen, als sie in einem Rausch von Gliedmaßen und zuckenden Lenden auf dem Boden landeten.

Ein Teil von ihm begriff, dass dies nicht normal war. Er fühlte sich nicht in der Lage, sich selbst zu kontrollieren, und diese Erkenntnis reichte aus, um etwas Vernunft zurückzubringen.

*Das ist nicht richtig. Das ist nicht normal.*

Er ergriff Lunas Hand und ging zum Ausgang, nicht zu dem, durch den sie gekommen waren, sondern zum nächsten, den er sah, wobei die roten Buchstaben ihm einen Ausweg versprachen. Als er die Tür aufschob, ging ein piepsender Alarm los, aber der kühle Luftzug trug viel dazu bei, seinen Kopf freizubekommen. Aber denjenigen, die sich noch im Inneren befanden, half das nicht.

»Hey, ihr dürft diese Tür nicht benutzen.« Ein ganz in Schwarz gekleideter Mann mit einem Schlüsselband und einem Abzeichen, das ihn als Mitarbeiter deklarierte, griff nach der Tür und blockierte den Ausgang. Er starrte Jeoff an und eine Zigarette baumelte aus seinem Mund, von der grauer Rauch aufstieg. »Das ist genau das, was ich gebraucht habe«, bemerkte Jeoff. Er schnappte sich die brennende Zigarette und schlüpfte wieder hinein, wobei er das »Was zum Teufel machst du da?« des Kerls ignorierte.

Denn er beendete die Orgie, indem er den Feueralarm auslöste. Die Stadt verlangte, dass sich die Unternehmen an ihre Brandschutzvorschriften hielten, und eine davon bestand auf Rauchmelder, und zwar auf vielen, vor allem an Orten wie diesen, wo die Leute gern mal heimlich ein paar Züge Marihuana oder etwas Stärkeres rauchten.

Jeoff schnappte sich eine verirrte Serviette vom Boden und entzündete sie mit der glühenden Zigarettenspitze. Sofort begann es zu qualmen, der beißende Gestank erweckte ihn von der erotischen Anziehungskraft, die im Klub noch vorhanden war. Er ließ die brennende Serviette in einen Mülleimer fallen und kehrte zur Tür zurück, wo Luna lässig an die Tür gelehnt stand, der schlaffe Körper des Rausschmeißers auf dem Boden vor ihr. »Sag mir jetzt bitte, dass du ihn nicht getötet hast.« Die ganzen Formalitäten wären wirklich unglaublich nervig.

»Nein, ich habe nur dafür gesorgt, dass er während der Arbeitszeit schläft.« Sie grinste ihn an. »Das hat der Idiot nicht kommen sehen.«

Die Menschen erwarteten nie, von jemandem zu Fall gebracht zu werden, den sie für schwächer als sich selbst hielten. Sie sahen nur eine zierliche Blondine mit einem teuflischen Grinsen und einem straffen Körper und vermuteten nie einen bösen linken Haken. Anscheinend war Luna ein Champion, wenn es darum ging, Leute k. o. zu schlagen. Zumindest besagten das die Gerüchte. Jeoff zog es vor, dies nicht am eigenen Leib zu erfahren.

Als er durch die Tür hinausging, ertönte ein schriller Alarm. Noch unerwarteter war jedoch, dass sich die Sprinkleranlage einschaltete und den Raum mit einer kalten Dusche überflutete. Als der Verstand unter der kalten Flut zurückkehrte, hörte er mindestens eine Person rufen: »Was zum Teufel ist da gerade passiert?«

Ja, was war da passiert?

Er trat in die Gasse und ließ die Tür hinter sich zuschlagen, aber er bezweifelte, dass sie angesichts dessen, was er getan hatte, lange geschlossen bleiben würde.

Lunas Augen waren etwas glasig und ihre Lippen vom Kuss geschwollen, und sie runzelte die Stirn, während sie schwankend vor ihm stand. »Was stimmt nicht mit mir?« Sie lallte ein wenig. »Hast du mir LSD verabreicht?«

»Ich nicht, aber ich glaube, jemand im Klub hat es getan.« Er legte ihr einen Arm um die Taille. »Komm schon. Verschwinden wir von hier.«

Luna stützte sich fest auf ihn, als sie sich die Gasse zwischen den Gebäuden entlang bewegten. Hinter ihnen hörte er, wie die Tür aufgestoßen wurde und gegen die Ziegelmauer des Gebäudes schlug. Eine Kakophonie von Lärm erfüllte die Nachtluft, als die Menschen mit aufgeregtem Geschwätz nach draußen strömten.

Er und Luna gingen um die Ecke, ließen die Geräusche hinter sich und hörten zum zweiten Mal in ebenso vielen Tagen den entfernten Klang von Sirenen.

Luna stolperte und er fing sie mit dem Arm auf. »Alles in Ordnung?«, fragte er sie.

»Nein. Jemand hat mich unter Drogen gesetzt.« Sie klang ziemlich verärgert.

»Jemand hat uns alle unter Drogen gesetzt.«

»Aber wie? Immerhin hatte ich nur ein paar Schlucke von meinem Getränk. Andere haben viel mehr getrunken und trotzdem haben wir alle zur gleichen Zeit angefangen, uns wie die Verrückten zu benehmen.«

»Ich weiß auch nicht, woran es lag.« Aber er verdächtigte den Glitzerstaub. »Vielleicht war es irgendwas in der Luft.« Etwas, das er nicht riechen konnte, weil die Luft so voller Düfte und Schweißgeruch war, dass alle anderen Gerüche im Raum überdeckt wurden.

Sie drehte sich in seinem Arm und legte ihre Hände auf seine Brust. »Glaubst du, was geschehen ist, hat etwas mit den vermissten Paaren zu tun?«

»Ich weiß es nicht. Schließlich ist es nicht das Gleiche,

einen Raum voller Leute dazu zu bringen, eine Orgie zu veranstalten, und Leute zu entführen und jede Spur von ihnen auszulöschen.«

Sie rümpfte die Nase. »Ich habe mich wie eine rollige Katze benommen. Wärst du nicht gewesen, hätte ich vielleicht ein paar schlimme Sachen gemacht. Wie kommt es, dass die Droge auf dich keinen Einfluss hatte?«

Er machte die Restwirkung der Droge dafür verantwortlich, dass er erwiderte: »Sie hatte einen Einfluss auf mich, allerdings möchte ich hinzufügen, dass keine Drogen nötig sind, um mich zu erregen, wenn du in meiner Nähe bist.«

Kaum hatte er die Worte ausgesprochen, wollte er sie zurücknehmen, nur dass ... ein strahlendes Lächeln auf ihrem Gesicht erschienen war. »Also, Wölfchen, das ist das Netteste, was du jemals gesagt hast. Ich gefalle dir also doch.«

»Das tust du nicht«, log er. Dann seufzte er. »Okay, ich gebe zu, ich mag dich, das bedeutet aber längst noch nicht, dass ich meine Meinung darüber, mit dir zu schlafen, geändert habe. Ich halte das immer noch für eine schlechte Idee.«

Sie beschloss, seine letzte negative Bemerkung zu ignorieren. Stattdessen kicherte sie und griff nach seinem Hintern. »Schlechte Ideen sind meist der Beginn für einen Haufen Spaß.« Dann küsste sie ihn und er konnte nicht umhin und erwiderte ihren Kuss. Er konnte nicht widerstehen, seinen Mund auf ihren zu drücken, sie zu schmecken, sie zu begehren, sie zu wollen – und dabei fragte er sich, ob sie wirklich ihn wollte oder ob das noch immer der Einfluss der Drogen war.

Arg. Mit großer Mühe nahm er seinen Mund von ihrem. »Wir sollten das nicht tun. Nicht hier. Nicht jetzt.«

»Du hast recht. Wir sollten zurück zu deinem Wagen gehen. Da du so prüde bist, wird er uns ein wenig Privatsphäre verschaffen.«

»Wir werden nicht in meinem Wagen miteinander schlafen.«

»Du hast recht, wahrscheinlich wäre es ziemlich schwer, den Geruch aus den Ledersitzen wegzubekommen. Dann also bei dir, außer natürlich, du hast deine Meinung geändert und möchtest es jetzt doch lieber an der Wand tun?« Sie ließ sich dagegen fallen und ein einladendes Lächeln umspielte ihre Mundwinkel.

Er hätte fast gesagt: »Scheiß drauf«, und sie gefickt. So verdammt sehr führte sie ihn in Versuchung. Er wandte den Blick von ihr ab und ging ein paar Schritte in Richtung seines Autos. Das freche Kichern sorgte dafür, dass er sein Tempo verlangsamte, doch als sie plötzlich aufhörte zu kichern, wirbelte er schnell herum.

... gerade rechtzeitig, um den Körper aufzufangen, der auf ihn zusprang.

## Kapitel Neun

Sobald die Hand aus dem Schatten hervorschoss, der Körper zwischen den Gebäuden verborgen, dachte sie nicht nach, sondern handelte instinktiv. Sie griff nach dem Handgelenk und zerrte daran, wobei der Kerl mit mehr Wucht als nötig nach vorne geschleudert wurde.

Jeoff fing den Kerl problemlos auf und ließ ihn baumeln. Dann schüttelte er ihn. »Was zum Teufel glaubst du, tust du da?«

»Ich brauche sie.« Der Typ hatte glasige Augen und stöhnte die Worte geradezu.

»Du kannst sie nicht haben. Sie ist mit mir unterwegs.«

Sexy Worte. Wenn Jeoff sie doch nur ernst meinen würde.

»Warst du in dem Klub?«, fragte sie und machte einen Schritt auf ihn zu. Die Nasenlöcher des Typen weiteten sich und seine Lippen öffneten sich, als er die Hände nach ihr ausstreckte.

Doch er erreichte sie nicht. Jeoff schlug ihn hart genug gegen die Wand, sodass die Metallverkleidung klapperte.

»Sie hat dich etwas gefragt, du Perversling. Warst du in dem Klub?«

»Ja. Da ist es wirklich großartig. Ich hatte Sex«, gab er flüsternd zu. »Mit der Frau eines anderen.«

»Und was ist mit deiner Freundin oder deiner Frau?«, wollte Luna verwundert wissen.

»Sie war auch dort und hat sich ihre Muschi –«

Jeoff schüttelte ihn, bevor er den Satz beenden konnte. »Du bist uns nicht nützlich. Geh und hol deine Frau, und dann ab nach Hause. Nimm ein Taxi«, fügte er hinzu und ließ den Typen dann stolpernd davontrotten.

Sie sahen ihm beide einen Moment lang nach, wie er schwankend wegging.

Jeoff schüttelte den Kopf. »Wie ich sehe, hat die frische Luft bei ihm nicht für einen klaren Kopf gesorgt. Was auch immer da in der Luft war, scheint eine stärkere Wirkung auf Menschen zu haben.«

»Mit meiner Faust hätte ich ihn schon aus seiner Trance herausgeholt, weißt du? Du hättest ihn nicht wie eine Strohpuppe schütteln müssen.«

»Schone deine Fäuste. Wir werden sie später noch brauchen.«

»Tatsächlich?« Und als hätte er es geahnt, bemerkten sie drei Typen, die neben dem Mustang abhingen, als sie zum Wagen kamen. »Oooh, darf ich mich darum kümmern?«, bat sie. »Ich hatte ein wenig Stress bei der Arbeit, den ich gern loswerden würde.« Und dazu kam noch sexuelle Frustration, aber jemanden zu schlagen half auch dagegen ein wenig.

»Willst du wirklich den Abend so beenden? Indem du ein paar Typen zusammenschlägst?« Er seufzte. »Dumme Frage. Natürlich willst du das.«

Als sie das Auto erreicht hatten, zog Jeoff seinen Schlüssel heraus und drückte den Entriegelungsknopf, wodurch die Lichter aufleuchteten. Er hätte genauso gut mit einem roten Umhang wedeln können, denn der Anführer des wartenden Trios trat hervor, um ihnen zu drohen: »Her mit dem Schlüssel und euren Brieftaschen.«

»Seid ihr drei ganz alleine?«, fragte sie und überprüfte mit ihren Löwensinnen, ob sich sonst noch jemand in den Schatten versteckte. »Das kommt mir ein wenig unfair vor.«

»Wenn dein Freund hier uns seinen Schlüssel und seine Brieftasche gibt, wird niemand verletzt.«

»Oh, das ist ein Missverständnis, ich meinte nicht, dass es uns gegenüber unfair ist.« Sie lächelte. »Ich hatte nur gehofft, dass die Herausforderung für uns ein wenig größer wäre.«

»Glaubst du wirklich, dein mickriger Freund kann es mit uns aufnehmen?« Der Räuber lachte.

»Ich?« Jeoff schüttelte den Kopf. »Nein. Ich habe der Dame schon versprochen, dass sie euch haben kann. Passt nur auf den Wagen auf.«

»Glaubst du, wenn du deine Freundin vorschiebst, wird dich das beschützen –«

»Vergiss nicht, was du sagen wolltest.« Luna hielt ihre Hand hoch, um dem Räuber Einhalt zu gebieten. Sie sah sich zu Jeoff um und runzelte die Stirn. »Machst du dir mehr Sorgen um deinen Wagen als um mich, wenn ich es mit diesen Jungs aufnehme?«

Er zog eine Augenbraue hoch. »Willst du mich etwa dazu zwingen, dich zu beleidigen, indem ich vorgebe, dass du es nicht mit ihnen aufnehmen könntest?«

»Jetzt hört mal her, ihr Arschlöcher, ich habe gesagt, gebt mir den Schlüssel.«

Luna und Jeoff sahen den Möchtegern-Wagendieb an. Luna knurrte: »Und ich habe gesagt, du sollst kurz warten. Ich rede noch mit meinem Freund hier.«

»Du kannst später reden, Schlampe.«

»Oh, das hast du jetzt nicht wirklich gesagt«, hauchte sie und ein aufgeregter Glanz erschien in ihren Augen.

»Oh, das hast du jetzt nicht wirklich gesagt«, stöhnte Jeoff.

»Ich bin gleich wieder da.« Luna zog sich die Flip-Flops aus und winkte den Anführer der Bande dann mit dem Zeigefinger herbei. »Komm mal her, du kleiner Idiot.« Sie lockte ihn wie ein Kätzchen.

»Ich werde dir schon beibringen – aua, uhhh. Ahhh ...«

Luna fand nie heraus, was er ihr beibringen wollte, es sei denn, es ging darum, wie man zu einer bestimmten Tonhöhe gelangt, wenn der Schmerz sein Crescendo erreicht. Es könnte damit zu tun gehabt haben, dass sie seinen Kopf nach unten gezogen und ihm ihr Knie an die Nase gestoßen hatte. Knirsch. Als sie ihn losließ, trat sie ihn mit den Zehenspitzen in die Eier.

Seine Freunde fügten einen neuen Satz von hohen Tönen hinzu, als sie einem von ihnen ein blaues Auge verpasste und den anderen auf dem Bürgersteig zum Stolpern brachte und seinen Kopf einige Male auf den Boden aufschlug.

Die beiden humpelten weg, als sie auf die Beine kamen. Sie staubte ihre Hände ab und drehte sich zu Jeoff um, nur um zu sehen, wie er den ersten Kerl am Fuß festhielt.

Behandelte er sie etwa wieder wie eine verdammte Dame? »Was machst du da? Ich habe doch gesagt, dass ich mich allein darum kümmere.«

»Er hat dir unter den Rock geschaut.« *Grrrr.* »Ich sollte ihm die Augen ausstechen und aufessen.«

Bei diesem ziemlich gewalttätigen Vorschlag hatte Luna vielleicht geblinzelt. »Ich habe gehört, dass sie zwar wie Trauben platzen, aber nicht besonders gut schmecken.«

Diesmal war er es, der mit seinen langen Wimpern klimperte, als er den Blick von dem geduckten Autodieb abwandte. »Ich will nicht mal wissen, woher du diese Information hast.«

Nein, das wollte er wahrscheinlich tatsächlich nicht. Aber ihre Bemerkung diente dazu, ihn von seinen kannibalistischen Gedanken abzulenken – da Kannibalismus bei der Polizei völlig verpönt war. Jeoff ließ den Ganoven fallen und stolzierte zum Auto, und diesmal verspürte sie nicht den Drang, ihn daran zu erinnern, dass Frauen ihre BHs verbrannt hatten, um das Recht zu bekommen, ihre eigene verdammte Tür zu öffnen. Sie ließ ihn die Tür zur Beifahrerseite öffnen, genau wie sie ihn fahren ließ, jedoch ärgerte sie sich darüber, dass er dachte, er könnte sie einfach an ihrer Wohnung absetzen.

Sie verschränkte die Arme vor der Brust. »Ich steige nicht aus, bis du mir versprichst, dass du mit mir hochkommst.«

»Ich will einfach nur ins Bett gehen.«

»Und das kannst du auch. Bei mir. Wir sind mit unserer Mission noch nicht fertig.«

»Was denn für eine Mission? Wir haben absolut nichts herausgefunden.«

Sie hatte allerdings herausgefunden, dass Jeoff sie wollte. Und das war immerhin etwas wert. »Wir haben bis jetzt noch keine Hinweise gefunden, solltest du besser sagen. Ich denke immer noch, dass wir auf der richtigen Spur sind. Dieser Klub hat etwas damit zu tun, was mit den Leuten geschehen ist. Ich kann dir jedoch mit Gewissheit sagen, dass wir keine Insiderinformationen bekommen, wenn wir nicht wirklich wie ein Paar aussehen. Oder hast du etwa schon vergessen, dass es sich bei den Zielpersonen um Menschen in Beziehungen handelt? Wir müssen unsere Deckung aufrechterhalten.«

»Aber es ist schon nach elf Uhr abends.« Sie waren nicht lange in dem Klub gewesen. »Niemand wird es bemerken.«

Sie schnaubte verächtlich. »Vielleicht sind in deinem Wolfsrudel alles brave Hündchen, die früh zu Bett gehen. Aber wir reden hier vom Löwenrudel, Jeoff. Du solltest es wirklich besser wissen. Irgendjemand ist immer wach und beobachtet dich.«

Jeoff seufzte. Schon wieder. Der arme Mann. Sie fing an zu glauben, dass er es tat, weil ihm das Geräusch gefiel, aber wenigstens wusste er, wann er sich geschlagen geben musste. »Na gut. Ich komme mit hoch, aber ich schlafe nicht bei dir.« Er wackelte mit dem Finger vor ihr herum. »Ich bleibe eine Stunde oder so, lange genug, sodass alle glauben, dass wir es miteinander getan haben, und dann gehe ich.«

Nein, das würde er nicht, aber das musste er jetzt noch nicht wissen.

Er parkte seinen wertvollen Wagen in der Tiefgarage. Schließlich würde sie den Parkplatz für ihr Motorrad ein paar Tage lang nicht brauchen. Schnief.

Als könnte er ihre Gedanken lesen, nahm er ihre Hand, als sie zum Aufzug gingen, und murmelte: »Petrov hat bereits mit den Reparaturen angefangen. Bald sieht dein Motorrad wieder wie neu aus. Und so wie ich Petrov kenne, hat er sogar noch mehr Leistung rausgeholt.«

Sie horchte auf. »Wirklich? Cool.«

Der Aufzug kam sofort an und die Türen öffneten sich zu einer leeren Kabine, in die sie eintraten. Zwischen den beiden herrschte Stille, als der Aufzug sich in Bewegung setzte und sofort wieder im Erdgeschoss anhielt.

Noch bevor die Türen sich vollständig geöffnet hatten, hatte sie ihren Mund auf den von Jeoff gelegt. Sie fühlte seinen überraschten Atemzug und es gefiel ihr, dass er ihren Kuss erwiderte. Der Mann mochte zwar protestieren, aber tief in seinem Inneren wollte er es.

*Er will mich.*

Brüll.

»Mädels, seht mal, Luna hat einen Streuner mit nach Hause gebracht.«

Luna hätte fast gefaucht, als sie unterbrochen wurden.

Der Kuss mochte zwar als Bestätigung ihrer Geschichte angefangen haben, hatte sich aber schnell zu einer heißen Umarmung entwickelt, die nur noch ein paar Minuten mehr gebraucht hätte, um nicht mehr jugendfrei zu sein.

Neugierige Hände zerrten sie und Jeoff auseinander. Luna wurde von Stacey in die Eingangshalle gezogen und diese winkte einigen ihrer Freundinnen zu, die dort auf dem Sofa saßen. So wie es aussah, war sie nicht die Einzige, die es an diesem Abend schlecht erwischt hatte.

Joan richtete sich auf dem Sofa auf. »Verdammt noch mal, Luna versucht, sich mit Jeoff heimlich in ihre Wohnung zu schleichen.«

Heimlich? Sie war nicht diejenige, die sich für ihre gespielte Beziehung schämte. Luna hakte sich bei ihm unter. »Allerdings habe ich versucht, mich an euch vorbeizuschleichen. Ich wusste ja, dass ihr versuchen würdet zu verhindern, dass ich mit ihm schlafe, wenn ihr die Gelegenheit hättet.«

Jeoff schien sich verschluckt zu haben. Der Arme. Sie wusste, wie sich ein Fellball im Hals anfühlte, wenn man ihn wieder hochwürgte.

»Du schläfst nicht wirklich mit ihm. Das kann nicht sein. Ich kann es nicht glauben.« Melly schüttelte den Kopf. »Du bist gar nicht sein Typ.«

Mehrere der Mädchen nickten. Es brachte sie dazu, ihnen das Gegenteil beweisen zu wollen. Es brachte einen Wolf dazu, es tatsächlich zu tun, und es begann damit, dass er seine Lippen senkte, bis er ganz nahe an ihr dran war.

Warmer Atem kitzelte sie am Ohrläppchen. »Möchtest du dich den ganzen Abend mit deinen Freundinnen unterhalten oder gehen wir jetzt in deine Wohnung?« Alle hatten sein leises Knurren gehört und keine einzige der Löwinnen hatte nicht bemerkt, dass er ihr besitzergreifend die Hand auf den Po gelegt hatte.

»Tschüss Mädels!« Luna winkte noch schnell, bevor sie

Jeoff quasi zum Aufzug schleppte. Um sicherzugehen, gab sie ihm noch schnell einen Kuss auf den Mund, bevor die Türen sich schlossen, und küsste ihn auch danach noch weiter.

Schließlich brach er den Kuss ab, um nach Luft zu schnappen, als der Aufzug sich in Bewegung setzte. »Wir haben es wirklich gut geschafft, unsere Deckung zu wahren.«

»Willst du etwa damit behaupten, dass dieser Zungenkuss nicht echt war?«

»Ich halte nur unsere Deckung aufrecht.«

»Du machst mich an und dann lässt du mich fallen«, murmelte sie. Einen Moment lang hatte sie tatsächlich geglaubt, er hätte seine Prinzipien aufgegeben, so, wie er auf ihren Kuss reagiert hatte.

*Eine Nacht. Eine einzige Nacht war alles, was sie benötigten, um diese verrückte Neugier zu befriedigen.*

Was ihr am meisten Angst machte? Dass eine Nacht nicht ausreichen würde.

*Dann behalte ihn.*

Ihre Katze hatte kein Problem mit der Vorstellung, ihn aus egoistischen Gründen zu behalten. Luna jedoch gefiel nicht, was das bedeutete.

Beständigkeit. Pfui Teufel. Was für ein böses Wort.

Der Aufzug klingelte und gab ihr zu verstehen, dass sie angekommen waren. Als die Türen sich öffneten, richtete Jeoff den Blick auf sie. »Du musst wirklich damit aufhören.«

»Womit?«

»Zu glauben, dass die Dinge zwischen uns weiter gehen könnten.«

Er hatte schon wieder ihre Gedanken gelesen. »Das denke ich nicht, ich weiß es. Du und ich, wir landen im Bett. Oder irgendwo in einer Seitengasse. Der Ort spielt keine Rolle. Wir werden es miteinander treiben.« Sie grinste ihn an, als sie den Flur entlang zu ihrer Tür gingen. Erst als sie eingetreten war, stellte sie fest, dass er nicht folgte. Sie steckte den Kopf aus der Tür. Jeoff stand noch immer neben dem Aufzug.

Sie pfiff.

Er kniff die Augen zusammen.

Sie pfiff erneut und schnippte mit den Fingern. »Komm her, Wölfchen. Komm zu Luna und ich kraule dir den Bauch.«

»Ich hasse es, wenn du das tust.«

»Und ich hasse es, wie du mich immer scharfmachst und mich dann sitzen lässt, also schaff deinen Hintern hier rüber, okay?«

»Du kannst nicht einfach Befehle geben. Und ich dachte, wir hätten schon klargestellt, dass diese ganze Knutscherei unten nur für unsere Deckung war und nicht echt.«

Sie konnte nicht umhin, die Augen zu verdrehen. »Wenn du es dir weiterhin einredest, glaubst du es vielleicht irgendwann. Aber im Moment ist es wirklich ziemlich armselig, wie du dich selbst belügst. Ich sehe, wie es wirklich ist. Das kann jeder. Du willst mich, genauso wie ich dich will. Deswegen sind wir auch immer so abgelenkt. Besonders ich. Also schaffen wir die Sache einfach aus der Welt. Wir schlafen miteinander und beseitigen so die Anspannung.« Sie summte eine Melodie, nämlich *Bow-chica-wow-wow,* bei der man an den dichten Schnurrbart der Siebzigerjahre denken musste, den der Klempner trug, während die vollbusige Dame, die unweigerlich nichts weiter als Unterwäsche anhatte, ihm die Tür öffnete.

Es gefiel ihm gar nicht, dass sie den Nagel immer auf den Kopf traf. Er fuhr sie an: »Und deswegen habe ich kein Interesse an Löwinnen. Ihr seid alle verrückt.«

Er ließ ein ausgesprochen interessantes Jaulen hören, als er durch die Tür ging, die zur Treppe führte, und verschwand.

*Lauf ihm nach.*

Ihm nachlaufen? Kam überhaupt nicht infrage. Sie würde ihn gehen lassen. Ganz genau. *Sie ließ ihn gehen,* anstatt ihn zu verfolgen. Sie hatte auf ihr eigenes Rudel verzichtet, weil sie sich nach ihm verzehrt hatte. Es ekelte sie zutiefst an, wie sie sich ihm immer wieder an den Hals warf. Sie flehte in praktisch an, sie zu nehmen, nur damit er Nein sagte und immer wieder Nein sagte, obwohl sein Körper Ja sagte.

Was für eine Frechheit. Und außerdem tat es ihr weh, ständig abgelehnt zu werden.

*Wir sollten unsere Krallen an ihm schärfen. Ihm die Kleider vom Leib reißen. Die süße, glatte Haut zerkratzen.*

Böses Kätzchen. Diese Art von Gedanken war der Grund dafür, dass sie ständig in Schwierigkeiten geriet.

Was zum Teufel war mit ihr los? Jeoff war nicht interessiert. Schlicht und ergreifend. Warum griff sie das Thema nur immer wieder auf? Warum?

*Weil ich ihn mag.*

Verdammt.

Sie mochte ihn nämlich wirklich und es tat ihr weh, dass er nicht das Gleiche empfand, was dazu führte, dass sie ihm nicht folgte, als er ging.

*Keine Verfolgung?* Ihre innere Katze schien davon am meisten enttäuscht zu sein, wenn man betrachtete, wie schleichend der Rückweg zu ihrer Wohnung war. Sie klatschte erneut mit der Hand auf den Sicherheitsschirm an der Wand, da sich die Tür inzwischen wieder von selbst geschlossen und verriegelt hatte.

Es klickte und sie öffnete die Tür. Das dunkle Innere lockte sie an und sie trat seufzend ein – allein.

Es gab keinen Geruch, der sie warnte. Kein Geräusch. Nichts.

Ihr blieb nichts weiter als zu knurren, bevor ihr etwas in den Arm gestoßen wurde.

## Kapitel Zehn

G*eh nicht zurück.* G*eh nicht zurück.*
Dieses Mantra sagte er sich immer wieder, während er die Treppe hinunterlief.
*Eigentlich sollte ich besser noch bleiben. Nur eine Stunde. Ich darf nicht zulassen, dass meine Emotionen unsere Deckung auffliegen lassen.*
Das war die Ausrede, die er benutzte, als er immer zwei Schritte auf einmal nehmend die Treppe wieder nach oben lief.
Der Flur auf ihrer Etage war leer und er kannte nicht die genaue Nummer ihrer Wohnung. Als würde er ein so banales Detail benötigen. Er wusste mit unfehlbarer Genauigkeit, welche Tür zu ihr gehörte. Ihr Duft – süßes, heißes Gras im Sommer mit einem Hauch von Wildblumen – lag in der Luft und verriet sie. Er blieb vor ihrer Tür stehen und probierte, sie zu öffnen. Sie bewegte sich jedoch nicht, sondern blieb versperrt.
*Sie versucht, uns fernzuhalten.* Sein Wolf mochte keine Barrieren. Er selbst war auch nicht verrückt danach.
Eine Dringlichkeit ergriff von ihm Besitz, das Bedürfnis,

auf die andere Seite der Tür zu gelangen. Er hämmerte auf sie ein. »Luna, ich bin es. Mach auf.«

Nichts.

Vielleicht war sie eingeschnappt.

*Gefahr.*

Diese geflüsterte Warnung seines inneren Wolfes benötigte keine Begründung. Es gab keinen Duft. Kein Geräusch. Und doch ...

Er hämmerte erneut dagegen und hatte den Eindruck, jemanden zu hören, der sich darin bewegte, doch sonst nichts. Das schien so gar nicht zu ihr zu passen. Luna drückte sich nie vor etwas. Sie hatte keinen einzigen schüchternen Knochen in ihrem ganzen wunderbaren, goldenen Körper. Warum war es also so still?

*Irgendetwas stimmt nicht.*

Dieses Gefühl, dass etwas nicht stimmte, lag in der Luft, zerrte an seinem sechsten Sinn. Und zwar mit solcher Heftigkeit, dass er am liebsten sofort auf die andere Seite der Tür gelangt wäre. Aber wie sollte er das anstellen? Die Türen waren mit Riegeln ausgestattet und saßen in Stahlrahmen, die in Betonwände eingelassen waren. Hinzu kam der Platzmangel im Flur, der ein Auftreten oder Aufstoßen der Tür unmöglich machte. Er würde nicht auf diese Weise hineingelangen, es sei denn, jemand öffnete die Tür oder ein Schlüssel tauchte plötzlich auf.

*Ich brauche einen anderen Zugang.* Es war ja nicht so, als könnte er sich in eine Maus verwandeln und Lüftungsschlitze benutzen oder wie ein Vogel zum Fenster hineinfliegen.

Fenster. Der Gedanke daran erinnerte ihn an den Grundriss dieser Wohnungen und ihrer Balkone.

Eine Tür ein paar Meter weiter reizte ihn. Sie gehörte zu der Gästesuite, in der seine Schwester übernachtet hatte, als sie vor einiger Zeit ein paar Probleme gehabt hatte.

*Ich frage mich, ob ich noch Zugang habe.* Es war zwar weit hergeholt, aber ... Er presste die Hand auf den Scanner. Die Tür klickte und er war drin, und er musste sich hoffentlich nicht mit jemandem herumschlagen, der über sein Eindringen verärgert war.

Niemand sprang ihn an. Der Raum roch schal und war offensichtlich nicht in Gebrauch. Nicht dass ihn das interessierte. Jeoff lief durch den Wohnraum zu der Schiebetür und riss sie auf, damit er auf den Balkon hinaustreten konnte. Ein kurzer Blick nach links zeigte Lunas Balkon nebenan.

Er hatte jedoch nicht erwartet, einen großen Kerl mit Kapuzenpulli zu sehen, den er tief über sein Gesicht gezogen hatte. Luna hatte er sich über die Schulter geworfen.

*Wer zum Teufel ist das?* Grrr. Sein Wolf sträubte sich sofort und drängte hart genug an die Grenze zwischen ihnen, sodass er knurrend die Lippen verzog.

*Wer wagte es, Luna anzugreifen?*

Nicht, solange er da war. »Setz sie ab.« Jeoff sprang auf die Balustrade des Balkons und balancierte auf den Fußballen. Er schätzte den Abstand zwischen den Balkonen sein. Er konnte es schaffen.

Hoffentlich.

Wenn nicht ... Er spähte nach unten. *Ja, wir sollten wohl besser nicht abstürzen.*

Er hätte gern mehr Zeit gehabt, um seinen Sprung zu überdenken – die Gesetze der Physik zu kalkulieren und darüber nachzudenken, welche Reihe von Ereignissen dazu führen würde, dass er Erfolg hatte oder auch nicht –, aber leider hatte der große Kerl nicht auf ihn gehört und Luna abgesetzt. Er schien der Meinung zu sein, sie einfach mitnehmen zu können. Und was Luna anging, so wehrte sie sich nicht, sie hing einfach schlaff und bewegungslos über seine Schulter. Das gefiel ihm ganz und gar nicht.

*Hoffentlich ist sie nicht tot.*

Jeoff wollte nicht einmal darüber nachdenken.

Der Typ mit der Kapuze stieg auf den breiten Betonabsatz der Balustrade. Von dort aus gab es nur noch einen Weg, und der war nach unten. Und sie befanden sich zu hoch, um solch einen Sturz überleben zu können.

*Bei diesem Sprung in den Tod nimmst du Luna auf keinen Fall mit.*

Er spannte die Muskeln und Sehnen in seinen Beinen an. Er sprang, streckte sich nach vorne und griff mit den Händen nach dem anderen Geländer. Doch die Schwerkraft, ein Naturgesetz, das niemand zu besiegen können schien, zerrte heftig an ihm. Und so wurde der große Bogen, in dem er gesprungen war, ziemlich abgeflacht. Mit den Händen schlug er auf die Balustrade des anderen Balkons, er suchte mit den Fingern nach Halt und sein Körper wurde gegen die Wand geschleudert, während seine Beine unter ihm baumelten.

»Mistkerl!«

Er hätte sich vielleicht noch mehr darüber gefreut zu hören, wie Luna aus ihrer Ohnmacht erwachte, wenn er sich nicht krampfhaft hätte festhalten müssen. Der verdammte Beton schürfte ihm die Fingerspitzen auf. Er ignorierte den Schmerz, biss die Zähne zusammen und zog sich hoch, angespornt durch das Knurren und Fauchen auf der anderen Seite der massiven Balustrade.

Er zog sich hoch genug, um sich auf seine Unterarme aufstützen zu können, und bemerkte, dass Luna, die sich inzwischen in eine Löwin verwandelt hatte, fauchte und mit der Pfote nach dem großen Kerl schlug, dessen Gesicht unter der Kapuze verborgen war. Noch beunruhigender war, dass Jeoff keinen Geruch bei ihm wahrnehmen konnte.

Er sprang auf den Balkon, als Luna sich mit ausgestreckten Krallen auf den Eindringling stürzte. Ihr Sprung war nicht ganz zielsicher, dennoch gelang ihr ein Schlag, der den Stoff seines Hemdes zerriss und die Haut aufschlitzte. Da sie etwas länger brauchte, um sich zu erholen, was ihre Reaktionszeit verlangsamte, konnte sie die Nadel nicht blockieren, sodass ihr Angreifer ihr eine gelbe Flüssigkeit in den Körper injizierte.

Innerhalb kürzester Zeit zeigte die Droge ihre Wirkung und Luna schwankte auf ihren vier Pfoten. Bevor der vermummte Kerl diese Tatsache ausnutzen konnte, landete Jeoff auf dem Boden des Balkons, streckte seine blutenden Finger aus und winkte ihm auffordernd zu. »Wieso legst du dich nicht mit jemandem an, der so groß ist wie du, Arschloch?«

»Nicht heute Abend. Aber mach dir keine Gedanken.« Er senkte die Stimme. »Früher oder später hole ich sie mir.« Der Typ sprang auf das Geländer und winkte mit den Fingern. Jeoff konnte sich nicht vorstellen, wohin er vorhatte zu verschwinden. Was die wütende und angeschlagene Löwin anging, so war ihr das fehlende Sicherheitsnetz völlig egal. Sie schlug mit einer krallenbewährten Pfote nach ihm. Der Kerl lehnte sich nach hinten und schaffte beinahe eine Art Matrix-Ausweich-Bewegung. Beinahe. Doch die Schwerkraft forderte ihren Tribut und anstatt mit den Armen zu rudern, streckte der Mann mit der Kapuze sie aus und ließ sich nach hinten fallen.

Verdammte Scheiße.

Jeoff eilte zum Geländer und schaute nach unten, in der Erwartung, auf geplatzte Eingeweide zu starren, rief dann jedoch erstaunt: »Scheiße, was zum Teufel ist das?«, als etwas mit dunklen Flügeln hervorbrach und davonflog.

»Brüll.«

Er blickte zu Luna hinüber, die ihre beiden haarigen Pfoten auf den Rand der Balustrade gelegt hatte und unsicher von einer Seite zur anderen schwankte. »Entfalten die Drogen ihre Wirkung und du wirst langsam schläfrig?«

»Brüll. Brüll. Brüll.« Das würde er als ein Ja durchgehen lassen, da sie stolperte und hart auf ihrem Hintern landete.

»Komm, schaffen wir dich in die Wohnung.« Da Luna anscheinend auf der Stelle dort schlafen wollte, wo sie sich befand, musste er sie tragen, und da sie gerade in ihrer Löwengestalt war, musste er sie um die Mitte greifen und mit baumelnden Beinen in die Wohnung schleppen. Aber dann stellte sich die Frage: Wohin mit ihr?

Die Couch war voller Kram. Büchern, Controllern für Videospiele, einem leeren Pizzakarton. Und auch der Boden war nicht besser, dort fanden sich verschiedene einzelne Socken, leere Wasserflaschen und etwas, das aussah, als wäre es einst ein glasierter Donut gewesen, der nun am Teppich klebte.

»Da braucht wohl jemand eine Haushaltshilfe«, murmelte er, als er ihren schlaffen Körper ins Schlafzimmer hievte. Dort befand sich ein großes Bett, das zwar nicht gemacht war, aber immerhin Platz genug bot, sodass er sie dort ablegen konnte.

Und was jetzt? Er dachte daran, einen Arzt zu rufen, aber Lunas Atmung schien normal, obwohl sie etwas schnarchte. Da es am wahrscheinlichsten schien, dass sie ein Schlafmittel verabreicht bekommen hatte, beschloss er, seine Haut intakt zu lassen, da sie ihn wahrscheinlich zerfetzen würde, wenn er sie von jemandem untersuchen ließe, während sie hilflos war.

Dass sie hilflos war, verdeutlichte ihm noch einmal eine wichtige Tatsache. Jemand hatte sie angegriffen. Und nicht nur angegriffen, sondern war in eine Wohnung eingedrungen, die eigentlich ein sicherer Ort für sie hätte sein sollen.

Zeit, Arik auf den neuesten Stand zu bringen. Die Sache wurde langsam ernst. Die Schlägertypen vor dem Klub, die sein Auto stehlen wollten, konnte er als Zufall abtun. Das passierte, besonders in den weniger vornehmen Teilen der

Stadt. Aber das hier? Ein Angriff auf ein Mitglied des Rudels im Revier des Rudels?

Der König dieses Beton-Dschungels musste davon erfahren, aber Jeoff freute sich nicht auf das Gebrüll, das ihn erwartete. Katzen konnten so laut sein, wenn sie bedroht wurden.

Er ließ Luna, die immer noch ihre Gestalt als Dschungelkätzchen trug, schnarchend im Schlafzimmer zurück und machte leise die Tür hinter sich zu. Er stand im chaotischen Wohnzimmer und versuchte, Zeichen des Eindringlings zu finden, während er Arik anrief.

Bereits nach zwei Klingeltönen antwortete der Boss mit schläfriger Stimme.

»Ich hoffe, du hast einen guten Grund für deinen Anruf. Ich habe morgen um neun Uhr eine Besprechung mit irgend so einem idiotischen –«

»Würdenträger, der zu Besuch aus Europa ist«, warf Kira aus dem Hintergrund ein.

»Wie auch immer. Ich brauche meinen Schlaf. Warum rufst du also an?«

Es bedurfte nur ein paar Minuten der Erklärung, bis ein riesiges Brüllen das Wohngebäude in seinen Grundfesten erschütterte. Es war so laut, dass der Klang durch die Lüftungsschächte hallte und an der zarten Verbindung zerrte, die die Rudelmitglieder miteinander verband. Selbst Jeoff war nicht immun dagegen. Der König war verärgert.

Wenig später stand der König außerdem vor der Tür zu Lunas Apartment und brauchte weder Schlüssel noch die Erlaubnis, es zu betreten. Er kam hereingestürmt, als würde ihm die Wohnung gehören – was eigentlich auch der Fall war.

»Wo ist sie?« Ohne auf eine Antwort zu warten, blickte Arik in das Zimmer, in dem Luna lag, und grunzte: »Das müssen ziemlich starke Drogen gewesen sein. Es ist nicht einfach, sie auszuschalten.«

»Allerdings.« Jeoff kniete in dem Chaos und hielt eine Spritze hoch, in der sich noch immer ein Teil der Flüssigkeit befand. »Sie muss ihm die Nadel aus der Hand geschlagen haben, als er es das erste Mal versucht hat. Deswegen ist sie wahrscheinlich auf dem Balkon kurz aufgewacht. Aber mit der zweiten Spritze hat sie die volle Dosis erhalten. Ich würde mal sagen, dass sie erst in ein paar Stunden wieder zu Bewusstsein kommt.«

»Und wenn sie aufwacht, wird sie ganz schön sauer sein.« Arik verzog das Gesicht. »Das ist nichts, auf das ich mich freue.«

Eine randalierende Löwin war nichts, was man gern erlebte. »Ich wundere mich, dass du hergekommen bist. Nach allem, was vorgefallen ist, hätte ich angenommen, dass du Kira nicht aus den Augen lässt.« Denn angesichts des dreisten Angriffs hatte Arik sicherlich eine gewisse Sorge um die Menschenfrau, die er als Gefährtin genommen hatte.

»Ich habe sie bei Leo und Meena gelassen. Niemand kommt an den beiden vorbei.« Leo allein war schon wie eine Naturgewalt. Nahm man jetzt noch seine neue Gefährtin hinzu, war das Chaos vorprogrammiert.

»Ich glaube nicht, dass wir uns Sorgen darum machen müssen, heute Abend noch einmal angegriffen zu werden. Kaum hatte der Kerl das Überraschungsmoment verloren, ist er abgehauen.«

»Er ist davongeflogen. Auf dunklen Schwingen, wie du behauptest hast. Oder habe ich mich da verhört? Er hatte keine Federn?«

»Keine Federn.« Die Erinnerung machte keinen Sinn. Die Vogelwandler hatten alle Federn. Sie alle, und sie waren auch viel zarter gebaut. Der große Kerl war eine Bestie. Wie zum Teufel konnte er fliegen – und dabei eine größtenteils menschenähnliche Form beibehalten? Wenn die Wandler ihre Tiergestalt annahmen, war an ihnen nichts Menschliches mehr zu erkennen. Aber dieser Kerl ...

Jeoff schüttelte den Kopf. »Ich weiß nicht, was dieser Typ war. Ich habe noch nie zuvor etwas wie ihn gesehen.«

»Und was ist mit seiner Fährte?«

»Zählen Trocknertücher mit Frühlingsduft und Deo? Hätte ich nicht mit eigenen Augen gesehen, wie das Arschloch davongeflogen ist, hätte ich ihn für einen Menschen gehalten.«

Arik begann, auf und ab zu gehen, sein Ausdruck gedankenverloren und besorgt. »Ich muss ein paar Anrufe tätigen. Vielleicht hat jemand in den Rudeln, Clans oder sonst wo schon mal etwas von so einem Typen gehört.«

»Ich muss leider sagen, dass mir diese Gestalt vollkommen fremd ist. Aber auch ich werde ein paar Anrufe tätigen. Vielleicht hat der Rat der Lykaner etwas in den Unterlagen, mit dem man den Kerl identifizieren kann.«

»Und berichte mir, was du herausfindest. Und nun, was wollte er hier? Warum ist er hergekommen? Warum wollte er sich Luna schnappen?«

Jeoff fragte sich, ob es etwas mit ihrem Besuch im Nachtklub heute zu tun hatte. Aber das bedeutete, dass er voreilige Schlüsse zog. »Wir wissen nicht, ob er ihretwegen hier war. Vielleicht war es einfach nur ein dummer Zufall. Ich meine, der Typ kann fliegen und er hätte einfach auf jedem Balkon landen und nach einer offenen Balkontür suchen können.«

Bei dieser Feststellung runzelte Arik die Stirn. »Dieses fliegende Ding ist wirklich beunruhigend. Es bedeutet, dass wir in unseren eigenen Häusern nicht mehr sicher sind, denn ich bin davon überzeugt, dass niemand die verdammten Balkontüren verriegelt. Aber das hat heute Nacht ein Ende. Ich muss dem Rudel eine Warnung zukommen lassen. Ich finde, wir sollten nicht länger geheim halten, was vor sich geht.«

»Glaubst du, dass ein Zusammenhang besteht?«, fragte Jeoff, da Arik anscheinend eine Verbindung hergestellt hatte.

»Bist du nicht der Meinung?«

Zu diesem Zeitpunkt waren bereits zu viele Dinge vorgefallen, als dass es sich um einen Zufall hätte handeln können. »Wer auch immer es ist, er benimmt sich ziemlich forsch.«

»Oder er hat es auf einen Revierkampf abgesehen.« In der Welt der Gestaltwandler wurden ständig Machtspielchen gespielt. »Und was ist mit diesem Gaston Charlemagne, dem Typen, dem der Klub gehört, in dem ihr heute Abend wart? Ihr habt nicht viel von ihm erzählt. Was ist mit ihm?«

Jeoff zuckte mit den Schultern. »Da gibt es nichts zu erzählen. Zumindest haben wir nichts herausgefunden. Er existiert praktisch gar nicht, oder besser gesagt nur auf dem Papier.«

»Das muss sich ändern. Ich möchte mehr über diesen Mann erfahren, damit angefangen, ob er ein Gestaltwandler oder ein Mensch ist. Wenn er einer von uns ist, muss er anscheinend daran erinnert werden, dass er sich in meinem Revier aufhält und deshalb auch meine Regeln befolgen muss. Wenn er kein Gestaltwandler ist, dann überprüft seine Angestellten und findet heraus, ob einer von ihnen unser Täter sein könnte. Ich will Antworten.«

»Ich werde mich am Morgen darum kümmern. Außerdem möchte ich noch einmal ein bisschen offizieller die Angestellten befragen.« Die Zeit der Tricks war zu Ende. Mit dem missglückten Angriff auf Luna war die Lage ernst geworden. Es war an der Zeit, mit gefletschten Zähnen und ausgefahrenen Krallen die mögliche Quelle zu suchen.

»Tut das. Außerdem möchte ich einige zusätzliche Sicherheitsvorkehrungen für das Rudel.«

»Das kann ich veranlassen, aber ich kann dir jetzt schon

sagen, dass es den Löwinnen nicht gefallen wird.« Sie betrachteten jede Form von Sicherheitsvorkehrungen als Babysitting.

»Die werden tun, was ich sage.« Ariks Blick war hart wie Stahl. »Und ich werde es ihnen auf der Rudelversammlung erzählen, die ich einberufen werde. Es ist langsam an der Zeit, dass ich sie vor dem warne, was vor sich geht, damit sie die Augen offenhalten können.«

»Und was, wenn wir einen Spion in unserer Mitte haben? Dann kann er uns in die Karten schauen.«

»Ich denke, das hat er bereits. Und falls es jemanden gibt, der dumm genug ist zu glauben, er könne uns betrügen, werden wir denjenigen finden und uns um ihn kümmern.«

Das Wort »endgültig« musste er gar nicht hinzufügen. Es war ohnehin aus dem Zusammenhang klar. »Ich kümmere mich gleich morgen früh darum, nachdem ich zu Hause vorbeigefahren bin, um mich umzuziehen.«

»Am Morgen?« Arik zog eine goldene Augenbraue hoch. »Ich wusste gar nicht, dass du über Nacht bleibst.«

»Nur damit ich auf Luna aufpassen kann. Die Drogen haben sie außer Gefecht gesetzt und sie ist hilflos. Ich dachte, ich bleibe wenigstens so lange hier, bis sie aufwacht.«

»Hilflos?« Arik lachte leise. »Wenn sie nicht schlafen würde, würde sie dich für diese Behauptung mit ihren Klauen zerfetzen.«

Das wäre ihm gar nicht unrecht. Jeoff hätte nichts gegen einen kleinen Kratzer von ihr einzuwenden. Doch er ließ seine Gedanken in die falsche Richtung abschweifen. Er musste wirklich Abstand von der Versuchung gewinnen, die sie für ihn darstellte, deswegen konnte er auch nicht verstehen, warum er Ariks Angebot nicht annahm.

»Wenn du möchtest, kannst du nach Hause fahren. Ich bleibe bei ihr oder sorge dafür, dass Hayder und Arabella sich um sie kümmern.«

»Nein. Lass sie schlafen. Ich kümmere mich darum.«

*Du bist verrückt*, dachte Jeoff, als er die Tür hinter Arik zumachte und zusätzlich mit einem Stuhl unter der Türklinke sicherte. Die ausgefallenen Verriegelungssysteme der Wohnung waren alle gut und schön, aber die Elektronik konnte gehackt werden. Altmodische Methoden, wie zum Beispiel ein Keil, hatten noch nie versagt. Es sei denn, jemand benutzte einen Pritschenwagen und rammte damit die blockierte Tür. Aber dieser Fall war Jahre her und außerdem war ein Fahrzeug nicht dazu in der Lage, es bis zu ihrer Etage zu schaffen. Trotzdem sollten Vorsichtsmaßnahmen getroffen werden.

Höchstwahrscheinlich war der fliegende Kerl nach unten geschossen und durch einen unverschlossenen Balkon ins Haus eingedrungen. Jeoff konnte sich nicht hundertprozentig sicher sein, da es keine Fährte von Gerüchen gab. Da es nichts zu riechen gab, verließ er sich auf die Logik und wusste, wie schwer es für einen Fremden war, vor allem für einen, der seltsamerweise keinen Eigengeruch hatte, in das Gebäude einzudringen und durch die Tür zu gelangen. Er nahm also an, dass der Typ über den Balkon gekommen war, weshalb er auch den Riegel vorschob. Das würde niemanden davon abhalten, in die Wohnung einzudringen, aber das Schnappen des Riegels wäre eine akustische Warnung.

Die Schiebetür war nicht der einzige Ort, an dem man einsteigen konnte. Es gab noch ein weiteres Fenster im Schlafzimmer. *Ich sollte es überprüfen.*

*Auf Herz und Nieren prüfen*, stimmte auch sein Wolf eifrig zu.

Es war nicht nötig, nach dem Grund zu fragen. Seine zottelige andere Seite war gern in Lunas Nähe. Er mochte ihren Geruch. Die Berührung ihrer Hände auf seiner Haut. Den Geschmack ihrer Lippen. Tatsächlich mochte sein Wolf so ziemlich alles an ihr.

*Und das tue ich auch.* Es ärgerte ihn, das zuzugeben, aber war das nicht schon immer so gewesen? Wie lange war es her, seit er Luna zum ersten Mal bemerkt hatte? Wie lange begehrte er sie schon, tat aber sein Bestes, sie zu ignorieren? Nun, die Umstände hatten sie zusammengebracht und ihn gezwungen, ihr näher zu kommen. Sehr nahe. Das Problem war, dass er jetzt nicht mehr weglaufen konnte.

*Ich will auch gar nicht weglaufen.* Und das sagte sein inneres Tier mit Nachdruck.

Und genau diese Einstellung war das Problem. Aber er würde sich zusammenreißen und sich selbst daran erinnern, dass er Arik versprochen hatte, sich um Luna zu kümmern. Und das bedeutete, dass er ins Schlafzimmer gehen und das verdammte Fenster überprüfen musste.

Warum zögerte er also? Als er sie ins Bett gebracht hatte, war sie groß und haarig gewesen. Nichts, was ihn gereizt hätte. Nichts, das ihn dazu gebracht hätte, etwas Dummes zu tun.

Er öffnete leise die Tür und steckte den Kopf ins Zimmer. Und musste schlucken. Während sie schlief, hatte Luna wieder ihre menschliche Gestalt angenommen, und ihre braune Löwin war zurückgewichen und hatte nichts zurückgelassen als nackte Haut.

*Hör auf, sie anzustarren!*

Das sollte er wirklich nicht tun, besonders angesichts ihres Zustandes. Und das Fenster musste immer noch überprüft werden, was bedeutete, dass er den Raum betreten musste.

*Sei stark.*

Er ging in das Schlafzimmer, hielt den Blick vom Bett abgewandt und ging am Fußende des Bettes entlang, um auf die andere Seite zu gelangen und das Fenster zu kontrollieren. Es zeigte keine Anzeichen von Manipulation und das Schloss war fest eingerastet.

Er ging wieder um das Bett herum, um in das Wohnzimmer zu fliehen, wo er dem Reiz ihres Duftes entkommen konnte. Stattdessen blieb er am Kopfende des Bettes stehen und starrte auf Luna hinunter. Sie lag wieder auf dem Bauch. Ihr Gesicht war zur Seite gewandt, die Lippen geöffnet und sie schnarchte leise. In dem schwachen Licht konnte er kaum die Sommersprossen auf ihrem Nasenrücken ausmachen. Die Haut ihrer Wangen erschien glatt, alabasterartige Perfektion. Er konnte nicht umhin, sie zu berühren, und ließ die Rückseite seiner Finger über ihre Wangen gleiten.

Sie stieß ein leises Seufzen aus. So süß.

*Verlasse jetzt das Zimmer. Bleib nicht hier.* Es gab keinen Grund hierzubleiben. Er konnte auf der Couch schlafen.

*Bleib lieber hier. Sie ist hilflos.* Ganz egal, was Arik behauptete oder dachte, Luna war in ihrem jetzigen Zustand tatsächlich hilflos. *Ich sollte sie besser nicht alleine lassen.*

Außerdem war diese Couch nicht gerade für einen Mann seiner Größe gebaut und ihr Bett war furchtbar groß. Diese Gründe überzeugten ihn, bei ihr zu bleiben. Die Tür erwies sich als leicht mit einem anderen Stuhl zu sichern, sodass er gewarnt werden würde, falls jemand durch die Tür gestürmt kam. Im Gegensatz zu Filmen, in denen die Helden die ganze Nacht Wache hielten, plante er, etwas zu schlafen, weil er nicht leugnen konnte, dass er ausgesprochen müde war. Er würde niemandem etwas nützen, wenn er sich nicht etwas ausruhen würde.

Diese Überlegungen hatten zur Folge, dass er seine Hose oben aufknöpfte und sowohl seine Socken als auch seine Jacke auszog. Er entledigte sich seines seidenen Hemdes und zog stattdessen sein T-Shirt an, das sie sich von ihm geliehen hatte und das am Fußende ihres Bettes lag. Die Baumwollfasern seines T-Shirts waren noch von ihrem Duft durchdrungen. Erbärmlich wie er war, schnüffelte er daran. Und nein, er schämte sich nicht, weil niemand außer ihm es erfahren würde.

Bevor er sich zu ihr ins Bett legte, zog er ihr mit abgewandtem Blick die Decke bis unter das Kinn, um sicherzustellen, dass sie vollständig zugedeckt war. Erst dann wagte er es, auf die Matratze zu klettern und sich ganz auf die andere Seite zu legen, noch dazu oben auf die Decke, ohne sie zu berühren, doch er war sich ihrer überaus bewusst.

Was war es, das ihn dazu brachte, all seine Versprechen an sich selbst vergessen zu wollen? Wie konnte eine Frau, eine sinnliche und frustrierende Frau, ihn dazu bringen, mehr zu wollen als das, was sie jetzt hatten? Ein Teil von ihm war es leid, sie auf Distanz zu halten. Er wollte mehr tun, als neben ihr zu liegen und so zu tun, als wäre sie nicht nur wenige Zentimeter entfernt. So zu tun, als sehnte er sich nicht danach, sie im Arm zu halten.

*Zeige etwas Respekt.* Sie stand unter Drogen und trotz all ihrer Aufforderungen würde sie es nicht begrüßen, sollte er ihren hilflosen Zustand ausnutzen. Er benutzte diese Argumente, um sich in den Schlaf zu wiegen, allein, auf seiner Seite.

So wachte er allerdings nicht wieder auf.

## Kapitel Elf

Nichts ist besser, als auf einem Kerl aufzuwachen, ihn aufmerksam anzustarren und darauf zu warten, dass er aufwacht.

Im Gegensatz zu einigen ihrer früheren Übernachtungsfreunde schrie Jeoff nicht, als er die Augen öffnete und sie sah. Er lächelte auch nicht. Aber, Junge, Junge, er war steinhart unter ihr.

Sie rieb sich an ihm. »Guten Morgen, Wölfchen. Wie ich sehe, hast du heute Morgen einiges vor.«

»Ja. Ich muss pinkeln.«

Der Mann bestand einfach darauf, so zu tun, als hätte er kein Interesse. »Willst du das tatsächlich behaupten?« Sie boxte ihm in die Niere, um eine Reaktion bei ihm hervorzurufen.

Er starrte sie an.

»Ach komm schon, hör auf, so zu tun, als würde ich dir nicht gefallen, und gib zu, dass du was von mir willst.«

»Ich will nur, dass du von mir runtergehst.«

»Verdammt, ich hätte auch gern, dass du an mir runtergehst, aber du weigerst dich ja.« Sie zwinkerte ihm zu.

Er starrte noch immer vor sich hin und versuchte, keine Miene zu verziehen, doch er konnte die Reaktionen seines Körpers nicht verstecken, die darauf hindeuteten, dass sein Verlangen stieg.

»So wie es aussieht, fühlst du dich besser.«

»Wenn du damit meinst, dass ich wach bin.« Sie verzog das Gesicht. »Das war wirklich ein unfairer Kampf. Ich habe den Typen nicht einmal gerochen, bevor er mir die Nadel in den Arm gestochen hat. Wie peinlich.«

»Du hast es ihm ganz offensichtlich nicht leicht gemacht. Mir ist aufgefallen, dass er dich mit der ersten Dosis nicht richtig erwischt hat.«

Sie lächelte. »Ein Mädchen entwickelt im Laufe der Zeit einen sechsten Sinn, wenn es darum geht, dass Jungs sich an sie ranschmeißen. Ich habe allerdings nicht mit der Nadel gerechnet. Das ist neu. Seine Mittel waren gut, aber es ist nicht das erste Mal, dass jemand versucht hat, mich zu betäuben. Es stimmt, was gesagt wird. Man soll nie seinen Drink abstellen. Das verdammte Zeug hat mich langsam gemacht. Ich habe versucht, mich zu wehren.« Sie zog die Mundwinkel nach unten. »Er hat mir eins über den Schädel gezogen, deswegen war ich beim ersten Mal bewusstlos.«

Sie fragte sich, ob ihm klar war, wie besorgt sein Gesicht aussah, als sie ihm diese Dinge erzählte. Er hob die Hand, um sie an ihre Wange zu legen.

»Und wie fühlst du dich jetzt?«

»Ausgeschlafen und zu jeder Schandtat bereit.« Um ihrer Aussage Nachdruck zu verleihen, hopste sie ein wenig auf ihm herum.

Vielleicht stöhnte er ein wenig leidvoll. »Hör damit auf.«

»Nein.« Sie rieb sich noch ein wenig auf ihm, bis er ihr Einhalt gebot, indem er seine Hände an ihre Hüften legte. »Oh, jetzt geht es wieder rund. Wenn du mich fragst, habe ich dafür auf jeden Fall verdient, dass man mir den Hintern versohlt.«

»Du solltest nicht darum bitten, dass dir der Hintern versohlt wird.«

»Und warum nicht?«

»Das sollte spontan geschehen.«

»Eines Tages bringe ich dich schon noch dazu, mir den Hintern zu versohlen«, drohte sie ihm.

»Wahrscheinlich. Aber in der Zwischenzeit wirst du es wohl einfach abwarten müssen.« Er schlug sie auf den Hintern und zwinkerte ihr zu, wobei sein abrupter Wechsel von einem finsteren Blick zu einem neckenden Grinsen irritierend war. Der verfluchte Mann wechselte von kalt auf heiß. Im Ernst. Sie wusste wirklich nicht, was sie von ihm zu erwarten hatte.

*Deshalb macht er so viel Spaß.*

Die freche Erwiderung, die er gab, verdiente eine Antwort, doch bevor sie etwas Schnippisches oder Vernichtendes sagen konnte, fand sich Luna auf dem Rücken wieder, da Jeoff sie umgelegt hatte. Er sprang aus dem Bett und die schicke Hose, die er am Abend zuvor angehabt hatte, setzte seinen festen Hintern perfekt in Szene. Der blöde Gentleman trug seine Kleidung zu Bett. Noch schrecklicher war, dass die verdammte Hose oben blieb, anstatt nach unten zu rutschen und seinen süßen Hintern bloßzulegen.

»Wo gehst du hin?« Sie musste es einfach wissen. Dabei hätte sie am liebsten gesagt: »Schaff deinen süßen Hintern sofort hierher zurück.« Sie war total in der Stimmung, über ihn herzufallen.

Anscheinend hatte er andere Pläne.

Ein Stuhl, der unter der Türklinke stand, zog mehr Aufmerksamkeit auf sich als sie. Er entfernte ihn und stellte ihn zur Seite, bevor er die Tür öffnete, aber er hielt inne, bevor er den Raum verließ, und ließ sich schließlich zu einer

Antwort herab. »Als Erstes gehe ich mal pinkeln. Dann steht Frühstück auf dem Programm. Und dann muss ich in meiner Wohnung vorbeischauen, um mir frische Klamotten anzuziehen, bevor ich erneut bei der *Rainforest Menagerie* vorbeifahre, um mich nochmals umzusehen. Danach habe ich vor, diesen Charlemagne ausfindig zu machen.«

»Ich? Was ist denn aus ›wir‹ geworden?« Sie verzog trotzig die Lippen. »Kommt gar nicht infrage, dass du ohne mich fährst.«

»Dann sei in zehn Minuten bereit zum Aufbruch.«

»In zehn Minuten?«

Er grinste ihr von der Schlafzimmertür aus zu. »Ja, du hast zehn Minuten, wenn du mitkommen willst. Ich habe keine Zeit für Mädchen-Blödsinn. Arik will Antworten, und die werde ich mir besorgen.«

»Aber auf keinen Fall allein, weil ich nämlich mit dir komme«, murmelte sie, als sie aus dem Bett hüpfte. Wenn er glaubte, sie wäre eines dieser Mädchen, die eine Stunde brauchten, um sich fertig zu machen, dann würde er schnell eines Besseren belehrt.

Das Problem war, dass er einen Vorsprung hatte, da er zum Pinkeln ihr einziges Badezimmer benutzte. Das Schloss ließ sich mit einem Buttermesser öffnen und sie betrat die Nasszelle, woraufhin er »Was zum Teufel« schrie und mitten drin zu pinkeln aufhörte. Beeindruckende Selbstbeherrschung.

»Hey, Wölfchen.« Sie schlenderte vollkommen nackt ins Badezimmer.

Er hielt den Blick auf ihre Stirn gerichtet. »Tu nicht so unschuldig. Ich habe die Tür absichtlich abgesperrt. Das nennt sich Privatsphäre.«

»Das Wort kenne ich nicht.«

»Fang jetzt nicht so an, Luna. Kannst du nicht warten, bis ich fertig bin?«

»Nein. Ich habe ein Zeitlimit, das du übrigens gesetzt hast, wenn ich dich daran erinnern darf. Aber achte einfach nicht auf mich«, sagte sie mit frechem Grinsen, als sie hinter ihm haltmachte und um seinen Körper herumspähte. »Pinkel einfach weiter, während ich mich dusche.«

Es überraschte sie nicht, dass er sein Geschäft nicht zu Ende führte und seine Kronjuwelen mit der Hand bedeckte.

Ein Punkt für sie. Als sie an ihm vorbeikam, hob sie ihren Fuß über den Rand der Wanne und stellte sich hinein. Sie beugte sich vor, streckte sich nach vorne, um das Wasser anzustellen, und zuckte dann zurück, damit der kalte Strahl sie nicht erwischte. Da es keinen Duschvorhang gab, gab ihr die Glasbarriere, die als Spritzschutz diente, einen perfekten Blick auf Jeoff, der immer noch vor der Toilette stand und den Kopf gehoben hatte, um sie anzustarren.

Sie winkte und lächelte. »Willst du mit reinkommen?«

Er starrte sie an, starrte sie heiß an und seine Körperhaltung war angespannt.

Gut. Es würde ihm nicht schaden, etwas von ihrem Ärger zu spüren.

Männer, nicht die Männer des Rudels, weil die schon früh lernten, sich nicht mit Löwinnen anzulegen, aber andere Männer, andere Arten von Wandlern, dachten immer, sie könnten Situationen kontrollieren. Sie dachten, eine Frau sollte sittsam sein und gesehen, aber nicht gehört werden. Scheiß drauf. Luna war schon immer ein ziemlicher Freigeist und ein Wildfang gewesen.

Tante Zelda beklagte sich oft: »*June, wie kannst du nur zulassen, dass sie sich so wild aufführt?*« Worauf ihre liebe Mutter antwortete: »*Das ist doch nicht wild. Das zeigt Stärke und Charakter.*«

Das bedeutete, dass Luna kein Bedürfnis verspürte, sich dem Status quo zu beugen. Sie tat, was sie wollte, was sich manchmal als ein wenig skandalös erwies. Die meisten Jungs konnten damit nicht umgehen. Es gab einen Grund dafür, dass Luna eine Reihe von Ex-Freunden hatte. Es war nicht so, dass sie sie gevögelt und verlassen hätten, sondern eher, dass sie nicht mit ihr fertigwurden. Sie konnten nicht mit der Tatsache umgehen, dass sie weder zerbrechlich noch zierlich war. Sie kümmerte sich nicht um ihre Egos. Sie hatte es nicht nötig, dass sie Kämpfe für sie austrugen. Sie unterbrach sie auch, während sie pinkelten.

Aber, so sollte sie hinzufügen, sie hatte kein Problem damit, vor einem Mann zu pinkeln. Es war nicht ihre Schuld, dass sie so taten, als wäre es eine große Sache, wenn sie sich auf einer Wanderung im Wald mal eben zum Pinkeln hinhockte. Sie waren nur eifersüchtig darauf, dass sie besser zielen konnte als sie. Für alle, die sich jetzt fragen, wie gut ihre Kontrolle war: Sie konnte ihren Namen in Kursivschrift schreiben.

Sie fand jedoch interessant, dass Jeoff, obwohl sie sie selbst war, noch nicht davongelaufen war. Sicher, er hatte sie abgewiesen, aber es waren Worte. Nur Worte. Seine Taten waren viel aussagekräftiger und sie bezog sich nicht nur auf seinen fast andauernden Ständer, wenn sie in seiner Nähe war.

*Jeoff war über Nacht geblieben.* Er war hier bei ihr geblieben, weil er sich Sorgen machte. Das musste er nicht. Er hätte leicht jemanden anrufen können. Jeder im Rudel wäre gekommen und hätte ihren schlafenden Hintern bewacht. Aber Jeoff hat keinen Ersatz gesucht. Er hatte beschlossen, sie selbst zu bewachen, und als sie aufgewacht war, hatte sie auf seiner Brust gelegen, sein Herz unter ihrem Ohr und seine Arme um sie geschlungen. Da sie noch nie zuvor so mit jemandem geschlafen hatte, konnte sie nur annehmen, dass er es war, der dieses Aneinanderkuscheln initiiert hatte. Er hatte die ganze Nacht mit ihr gekuschelt und versuchte nun, sich prüde zu geben.

Sie hatte kein Mitgefühl mit ihm. »Pinkelst du jetzt fertig?«, fragte sie und hob ihr Gesicht zum Strahl der Dusche.

»Nein.« Auch wenn er vielleicht nicht pinkelte, so wollte er doch auch nicht gehen. Er starrte sie auch nicht richtig an, obwohl sie ihren Körper unter der Dusche wand.

Er stand da und blickte unkonzentriert drein, ein verwirrtes Stirnrunzeln auf dem Gesicht.

Sie beugte sich in der Dusche vor und griff nach ihrem Duschgel. Es dauerte nicht lange, bis sie sich von Kopf bis Fuß eingeseift hatte. Die ganze Zeit über sah er zu, doch sie hätte nicht sagen können, ob er es überhaupt merkte, seine Aufmerksamkeit war offensichtlich anderswo.

Erst als sie vollständig gewaschen war und das Wasser abgestellt hatte, wachte er aus seiner Trance auf. Er griff ein Handtuch von der Stange an der Wand und hielt es ihr brüsk hin, bevor er herumwirbelte und in ihr Schlafzimmer zurückkehrte. Sie griff nach ihrer Zahnbürste, gab einen Klecks Zahnpasta darauf und folgte ihm.

Sie putzte sich die Zähne, als Jeoff sein T-Shirt auszog und seine fantastischen Bauchmuskeln zur Schau stellte, die perfekt mit glatter Haut bedeckt waren – die einzige Verbesserung wären ihre Zahnabdrücke gewesen. Er steckte seine Arme durch die Ärmel seines Hemdes vom Vorabend, während sie auf den Borsten ihrer Zahnbürste kaute und mit einer Hand ihre eigene Kleidung aus dem Schrank zog.

Um ihn zu bremsen, ließ sie das Handtuch fallen und tat ihr Bestes, um seine Aufmerksamkeit auf sich zu ziehen. Das gelang ihr ziemlich gut, denn sie hüpfte auf einem Fuß, um ihre Unterwäsche anzuziehen, die Zahnpasta in ihrem Mund schäumte auf und ihre nassen Haare klebten ihr seitlich am Kopf.

Eine tolle Art, ihn zu verführen. Allerdings war dies die echte Luna. Sie glaubte nicht daran, den Männern etwas vorzuspielen. *Das ist vielleicht auch der Grund dafür, dass ich noch immer Single bin.* Trotzdem konnte sie sich nicht vorstellen, dass sie einige der Spielchen spielen würde, die sie von anderen Damen kannte. Sie stand nicht auf Make-up oder stundenlanges, tägliches Haarstyling. Sie war die Art Mädchen, die ihre blonde Mähne mit einem Handtuch trockenrubbelte, zu einem Dutt hochdrehte und dann mit einer Haarklammer feststeckte. Sie trug einen BH, nur damit ihre Brüste nicht hüpften, wenn sie laufen musste, Unterwäsche unter der Jeans, damit der Stoff nicht scheuerte, und ein tolles T-Shirt, das über jeder Brust ein Paar Eulen hatte und darunter den Spruch »Hör auf, mir auf die Eulen zu starren«.

Und das funktioniert natürlich niemals.

Jeoff starrte sie an. »Hast du eigentlich auch irgendwelche normalen T-Shirts?«

Sie spähte in ihre geöffnete Schublade. Dann schüttelte sie den Kopf. »Nein.«

»Das kannst du jedenfalls nicht tragen. Nicht wenn du mit mir mitkommen willst, um Charlemagne ausfindig zu machen.«

»Willst du mir etwa ernsthaft sagen, was ich anziehen darf und was nicht?«

»Ja.«

Sie kniff die Augen zusammen. »Dann zwing mich doch dazu.« Vor freudiger Erwartung hellte sich ihr Gesicht auf.

Und was tat Jeoff daraufhin?

Er machte auf dem Absatz kehrt und ging davon. Würde er gehen? Gestern Abend hatte er das getan. Was, wenn er es noch einmal tat? Sie konnte nicht zulassen, dass er alleine loszog. Der verdammte Mann brachte sie dazu, ihm nachzulaufen.

»Wo willst du denn hin?«, fuhr sie seinen Rücken an.

»Ich habe doch gesagt zehn Minuten. Du bist nicht fertig, also gehe ich alleine.«

»Ich bin auch fertig.«

»Solange du dieses T-Shirt trägst, bist du nicht fertig.«

»Du bist so ein verdammter Spießer, Wölfchen«, fauchte sie ihn an.

»Damit habe ich kein Problem«, rief er zurück. »Ich wünsche dir einen schönen Tag.« *Bumm.*

Jetzt war der verdammte Kerl doch tatsächlich gegangen.

»Oooh, manchmal würde ich ihn am liebsten erwürgen«, murmelte sie, während sie den Schrank aufriss und eines ihrer gefürchteten *hübschen Oberteile* herauszog, die ihre Tante Zelda ihr gekauft hatte. Es hatte lange Ärmel, lag nicht zu eng an und hatte ein mädchenhaftes Blumenmuster. Sie zog es über ihr T-Shirt, weil sie keine Zeit zu verlieren hatte.

Sie holte Jeoff ein, da dieser noch auf den Aufzug wartete. Er lehnte an der Wand und sah auf verwegene Art gut aus, unrasiert und mit ungekämmtem Haar.

Er zog eine Augenbraue hoch. »Du hast es geschafft.« Er trat in den Aufzug und sie folgte ihm.

»Natürlich habe ich es geschafft«, grummelte sie, als sie auf den Knopf für die Eingangshalle drückte.

»Wir müssen meinen Wagen holen«, sagte er und drückte auf den Knopf für die Tiefgarage.

»Das tun wir auch, aber erst mal ...« Die Tür des Fahrstuhls öffnete sich zu einer Eingangshalle, in der ein paar Löwinnen herumhingen. »Wenn du mich schon dazu zwingst, etwas Spießiges zu tragen, hast du Rache verdient, Wölfchen. Willkommen in der Höhle der Löwinnen.«

Angesichts seiner ganzen Haltung und der Tatsache, dass er sich nicht mit ihr einlassen wollte, hätte sie von ihm erwartet, dass er sich sträubte. Aber Jeoff überraschte sie immer wieder. Sie konnte sich eines Anflugs von Verärgerung und Interesse nicht erwehren, als er einen Arm um ihre Taille legte und mit einer lässigen Leichtigkeit mit Luna aus dem

Aufzug trat. »Einen wunderschönen guten Morgen, die Damen.«

Der höfliche Gruß brachte einige von ihnen zum Kichern.

»Da ist wohl jemand gestern Abend nicht mehr nach Hause gefahren, sondern hat bei dir geschlafen«, stellte Stacey fest, die mit beiden Händen ihre Kaffeetasse festhielt und ganz so aussah, als hätte sie eine gute Nacht gehabt.

»Wer hat behauptet, wir hätten geschlafen?« Jeoff ließ ein raues Lachen hören, das bei Luna südlich ihres Gürtels merkwürdige Dinge auslöste. Wenn er seine Drohungen doch nur endlich wahr machen würde.

Allerdings konnten auch zwei dieses Spielchen spielen. Sie ließ eine Hand zu seinem Hintern wandern. »Vielleicht lasse ich dich nächstes Mal nach oben.«

»Warum sollte ich darauf bestehen, wenn es dir so gefällt, all die Arbeit zu machen, kleines Kätzchen?«

Er hatte es gesagt. Das eine Wort, das Luna am meisten verabscheute. Dasjenige, das ihre weibliche Seite vor Wut in die Luft gehen ließ. Bevor sie ihm die Zunge abbeißen konnte, waren seine Lippen auf ihren. Er küsste Luna und ihre Wut schmolz dahin, sogar inmitten all der Kommentare.

»Ich kann nicht glauben, dass sie ihn dafür nicht umgebracht hat.«

»Verdammt, wenn ich mir die beiden so ansehe, bekomme ich plötzlich auch Lust, mir einen Hund anzuschaffen.«

»Nehmt euch ein Zimmer. Am besten eins mit einer Videokamera, von der aus ihr live übertragen könnt.«

Atemlos und verwirrt – wahrscheinlich eine Nachwirkung der Drogen – schafften sie es lebend, wenn auch ziemlich angepisst, aus der Eingangshalle.

Als sie in die Tiefgarage stürmten, war sie ein paar Schritte langsamer und hinter Jeoff, während dieser zu seinem Wagen stolzierte. Wie konnte er es wagen, so gelassen auszusehen, obwohl sie sich geküsst hatten? Das war nicht fair.

Immer und immer wieder gab er ihr gemischte Signale. Immer wieder machte er sie scharf. Ließ sie glauben, sie hätte ihn, und zog dann das seidene Laken unter ihr weg. Die Frustration, die sie empfand? Seine Schuld. Alles, was sie in diesem Moment ärgerte, war seine Schuld. Und er wagte es zu stolzieren.

Sie stürzte sich auf ihn und knurrte, als sie sprang. Sie wollte ihn in diesem Moment verletzen. Ihn zu Boden werfen und ein paarmal auf ihn einschlagen. Das hatte sie zumindest vor. Er wirbelte in letzter Sekunde herum, fing sie in der Luft ab und zog sie an sich.

»Gibt es ein Problem?«

»Ja, es gibt ein Problem«, fuhr sie ihn an. »Du machst mich immer wieder heiß.«

»Und du tust das nicht?«

»Aber bei mir wäre es nicht nur heiße Luft, wenn du dich einen Moment lang gehen lassen würdest. Dann könnten wir diese ganze sexuelle Spannung zwischen uns aus dem Weg räumen.«

»Glaubst du wirklich, ein einziges Mal würde reichen?« Er griff mit beiden Händen ihren Hintern und zog sie an sich, sodass sie seine Erektion spüren konnte. »Was, wenn wir uns gehen lassen, wie du es möchtest, und es dann nicht reicht? Was, wenn du mehr willst? Was, wenn ich mehr will?«

Sie starrte ihn mit offenem Mund an. »Redest du etwa von was Ernstem?«

»Ja, allerdings tue ich das. Ich rede von einer festen Beziehung miteinander.«

»Von einer festen Beziehung?« Sie rümpfte die Nase und wich vor ihm zurück. »Moment mal. Wer hat jemals etwas davon gesagt, dass es sich um mehr als nur Sex handelt? Das geht mir viel zu schnell, Wölfchen.«

»Beschuldigst du mich wirklich, dass ich zu schnell vorgehe? Du bist doch diejenige, die ständig von mir will, dass ich die Hose runterlasse und es dir besorge.«

»Ja, schon, das tue ich, weil Sex kein Problem ist. Man zieht sich aus, man schläft miteinander und fertig. Was du da vorschlägst ...« Sie machte einen Schmollmund. »Solche Dinge enden nie gut.« Und das konnte sie mit ihrer Vorgeschichte an Beziehungen belegen.

»Ganz genau. Zumindest ist uns beiden klar, dass es nicht gut enden würde. Und deswegen wird es auch keinen Sex geben.«

»Weil du Angst hast, dass du dich in mich verliebst?« Das schien ihr eine völlig unwahrscheinliche Annahme, und doch schien er es völlig ernst zu meinen.

»Davor habe ich große Angst. Und ich glaube, dass keiner von uns beiden das will.«

Er hatte recht. Vollkommen recht. Allein der Gedanke, dass sie und der Wolf ein echtes Paar sein könnten? Was für ein Witz. Es würde niemals funktionieren. Hunde und Katzen vertrugen sich einfach nicht.

*Aber bei Arabella und Hayder funktioniert es doch auch.*

Weil die beiden füreinander bestimmt waren. Und das war bei Jeoff und ihr nicht der Fall. Richtig? Richtig?

Sie stellte diese Frage an ihr Unterbewusstsein, doch ihre innere Löwin verweigerte ihr die Antwort.

Es genügte, um sie dazu zu bringen, die ganze Fahrt zu seiner Wohnung über zu schweigen, wo sie nur ein paar Minuten verbrachten, während Jeoff sich von einem verwegenen Übernachtungspartner in einen aalglatten Kerl im Anzug mit dieser lächerlich sexy Brille verwandelte.

*Brüll.*

Die Autofahrt von seiner Wohnung zum Klub dauerte

nicht lange, was bedeutete, dass sie nicht viel Zeit hatte, um die seltsame Spannung zwischen ihnen beiden auszuräumen.

»Also, jetzt, wo du die Gelegenheit hattest, darüber nachzudenken, willst du ficken?« Sie unterstrich ihre Worte, indem sie ihm die Hand auf den Oberschenkel legte und zudrückte.

Er seufzte. »Fängst du tatsächlich schon wieder damit an?«

»Ja, weil du anscheinend denkst, dass du dich in mich verliebst und mich dann für den Rest deines Lebens als Gefährtin ertragen musst.« Was sie übrigens auch ziemlich Furcht einflößend fand. »Aber du kannst jeden meiner Ex-Freunde fragen. Ich eigne mich einfach nicht als Freundin.«

»Weil es alles Idioten sind.«

»Wie bitte?«

»Die Tatsache, dass sie einfach nicht mit dir umgehen können, bedeutet gar nichts.«

»Willst du damit etwa sagen, du weißt, wie man mit mir umgehen muss?«

Er nahm den Blick von der Straße, sah sie einen Augenblick lang an und sagte: »Das ist ja wohl *offensichtlich*.«

Sie seufzte. »Es ist wirklich schade, dass du kein Löwe bist.«

»Wenn ich ein Löwe wäre, hätten wir dieses Gespräch nicht.«

»Und was würden wir dann tun?«

Er antwortete nicht. Stattdessen nahm er ihre Hand, die auf seinem Oberschenkel lag, und legte sie sich in den Schritt. Erneut sendete er ihr gemischte Signale. Und er fragte sich, warum sie weiterhin versuchte, ihn zu verführen.

Da er anscheinend entschlossen schien, sie zu verwirren, wechselte sie eben das Thema. »Was glaubst du also? Ist dieser Charlemagne so eine Art Superschurke? Entführt er die Gestaltwandler, um ihnen schreckliche Dinge anzutun?«

»Keine Ahnung, aber in Anbetracht der Tatsache, was gestern Abend in seinem Klub geschehen ist, liegt die Annahme nahe, dass da irgendwas nicht stimmt. Und ich möchte herausfinden was.«

»Ich weiß immer noch nicht, warum er den ganzen Raum mit Drogen versetzt hat. Das macht doch überhaupt keinen Sinn.«

»Ich verstehe auch nicht, warum er das tun sollte. Vielleicht war es so eine Art Werbegag, um dafür zu sorgen, die Beliebtheit des Klubs zu erhöhen.«

»Aber diese Art von Nachrichten würde eher dafür sorgen, dass die Polizei mal vorbeischaut. Ein Klub, der sich gerade so am Rande der Legalität befindet, ist eine Sache; eine riesige Massenorgie eine andere. Da kann nicht mal die Polizei ein Auge zudrücken. Und obwohl ich kein Geschäftsmann bin, kann ich mir nicht vorstellen, dass ein schlauer Geschäftsmann diese Art von Aufmerksamkeit braucht.«

»Wenn er denn auch schlau ist.«

»Bestimmt.« Er trommelte mit den Fingern auf der Ablage an der Tür. »Da es uns nicht gelungen ist, eine Adresse für diesen Charlemagne zu finden, vom Klub einmal abgesehen, wie sollen wir ihn finden?«

»Ich hoffe, dass wir aus ein paar Angestellten Informationen herausquetschen können.«

»Um diese Zeit? Es ist früh am Morgen.«

»Nach dem Chaos von gestern Abend werden sie aufräumen und putzen müssen.«

»Da wir gerade vom Putzen sprechen, ich habe Hunger.«

»Wie kommst du denn jetzt vom Putzen auf Hunger?«

»Weil ich jetzt gern ein großes Frühstück verputzen und danach den Teller ablecken würde.« Sie tat so, als würde sie mit der Zunge etwas ablecken.

Stöhn. »Hör schon damit auf.«

»Zwing mich doch. Oder noch besser, bestrafe mich.«

Das tat er nicht. Stattdessen fuhr er durch den Drive-Through eines Schnellrestaurants und bestellte Frühstücksburger mit Saft.

»Und was ist mit Kaffee?« Sie zog die Nase kraus.

»Du gehörst zu den Menschen, die kein Koffein brauchen.«

»Kein Koffein?«, keuchte sie. »Ist das nicht Katzenquälerei?«

»Eine Katze am Schwanz zu packen und sie herumzuschwingen ist Katzenquälerei. Hier handelt es sich hingegen um Ehrlichkeit.«

»Ehrlich wäre es, wenn du dich endlich in das Unvermeidliche fügen würdest. Es wird passieren«, drohte sie ihm, als sie aus dem Wagen stieg und ihre Laufschuhe auf dem Asphalt auftrafen.

*Damit hast du nicht gerechnet, du blödes Abflussgitter.* Diesmal würde es zu keinen Problemen mit ihren Schuhen kommen.

Ohne die Menschenmenge, die darauf wartete, in den Klub zu gelangen, und da es Sonntag war, war die Straße ziemlich ruhig, besonders um diese Tageszeit. Ein paar vereinzelte Autos und Lastwagen brummten die Straße entlang. Eine Person in einer locker sitzenden Cargohose und einer übergroßen Holzfällerjacke schlenderte auf dem Bürgersteig auf der anderen Seite entlang und nickte im Takt irgendeines Liedes mit dem Kopf.

Die Außenseite des Klubs sah bei Tageslicht nicht sehr eindrucksvoll aus, die Neonreklame war dunkel, die Außenfläche des Gebäudes mattschwarz gestrichen. Am Abend zuvor wurde das Gebäude durch bodennahe Stroboskoplichter in gleißendes Licht getaucht, was ihm einen schillernden Glanz verlieh. Obwohl aufregend und pulsierend in der Dunkelheit, wirkte es im unerbittlichen Tageslicht irgendwie traurig und hatte dringend einen neuen Anstrich nötig.

Die Vordertüren, aus Metall mit genieteten Nähten und robusten Metallgriffen, waren verschlossen, eine Kette und ein Vorhängeschloss liefen durch die dafür vorgesehenen Öffnungen.

»Ich glaube nicht, dass jemand da ist«, stellte sie fest und zerrte an dem Schloss. Als sie es losließ, fiel es klappernd zurück gegen die Tür.

»Zumindest ist niemand durch die Vordertür hineingegangen«, bemerkte er. Eine nachdenkliche Falte entstand auf seiner Stirn. »Was ziemlich merkwürdig ist. Schließlich herrschte gestern Abend ein ziemliches Chaos. Man sollte meinen, dass sich jetzt ein Aufräumkommando vor Ort befände, und doch sehe ich weder Pritschenwagen noch Autos, die in der Nähe parken.«

Sie hatte nicht einmal daran gedacht nachzusehen.

*Du bist ja ein tolles Raubtier.*

*Hey, du hast mir auch nicht gesagt, dass ich nachsehen soll.*

Die Katze zog eingeschnappt Luft durch die Nase und wandte sich ab.

Freches Ding. Das änderte jedoch nichts an der Tatsache, dass sie besser aufpassen sollte. Am Abend zuvor waren die Dinge ziemlich ernst geworden, als dieser Typ versucht hatte, sie zu entführen. Und was sollte das eigentlich? Sie war verdammt froh, dass Jeoff zurückgekommen war, um nach ihr zu sehen.

*Er hat uns gerettet. Wir sollten uns bei ihm bedanken.* Und die Art, ihn zu lecken, die ihr vorschwebte, hatte nichts mit Putzen zu tun.

»Wir sollten den Hintereingang und die Gasse hinter diesem Laden überprüfen. Vielleicht sind sie nicht hier vorn reingekommen.«

Bei einem Rundgang um das Lagerhaus konnten sie keine unverschlossenen Türen entdecken; die, aus der sie in der Nacht zuvor gekommen waren, war fest verschlossen. Die Einbahnstraße, die entlang der Rückseite führte, war voller Lieferwagen, aber sonst war niemand da. Allen Anzeichen nach schien der Ort verlassen zu sein. Merkwürdig, denn, wie Jeoff sagte, nach dem Wasserschaden der vergangenen Nacht hätten sie sicher so bald wie möglich mit den Reinigungsarbeiten anfangen müssen, um den Laden so schnell wie möglich für die Wiedereröffnung herzurichten.

Sie gingen zur Vorderseite des Gebäudes zurück, lehnten sie sich beide an seinen Wagen – vorsichtig, um ihn nicht zu zerkratzen, aber nahe genug, um ihn zu streicheln – und starrten auf den verschlossenen Club.

»Und was jetzt, Wölfchen? Damit hat sich dein Plan, jemanden auszuquetschen, der hier arbeitet, ja wohl erledigt.«

»Vielleicht ist es besser so.«

»Wie meinst du das?«, fragte sie und folgte ihm zum Kofferraum seines Wagens. Er öffnete ihn und beugte sich hinein, bevor er mit einem Bolzenschneider wieder auftauchte.

»Es ist besser so, weil die, die wir befragt hätten, wahrscheinlich sowieso gelogen hätten. Leute, die etwas getan haben, was sie nicht hätten tun sollen, lügen immer.«

»Ich tue ständig Sachen, die ich nicht tun sollte, aber ich lüge deswegen nicht.«

Er legte den Bolzenschneider an der Kette an. »Nein, du sagst die Wahrheit, was manchmal sogar noch beängstigender ist.«

»Hast du etwa Angst vor der Wahrheit?«

Er sah sie fest an. »Ja. Sehr sogar.«

Komisch, denn die Wahrheit machte auch ihr Angst. Vieles von dem, was Jeoff sagte, jagte ihr eine Höllenangst ein. Besonders die Wahrheit, in der er behauptet hatte, dass es nicht genug wäre, ein Mal Sex miteinander zu haben, wenn sie schließlich der Versuchung nachgäben.

*Dann haben wir eben zwei- oder dreimal Sex.* Irgendwann würde es ihnen schon langweilig werden. Jeoff würde feststellen, dass sie nicht zierlich und mädchenhaft ist. Ihm würde klar werden, dass sie niemals zierlich und mädchenhaft sein würde. Und dann würde er sich nach jemandem sehnen, der es nicht für eine witzige Idee hielt, Armdrücken zu machen, um auszulosen, wer das Fernsehprogramm bestimmen darf. Jemandem, der nicht absichtlich die Toilettenspülung drückte, während er duschte, und zwar nur, um ihn schreien zu hören.

Irgendwann würden all die Dinge, die Luna tat, anfangen zu nerven. *Ich würde ihn um den Verstand bringen. Und dann verlässt er mich.* Oder sie würde das bereits kommen sehen und ihn zuerst verlassen. Nachdem ein Kerl erst einmal geweint hatte, weil sie ihn jedes Mal beim Autorennen auf seiner Spielkonsole schlug, gab es kein Zurück mehr.

Aber was, wenn Jeoff sie nicht verließ? Was, wenn er blieb? Und sie auch. Und wenn sie ...

*Klick.* Der Bolzenschneider schnitt durch ein metallenes Kettenglied und zog ihre Aufmerksamkeit auf sich. Ein weiterer Schnitt durchtrennte die Kette komplett.

»Das ist Einbruch.« Da sie es erkannte, wenn man ein Verbrechen begann, hatte sie das Gefühl, es wenigstens erwähnen zu müssen.

»Hast du ein Problem damit, bestimmte Gesetze der Menschen zu brechen?«

»Nein.« Ganz im Gegenteil, dabei wurde ihr Höschen ganz feucht.

Er nahm sich einen Moment Zeit, um sich in beide Richtungen umzusehen. Nachdem er sich versichert hatte, dass niemand da war, zog er die Kette lautstark durch die Metallgriffe. »Da niemand da ist, den wir befragen können, fällt mir ein besserer Weg ein, um an Informationen zu gelangen.«

Er stopfte das Schloss und die Kette zusammen mit dem Bolzenschneider in den Kofferraum seines Wagens. Bevor er ihn zuschlug, griff er hinein, um einen kleinen Werkzeugsatz zu holen. Er öffnete seinen Mantel und steckte den Kasten in seine Innentasche.

Sie griff nach dem Saum seiner Jacke, bevor sie wieder zufiel.

»Wofür ist das denn?« Sie hatte die Pistole gesehen, die er in einem Halfter am Körper trug. Das überraschte sie. Luna wurde eher handgreiflich. »Ist das nicht etwas unsportlich?« Sie selbst verließ sich lieber auf ihre Fäuste.

»Ich würde eher sagen, dass es das Spielfeld ebnet und dafür sorgt, dass ich nicht ums Leben komme. Ich möchte darauf vorbereitet sein, wenn wir diesen Fledermaustypen wieder treffen.«

»Den Fledermaustypen? So nennst du ihn?« Allein bei dem Gedanken rümpfte sie die Nase. »Ich habe noch nie davon gehört, dass es so etwas gibt.«

»Ich auch nicht. Aber andererseits ist es auch nicht so, als würden die verschiedenen Gestaltwandler sich treffen, um darüber zu reden, wer sie sind, oder? Wir sind ziemliche Heimlichtuer. Es könnte sogar sein, dass es im Norden Elch- oder Karibu-Wandler gibt, von denen wir noch nie etwas gehört haben.«

»Vielleicht sogar Biber!«

»Okay, jetzt bist du einfach nur albern.«

»Und das von dem Kerl, der über einen Fledermaustypen redet.«

»Wie soll ich ihn sonst nennen? Er sah eben am ehesten wie eine Fledermaus aus.«

»Das behauptest du. Ich finde, er sah eher aus wie –« Ihr noch immer ein wenig vernebelter Verstand ließ noch einmal die vergangene Nacht Revue passieren und suchte nach einem ganz bestimmten Bild. Und das bekam sie auch; eine riesige Maus mit Schwingen. »Weißt du was? Es spielt keine Rolle, wie er ausgesehen hat. Der Punkt ist, du hast eine Pistole.«

»Das stimmt.«

»Und ich nicht.«

»Was wahrscheinlich für die Welt insgesamt sicherer ist.«

Sie stampfte mit dem Fuß auf und stieß ihn mit ihrer Hüfte aus dem Weg, und zwar nicht aufgrund seiner unhöflichen Bemerkung – okay, vielleicht spielte das auch eine kleine Rolle –, sondern hauptsächlich deshalb, weil sie als Erste in den Laden treten wollte.

Einige Männer würden brüllen, schimpfen oder schmollen – das Schlimmste –, aber Jeoff antwortete mit Sarkasmus. »Ladies first.«

Sie zeigte ihm den Mittelfinger, weil sie keine Dame war, während sie gleichzeitig versuchte, ein Grinsen zu unterdrücken, weil er sie eine Dame genannt hatte.

Mit dem Rücken zu ihm nahm sie sich einen Moment Zeit, um sich umzusehen. Es gab nicht viel zu sehen. Nur eine kleine innere Kammer mit der Bank von gestern Abend, auf der sie das dumme Formular ausgefüllt hatte.

*Wie oft pro Woche masturbieren Sie für Ihren Partner?*

Kein einziges Mal, weil sie es vorzog, sich selbst zu quälen.

Da sie bezweifelte, dass im Vorraum des Klubs irgendwelche Geheimnisse versteckt waren, riss sie an der zweiten Doppeltür. Sie hielt stand. Ein weiteres Türschloss. »Hey, Wölfchen. Hast du mal eine Haarnadel für mich?«

»Es nervt wirklich, Schlösser knacken zu müssen.« Er fuhr mit den Händen über die Tür und überprüfte sie. Dann ging er ein paar Schritte zurück und hob den Fuß.

*Peng.* Die dicke Sohle seines Stiefels prallte gegen die

Tür und etwas knackte. Die Tür sprang auf, ein weiterer Riegel zertrümmert.

In der anschließenden Stille standen beide still und lauschten. Wenn jemand im Gebäude war, hätten sie es gehört. Sie hielten die Luft an und schwiegen, während sie warteten.

Nichts.

»Ich würde sagen, das hat niemand gehört. Nach dir.« Er bedeutete ihr mit einer großen Geste einzutreten.

»Du zuerst.« Sie erwiderte die gleiche Geste und lächelte.

»Benutzt du mich etwa als Schild, falls jemand gerade jetzt mit der Waffe auf uns zielt?«

Sie blinzelte ihn mit gespielter Unschuld an und zeigte auf sich selbst. »Wer, ich?«

Er lachte und trat ein, ohne auch nur ein Mal zu zucken oder innezuhalten. Ein Wolf mit Löwenmut.

*Brüll.*

Als er schnell hinter ihr die Vorhalle betrat, wurde Luna von einer noch enttäuschenderen Veränderung überrascht. Gestern Abend, bei der sanften Beleuchtung und der klimpernden Musik, erschien der Raum so exotisch. Das gedämpfte Glühen der diffusen Lichter hatte dem Raum ein unwirkliches Gefühl gegeben.

In dem grellen Tageslicht, das durch die Tür strömte, war die rosarote Brille verschwunden und die Wahrheit lag ungeschminkt da. Sie bemerkte den klumpigen Betonboden, der tiefrot gestrichen und von Absätzen und Schuhsohlen abgeschabt war. Was sie für einen Sternenhimmel gehalten hatte, waren in Wirklichkeit schalldämmende Paneele, die an die Wand geschraubt und schwarz gestrichen waren. Sie waren mit metallischen Aufklebern in Form von Sternen beklebt.

Das Ganze sah so billig aus, genau wie die Bar selbst. Sie betrat die erste höhlenartige Kammer und konnte nicht umhin festzustellen, dass sie nicht sehr beeindruckend wirkte. Gestern Abend hatte der lange Tresen cool wie aus einem Science-Fiction-Film gewirkt, da die von unten angestrahlte Theke zu schweben schien. Wechselnde, von oben ausgehende Lichter hatten den Betonboden in bunten Mustern erstrahlen lassen. Selbst die Schatten, die von den gedämpften Lichtern über jeder der Türen erzeugt wurden, verbargen nicht den verkratzten Boden, der von der Dusche am Abend zuvor noch feucht war.

Sie fragte sich, ob der Mangel an Fenstern und Luft an diesem Ort der Grund für den muffigen Geruch war. Es roch nicht mehr nach Hitze, Menschen und Sex – nach heißem, adrenalingeladenem Sex –, kein bisschen.

»Schwer zu glauben, dass dies der gleiche Ort von gestern Abend ist. Hier ist es so ... langweilig.«

»So sieht eben die Realität aus.«

Die Realität war scheiße.

Sie sah sich um und stellte fest, dass etwas fehlte. Irgendwie schien der Raum leerer, und das nicht nur, weil sich keine Leute darin befanden. Da war der Bereich mit den Sofas gewesen und sie fand es interessant, dass sie jetzt verschwunden waren. »Anscheinend haben sie doch ein wenig aufgeräumt. Die Einrichtung hat die Dusche von gestern wohl nicht überlebt.«

»Ich hoffe, dass sie sie verbrannt haben. Die Dinge, die die Leute gestern auf ihnen getrieben haben ...« Er erschauderte.

»Es ist nichts Falsches daran, Sex zu haben«, erwiderte sie und stellte sich in die Mitte des Zimmers, um sich besser umsehen zu können.

»Es war falsch, und damit meine ich nicht den Sex. Was ich meine, ist der Teil, an dem die Leute die Kontrolle verloren haben und nicht nur über die Personen hergefallen sind, über die sie hätten herfallen sollen.«

»Ist das deine Art, mir zu sagen, dass du lieber mit jemand anderem rumgeknutscht hättest?«

Eifersucht, zieh deine Krallen ein!

»Nein. Ich bin froh, dass du es warst und keine andere. Nur gut, dass niemand dich angemacht hat. Ich hätte Probleme damit gehabt, die Leiche zu verstecken.«

»Wieso hättest du denn eine Leiche verstecken müssen?«

»Das ist jetzt egal. Ich versuche damit zu sagen, dass manche Dinge besser allein und zu Hause und aus den richtigen Gründen getan werden sollten.«

»Weil du ein Spießer bist.«

Seufz. »Also gut. Ja. Ich bin ein Spießer und ich will verdammt sein, aber ich werde mich nicht dafür entschuldigen.«

Sie grinste ihn an. »Gut, das solltest du nämlich auch nicht. Es ist sehr frustrierend, aber süß.«

Sie wandte den Blick von ihm ab und widmete ihre Aufmerksamkeit der Decke. Diese befand sich hoch über ihnen und die Tragebalken aus Metall waren mit Discokugeln und dicken Kabeln versehen.

»Es ist schwer zu glauben, dass das der angesagteste Nachtklub der Stadt ist.«

»Es ist schon erstaunlich, was eine schummrige Beleuchtung und Alkohol ausmachen können. Und jetzt sollten wir mit der Suche anfangen, bevor uns das Glück verlässt und jemand hier auftaucht.«

»Wo sollen wir zuerst suchen? Ich bezweifle, dass einfach irgendetwas herumliegt. Persönliche Akten und solche Dinge befinden sich doch bestimmt an einem etwas sichereren Ort.«

»Da stimme ich dir zu. Irgendwo muss es hier ein Büro geben.«

In der Tat gab es eins, und zwar im ersten Stock mit Blick auf den gesamten Klub. Die Tür brauchte nur einen kräftigen Schubs und schon war sie offen. Im Inneren war der Raum trocken geblieben, offensichtlich befand er sich in einer anderen Zone als der übrige Teil des Klubs.

Sie durchsuchten die Schubladen und sichteten die dort gefundenen Papiere, vor allem Bestellungen für Alkohol, Zeiterfassungsbögen für die Angestellten und andere Dinge, die mit der Führung eines Klubs zu tun haben.

Keine geheimen Aktivitäten, die im Zusammenhang mit dem Handel von Gestaltwandlern standen. Es gab kein Geheimfach in der Schublade mit versteckten USB-Sticks mit digitalen Snuff-Filmen. Nicht einmal Handschellen. Nicht nur Schreibtisch und Aktenschrank brachten ihnen keine interessanten Informationen. Der Computer blockierte sie, nachdem sie drei Passwörter ausprobiert hatten, nämlich Deppenheimer, Lunaistdiecoolste und lovemonkey, die alle nicht korrekt waren.

Und nein, das waren nicht ihre Passwörter. Nicht mehr.

Sie fanden keinen einzigen interessanten Hinweis, außer der Tatsache, dass der Tequila nicht aus Mexiko stammte. Der reinste Horror.

Als sie wieder die Treppe hinuntersprang, konnte sie nicht anders, als auf die Tanzfläche zurückzukehren. Etwas nagte an ihr. Von dem Feenstaub der Nacht zuvor schien keine Spur mehr übrig zu sein, wahrscheinlich war alles vom Wasser weggespült worden.

Alles war sauber gewaschen worden, sogar alle Gerüche. Warum hatte sie dann das Gefühl, dass ihnen etwas entgangen war?

*Versteckt.* Ihre Katze deutete etwas an, aber was? An diesem Ort gab es wirklich nicht viel zu sehen. Eine Vorhalle, die Hauptpartybereiche, ein Lagerbereich hinter der Bar mit einem Sanitärbereich für die Angestellten und ein Pausenraum. Eine DJ-Kabine, die nach außen hin abgetrennt und so der Dusche entkommen und trocken geblieben war. Aber was war ihr entgangen?

»Würdet ihr mir bitte erklären, warum ihr hier unerlaubt eingedrungen seid?«

Die plötzliche Frage sorgte dafür, dass beide erstaunt aufschrien. Und kein Wunder. Anscheinend hatten beide den Kerl, der sich an sie herangeschlichen hatte, nicht bemerkt.

## Kapitel Zwölf

Die entmannendste Sache, die einem Raubtier passieren kann, außer dass ihm jemand im Schlaf sein Fell rasiert? Dass sich jemand an ihn heranschleicht.

An ihn ranschleicht, ohne dass er es merkt. Überhaupt nicht.

Er war als Wolf gescheitert.

*Jaul.*

Es war egal, dass Luna genauso überrascht schien. Wie verdammt peinlich, zumal er wie ein kleiner verschreckter Welpe aufgejault hatte.

Der Instinkt gewann die Oberhand und schrie *Gefahr!* Jeoff wirbelte herum und zog schnell Bilanz über den Fremden, der leiser lief als eine Spinne an der Decke, was laut seiner Schwester falsch war. Sie behauptete, das deutliche Klicken ihrer acht Beine mache immer ein Geräusch. Sie musste es wissen, da sie jedes Mal wie am Spieß schrie, wenn er seine haarige Tarantel in ihrem Zimmer losgelassen hatte, als sie noch Kinder waren.

Er war seitdem reifer geworden, weshalb er nicht verstand, warum er sich plötzlich wie ein kleiner Junge in

Gegenwart von etwas Großem fühlte, so groß, dass sein Wolf sich fragte, ob er sich auf den Rücken rollen sollte.

*Wie bitte? Auf keinen Fall.*

Der beunruhigende Drang zur Unterwerfung machte keinen Sinn. Es war nicht so, dass der Mann, dem er gegenüberstand, eine eindeutige und unmittelbare Gefahr darstellte. Tatsächlich sah er nicht so aus, als würde es viel brauchen, um ihn zur Strecke zu bringen.

Ein schlanker Kerl, wahrscheinlich etwas über einsfünfundachtzig groß. Schwarze Haare mit einem Hauch von Rot, gerader Rücken, blasse Gesichtszüge, eine schmale Nase und durchdringende Augen, die nicht gerade beeindruckt aussahen. Der Fremde hielt keine Waffe in der Hand und hatte nicht den bulligen Körperbau eines Schlägers. Dennoch gab es etwas, das nicht passte.

Ein leises Knurren kam ihm über die Lippen, als sein innerer Wolf sein Fell sträubte, weil er den Fremden überhaupt nicht mochte. Er atmete tief ein, um weitere Hinweise zu erhalten, und dann verstand er die Unruhe seines inneren Tieres. Wer auch immer dieser Kerl war, er hatte keinen Geruch, abgesehen von dem Weichspüler, mit dem sein rauchgraues Hemd gewaschen worden war.

Genau wie der Typ gestern Abend. Nur hatte dieser Kerl nicht die richtige Größe. Mehrere Typen ohne einen natürlichen Duft? Das war etwas Besorgniserregendes, ebenso wie der Kampf um die Vorherrschaft, der gerade stattfand.

Sie sahen einander fest in die Augen und durchliefen einen Reigen verschiedener Körperhaltungen. Wenn sich Männchen zum ersten Mal trafen, egal ob Mensch oder Tier, geschah das. Jeder Mann nahm eine gewisse Haltung ein, während er sich von seinem Gegenüber einen Eindruck verschaffte. Ein Blick von oben nach unten. Die Daumen wurden in Gürtelschlaufen eingehakt. Eine leichter Zug der Verachtung umspielte die Lippen. Das war alles Teil des

Prozesses zur Einschätzung, wer das dominantere Männchen war.

Es stellte sich heraus, dass es Luna war.

»Oh, bitte. Ihr könnt jetzt damit aufhören, euch gegenseitig anzustarren. Wir wissen doch alle, wer hier wirklich die Hosen anhat.« Ein Paar Augen blickte rechtzeitig auf sie, um zu sehen, wie sie grinste. »Bring mich nicht dazu, es dir zu zeigen.«

»Ist sie immer so frech?«, fragte der Kerl.

»*Sie* steht genau vor dir. Und *sie* will wissen, wer du bist«, sagte sie in dem hoheitsvollen, verächtlichen Ton einer Königin.

Er zog eine Augenbraue hoch. »Wer ich bin? Ich würde sagen, ich habe zuerst gefragt, und außerdem habe ich, im Gegensatz zu euch, das Recht, hier zu sein. Wer seid ihr also und warum seid ihr hier unrechtmäßig eingedrungen?«

»Wir ermitteln in der Sache von gestern Abend.« Jeoff hatte eine passende Antwort parat.

»Ach tatsächlich? Und in wessen Auftrag?« Der Mann tippte sich ans Kinn. »Ihr seid keine Polizisten. Die Polizei hat nicht das Recht, ohne Durchsuchungsbefehl irgendwo unerlaubt einzudringen. Und warum sollte die Polizei zurückkommen, nachdem den Beamten gestern versichert wurde, dass die Sprinkleranlage nur losgegangen ist, weil ein Kunde aus Versehen den Alarm ausgelöst hat? Ganz sicher gehört ihr auch nicht zur Versicherungsagentur, denn die habe ich nicht angerufen. Was bleibt dann noch übrig?« Er sah sie mit dunklem Blick an, einem merkwürdig durchdringenden Blick, bei dem Jeoff am liebsten all seine Geheimnisse verraten hätte.

Ja, wohl nicht. Jeoff presste die Lippen fest aufeinander und erwiderte den starren Blick. Ein Lächeln umspielte die Mundwinkel des Mannes, bevor er sich abwandte, um seinen mächtigen Blick auf Luna zu richten. Jeoff hätte fast laut losgelacht. Als ob sie sich davon einschüchtern ließe.

Die Hände auf die Hüften gestützt erwiderte er seinen Blick. »Du kannst auch gleich aufgeben. Ich zwinkere nicht. Und außerdem dachte ich, wir hätten uns schon darauf geeinigt, wer hier die Hosen anhat«, erwiderte Luna.

Der Mann seufzte. »Ihr verdammten Tiere. Ihr seid immer so anstrengend im Umgang.«

»Wie bitte?«, entgegnete Jeoff.

Den Kopf zur Seite geneigt betrachtete Luna den Typen genauer. »Du weißt genau, was wir sind, nicht wahr?«

»Eine Löwin und ein Wolf, die sich in meine Privatsphäre einmischen. Womit habe ich dieses Glück nur verdient?« Er sagte es voller beißendem Sarkasmus.

»Dieses Glück hast du der Tatsache zu verdanken, dass du dich nicht beim König der Stadt gemeldet hast.« Obwohl er ihn ständig beobachtete und versuchte, seinen Geruch zu erhaschen, wurde Jeoff aus dem Burschen nicht schlau. Seltsam, so verdammt seltsam, weil er noch nie eine Person getroffen hatte, die keinen anderen Geruch als den von Waschmittel an ihrer Kleidung hatte. Jedes Lebewesen hatte einen ganz eigenen, einzigartigen Duft – bis jetzt.

»Du willst, dass ich mich bei eurem König melde?« Er lachte so laut, dass man eine Gänsehaut davon bekam. »Warum sollte ich das tun? Seine Regeln gelten nur für euch. Was mich angeht, so lege ich Tieren keine Rechenschaft ab.« Verachtung sprach aus seinen Worten.

Es kamen immer mehr Dinge zusammen, die keinen Sinn ergaben. »Was bist du?« Denn die Art und Weise, wie der Mann sprach, seine Einstellung und sein offensichtliches Wissen machten ihn zu mehr als einem Menschen, aber wenn er kein Gestaltwandler war, was war er dann? Entgegen der landläufigen Meinung bedeutete die Existenz von Lykanern und anderen Gestaltwandlern nicht, dass eine

Vielzahl anderer Märchengestalten existierte. Zumindest hatte man es Jeoff so beigebracht.

»Was ich bin, geht euch nichts an.«

Komisch, wie diese Worte widerhallten und am Rande seines Verstandes ein immer wiederkehrendes, flüsterndes Mantra aufzusagen schienen. Er schob es beiseite. »Allerdings geht es mich was an.« Er knurrte die Worte und lehnte sich dabei in einer Geste der Bedrohung vor.

Der Typ ließ sich jedoch nicht einschüchtern und wich nicht zurück. »Glaubt ihr wirklich, dass ihr mich zu irgendetwas zwingen könnt?«

»Er vielleicht nicht, aber ich schon. Sag es uns. Jetzt sofort. Wer bist du?« Luna trat näher zu ihm und drang in seinen Privatbereich ein, doch trotzdem wich er noch immer nicht zurück und behielt den kühlen Ausdruck auf seinem Gesicht, während sie um ihn herumging. Dazu bedurfte es Mut. Eine Löwin auf der Jagd war nichts, womit man sich anlegen sollte.

»All diese Neugier dafür, wer ich bin. Andererseits ist wahrscheinlich nichts Schlimmes daran, wenn ich es euch sage. Schließlich will ich vorläufig erst mal hier wohnen. Ich bin Gaston Charlemagne. Der Besitzer der *Rainforest Menagerie*, des Nachtklubs, in dem wir gerade stehen und uns unterhalten. Und da ich der Inhaber bin, werdet ihr mir jetzt erzählen, warum ihr hier eingebrochen seid.«

»Und was, wenn nicht?«

»Dann sollte ich euch vielleicht den Behörden übergeben.«

»Wir können die Sache doch sicher wie Erwachsene regeln.« Auf keinen Fall wollte Jeoff nämlich die Polizei in Gestaltwandleraffären mit hineinziehen. Luna hatte bereits genügend Schwierigkeiten mit der Polizei, das bedeutete aber längst noch nicht, dass sie wusste, wann sie die Klappe halten sollte.

»Die Sache wie Erwachsene regeln?« Sie schnaubte verächtlich. »Das kannst du vielleicht. Ich bin dafür, dass wir ihn auf den Boden werfen und anfangen, die Antworten aus ihm herauszukitzeln.«

»Na, na, na.« Charlemagne schüttelte den Kopf. »Tiere. Sie greifen immer auf Gewalt zurück. Und das ist noch dazu so unnötig, da ich nichts zu verstecken habe.«

»Wenn du nichts zu verstecken hast, dann ist es ja sicher auch kein Problem, wenn du vielleicht ein paar Fragen beantwortest«, schlug Jeoff vor.

»Wenn ihr dann verschwindet, stelle bitte deine Fragen.«

»Was weißt du über die Pärchen, die aus dem Klub verschwunden sind?«

»Verschwunden? Davon höre ich zum ersten Mal. Seid ihr sicher, dass ihr am richtigen Ort seid?«

Jeoff, der normalerweise Menschen gut einschätzen konnte, wurde aus diesem Mann nicht schlau. Da er sich weder an Körpersprache noch an Geruch orientieren konnte, musste er die Worte so hinnehmen. »Sie sind alle hier gewesen. Und seitdem wurden sie nicht mehr gesehen.« Er dehnte die Wahrheit ein wenig, um herauszufinden, ob er eine Reaktion bei dem anderen Mann hervorrufen konnte.

Charlemagne zuckte nicht mal mit der Wimper. Stattdessen antwortete er mit einem leichten Kopfschütteln. »Warum lügst du? Bist du dir auch sicher, dass die Leute überhaupt hier waren, oder fischst du einfach nur nach Informationen?«

Woher wusste dieser Mistkerl das?

»Erkennst du jemanden von diesen Leuten?« Luna zog ihr Telefon heraus und zeigte ihm ein paar Bilder, die sie darauf gespeichert hatte.

Charlemagne betrachtete eins nach dem anderen und schüttelte den Kopf. »Dein Eifer ist zwar lobenswert, aber deplatziert. Ich begrüße nicht jeden einzelnen meiner

Gäste, der durch die Tür marschiert. Vielleicht waren sie hier. Vielleicht auch nicht. Es tut mir leid, aber ich fürchte, ich kann euch nicht helfen, und ich frage mich, was ihr euch davon versprochen habt, in meinen Klub einzubrechen.«

»Wir haben gehofft, irgendwelche Hinweise zu finden«, erwiderte Luna mutig.

»Und habt ihr welche gefunden? Vielleicht ein wenig Blut im Badezimmer? Irgendwelche persönlichen Gegenstände im Büro? Eine Leiche im Keller?«

»Gibt es einen Keller?«

»Einen kleinen, für unbenötigte Gegenstände, aber das ist nicht der Punkt. Eure Suche hier ist unbegründet und illegal.«

»Illegal ist, was hier gestern Abend passiert ist. Wir waren hier. Wir haben gesehen, was geschehen ist.« Oder besser gesagt, es gespürt. Die Sache war nur die, dass die Drogen jetzt verschwunden waren, er aber trotzdem immer noch Verlangen nach Luna verspürte. Und wenn er ehrlich war, so hatte dieses Verlangen auch schon zuvor existiert. Und obwohl er ihm nicht nachgab, so war er sich nicht sicher, ob er es jemals wieder abschütteln konnte.

»Wollt ihr eine Entschädigung dafür haben, weil jemand euch den Abend versaut hat, indem die Sprinkleranlage losging?«

»Ich möchte lieber herausfinden, warum jeder in deinem Klub unter Drogen gesetzt wurde.«

Bei dieser Anschuldigung öffnete Charlemagne den Mund und lachte laut auf. »Unter Drogen gesetzt? Wie kommt ihr denn auf diese Idee?«

Und erneut konnte Luna sich nicht zurückhalten. »Der ganze Klub war eine riesige Orgie.«

»Ja, ich habe schon gehört, dass gestern Abend die Gäste etwas unanständiger waren als sonst. Aber was ist das

Problem?« Eine arrogant hochgezogene Augenbraue unterstrich seine Worte.

»Sie haben sich nur so verhalten, weil sie unter Drogeneinfluss standen«, beschuldigte Jeoff ihn, denn wie konnte er sich sonst den Verlust seiner Selbstbeherrschung erklären, der beinahe dazu geführt hätte, dass er Luna zu Boden geworfen und wie ein Tier genommen hätte.

»Das ist eine völlig haltlose Anschuldigung. Die Leute waren angeheizt und haben sich einfach nur gehen lassen. Ihr habt euch darin verstrickt, eine sexuelle Version der Massenhysterie. Jetzt bereut ihr eure Taten und wollt jemandem die Schuld geben.« Seine dunklen Augen glitzerten. »Hier ist gestern Abend nichts geschehen. Und auch den vermissten Personen ist nichts geschehen. Und solange ihr nicht zur Polizei gehört und einen Durchsuchungsbefehl habt, würde ich euch jetzt bitten zu gehen. Ich habe genug davon, eure Fragen zu beantworten. Dort drüben geht es zum Ausgang.« Der Mann zeigte in die entsprechende Richtung und bei Jeoff stellten sich die Nackenhaare auf. Es war eine Sache, von Arik Befehle anzunehmen, aber eine ganz andere, sie von diesem Emporkömmling zu hören, der sich für etwas Besseres hielt.

Und was Luna anging, so war es keine Überraschung, dass sie nicht vorhatte, auf ihn zu hören. »Du kannst gleich damit aufhören, Befehle zu erteilen. Ich bin noch nicht mit dir fertig.«

»Doch. Das. Bist. Du. *Schlaf.*« Der Typ hob die Hand und blies den Staub von seiner Handfläche in ihre Richtung. Jeoff hielt die Luft an, fest entschlossen, nicht einzuatmen, doch die kleinen Partikel brannten ihm in den Augen und legten sich auf seine Haut.

Als er die Augen wieder öffnete, saß er zusammengesackt draußen auf dem Bürgersteig, Luna neben sich. »Was zum

Teufel ist da gerade passiert?«, fragte Jeoff und sprang auf die Füße.

Luna ging zur Tür und zerrte daran, und obwohl sich in den Türgriffen keine Kette befand, bewegte sich die Tür nicht. Sie war von innen abgeschlossen. »Wie sind wir hierhergelangt?«

*Ich weiß es nicht.* Doch das zuzugeben war ihm viel zu peinlich. »Ich glaube, dass der Typ drinnen irgendwas mit uns gemacht hat. Uns irgendwie unter Drogen gesetzt hat mit diesem Puder, das er in unsere Richtung geblasen hat, und dann hat er uns nach draußen gebracht.«

»Also habe ich mir das nicht nur eingebildet?« Sie warf ihm einen Blick zu. »Du hast ihn auch gesehen und mit ihm gesprochen?«

»Das habe ich. Und ich muss zugeben, dass ich ihn überhaupt nicht mag.«

»Was zum Teufel ist er?«, fragte sie und trat von der Tür weg. Den Kopf nach hinten geneigt, blickte sie nach oben auf das mit Fensterläden versehene Gebäude, die Fenster waren alle gestrichen, keines bot einen Blick ins Innere, selbst wenn sie diese hätten erreichen können.

»Ich habe wirklich nicht die geringste Ahnung, was er ist.« Er zuckte mit den Achseln. »Ich hatte gehofft, du wüsstest es vielleicht.«

»Nein. Aber ganz offensichtlich ist er kein Mensch.«

Da waren sie sich jedenfalls einig. »Glaubst du, er ist alleine hier?« Wenn der Kerl keine Verstärkung hatte, könnten sie vielleicht das Gebäude stürmen und ... Dann was? Sie hatten keinen Grund dazu, den Mann anzugreifen, aber es war offensichtlich, dass sie Charlemagne auch nicht einfach ignorieren konnten.

Sie tippte sich mit abwesendem Blick gegen die Unterlippe. »Was auch immer er sein mag, er ist stark, oder zumindest hat er einige Tricks auf Lager. Was die Verstärkung angeht, so glaube ich, dass es mindestens noch einen weiteren seiner Rasse gibt. Sein Mangel an echtem Körpergeruch ließ mich an die Türsteher von gestern Abend denken. Der an der Tür und der, den ich niedergeschlagen habe. Ganz zu schweigen von dem Kerl, der mich in meiner Wohnung angegriffen hat.«

»Und was ist mit dem Typen im Wald?«

Sie zuckte mit den Achseln. »Vielleicht einer von denen, die wir schon kennen, oder ein neuer. Da sie keinen Eigengeruch haben, kann ich mir dessen nicht sicher sein. Wir wissen allerdings mit Sicherheit, dass es zu viele von ihnen gibt, und das gefällt mir nicht. Wir müssen erneut ins Gebäude gelangen«, stellte sie fest.

»Irgendetwas sagt mir, dass Charlemagne uns nicht öffnen wird, wenn wir anklopfen.«

»Also klopfen wir nicht.« Sie grinste. »Wir kommen einfach heute Abend wieder her und warten darauf, dass die Türen sich öffnen. Schließlich kann er uns nicht daran hindern, uns in seinem Klub zu amüsieren.«

Allerdings konnte er das anscheinend doch.

Trotz des Wasserunglücks am Vortag war der Klub an diesem Abend geöffnet und besser besucht denn je. Aber das war nicht der Grund, warum der Türsteher, derselbe wie am Vorabend, sie nicht vorbeiließ.

Die Arme vor der Brust verschränkt stellte der Rohling, der sich in einer Flasche Cologne gebadet zu haben schien, das so scharf war, dass es einem die Nasenhaare wegätzte, sich ihnen in den Weg.

»Ihr dürft nicht rein.«

»Und warum nicht? Gestern Abend hast du uns doch auch reingelassen.«

»Aber nicht heute Abend.«

»Aber sieh mal ...« Luna zog ein Kärtchen hervor und

wedelte ihm damit vor der Nase herum. »Ich habe meinen Führerschein mitgebracht.«

»Trotzdem kommt ihr nicht rein. Befehl des Chefs.«

»Charlemagne hat uns Hausverbot erteilt?«

Das erklärte einiges, auch wenn Luna es nicht akzeptieren wollte.

»Dies ist ein freies Land. Ihr könnt mich nicht davon abhalten, in den Klub zu gehen.«

Allerdings konnten sie es schon, und noch dazu konnten sie die Polizei rufen. Und als Jeoff die Polizeisirenen hörte, nahm er an, dass sie es sogar getan hatten.

»Komm schon.« Jeoff zog an Lunas Hand. »Dann gehen wir eben woanders hin.«

Mit einem finsteren Gesicht und in ihren Cowgirl-Stiefeln, die zusammen mit ihrem Jeansrock und ihrer karierten Bluse, die unter ihren Brüsten verknotet war, absolut hinreißend aussahen, stapfte Luna zurück in Richtung seines Wagens.

»Unglaublich, dass wir tatsächlich verschwinden. Mal ehrlich, mit dem hätten wir es leicht aufnehmen können. Oder zumindest hätte ich es leicht mit ihm aufnehmen können und du hättest schnell in den Laden schlüpfen, die Angestellten überprüfen und mehr über die blanken Kerle herausfinden können.« *Blanke Kerle* war ihr neuer Ausdruck für die Typen, die nach nichts rochen.

»Das hätte nichts gebracht.«

»Aber mit eingeklemmtem Schwanz abzuhauen bringt etwas?«, lautete ihre sarkastische Antwort.

Ihr Mangel an Vertrauen stach ein wenig. »Ich kann nicht glauben, dass du tatsächlich denkst, ich sei so leicht zu verschrecken.« Er lachte verächtlich. »Ich gebe nicht auf. Ich beginne nur etwas, das sich eine Ablenkungstaktik nennt. Sollen Charlemagne und seine Leute doch denken, dass es ihnen gelungen ist, uns zu verscheuchen, aber in Wirklichkeit

…« Er grinste sie an. »In Wirklichkeit gehen wir um das Gebäude herum und finden einen anderen Weg ins Innere.«

»Mir gefällt deine Denkweise.«

Nur dass er mit der bloßen Kraft seiner Gedanken nicht die Männer fortschaffen konnte, die vorne und hinten am Gebäude und an jedem Straßenende paarweise stationiert waren. Hinzu kamen weitere Sicherheitskräfte vor den Türen und an den Ausgängen.

»So wie es aussieht, verschwinden die nicht von hier«, murmelte Luna wütend, während sie auf dem Beifahrersitz seines Wagens herumhing.

»So wie es aussieht, haben wir Charlemagne erschreckt.«

»Wir hätten ihn mit dem Kopf nach unten aufhängen sollen, als wir noch die Gelegenheit dazu hatten.«

»Wahrscheinlich hast du recht, doch das haben wir nicht getan. Und all das zusätzliche Sicherheitspersonal bedeutet noch längst nicht, dass er sich etwas hat zu Schulden kommen lassen. Vielleicht hat er an sein Sicherheitspersonal einfach nur das weitergegeben, was wir ihm erzählt haben.«

»Du glaubst, dass er sich plötzlich um das Wohlergehen seiner Gäste Sorgen macht?« Sie verzog die Lippen zu einem verächtlichen Grinsen.

»Das nicht, aber er macht sich um sein eigenes Wohlergehen Sorgen. Ich frage mich, wo er wohl wohnt.«

»Du hast seine Adresse immer noch nicht herausgefunden?«

»Nein, das habe ich nicht. Aber er hat gesagt, dass er neu in der Gegend ist. Vielleicht wohnt er zur Miete oder sogar in einem Hotel. Es gibt Hotels, die für Geschäftsmänner wie ihn ausgelegt sind.«

»Du kannst ja ein paar Anrufe tätigen, um herauszufinden, ob irgendein Hotelangestellter zugibt, dass er dort wohnt. Ich bleibe hier und warte darauf, dass sich eine Gelegenheit ergibt, in den Klub zu gelangen.«

»So leicht wirst du mich nicht los. Mir ist auch klar, dass wir mit dem Hotel die Nadel im Heuhaufen suchen. Ich bin für deinen Plan, hierzubleiben und abzuwarten. Irgendwann muss dieser Charlemagne ja mal nach Hause gehen, und wenn er das tut, folgen wir ihm und stellen ihn.« Diesmal würden sie sich nicht überraschen lassen. Also richtete er sich darauf ein zu warten, eine Beschattungsmaßnahme, etwas, das er schon Hunderte Male zuvor getan hatte, das aber völlig anders war, nun, da er mit Luna zusammen war. Erstens war es im Wagen viel zu eng. Er konnte ihrem Duft nicht entkommen. Ihr Geruch umgab ihn wie eine Wolke, die sein Verlangen nur anheizte. *Sie riecht so gut. Und ich weiß, dass ihre Lippen sogar noch besser schmecken. Schnell, klau ihr einen Kuss. Sie ist direkt vor deiner Nase. So nahe.*

Er brauchte frische Luft.

Als Jeoff aus dem Wagen stieg, hörte er sie fragen: »Wo willst du hin? Ist auch egal. Ich komme mit dir.«

*Verdammt ja, ich will, dass sie mit mir kommt. Auf meinem Schwanz und dabei meinen Namen ruft.*

Das Verlangen nach ihr pulsierte in ihm, als hätte es ein Eigenleben. Die Begierde brachte ihn dazu, sie fangen und an sich ziehen zu wollen und …

»Ich habe eine Idee.«

Die hatte er auch. Nur dass es bei seiner Idee darum ging, ihren Beobachtungsposten zu verlassen und sich stattdessen auf die Suche nach einem Bett zu machen. Sie hatte recht. Sie mussten etwas gegen dieses unglaubliche Verlangen tun, das zwischen ihnen bestand. Er konnte sich nicht konzentrieren. »Was machst du da?«, fragte er, als sie ihn an seiner Jacke packte und in Richtung der schmalen Gasse zerrte.

»Folge mir und dann wirst du schon sehen.«

Zwischen den Gebäuden schien kein Licht, dennoch navigierte sie mit Leichtigkeit durch die verlassenen Holzpaletten und Trümmer. Nachtsicht war ein solcher Vorteil, aber sie zeigte auch die Kargheit des Ortes. Kein einziges Bett oder ein Stück weiches Gras in Sicht.

»Hoffentlich wurde dieses Ding vorschriftsmäßig gewartet«, murmelte Luna und ließ ihn los, um sich die Sprosse einer Feuerleiter zu schnappen und ihren Fuß auf die erste Stufe zu stellen.

»Dort können wir nicht hoch.« Der ekelhafte Gestank der Gasse half ihm dabei, einen klaren Kopf zu bekommen, sodass er die Probleme in ihrem Plan erkennen konnte. »Wir sollten in der Nähe des Wagens bleiben, damit wir sofort zum Aufbruch bereit sind, falls wir jemandem folgen müssen.«

»Ach, bitte. Ich bezweifle, dass er irgendwann in naher Zukunft geht. Im Klub hat der Betrieb gerade erst angefangen. Es ist ziemlich wahrscheinlich, dass Charlemagne noch eine ganze Zeit bleibt. Von hier oben sehen wir wenigstens, wer kommt und wer geht. Außerdem sehen wir nicht so verdächtig aus. Mal im Ernst, glaubst du nicht, dass sie es bemerken, wenn wir im Wagen sitzen und sie beobachten?«

Sie würden sich keine Sorgen machen, wenn die Fenster beschlagen waren und der Wagen auf der Federung durchgerüttelt wurde. »Gut, wir können uns ja mal hinaufbegeben und uns umsehen.« Ein Teil von ihm fühlte sich, als sollte er darauf hinweisen, dass es oben kühl sein würde. Wenn sie rummachen würden, wäre es in seinem Wagen wärmer. Und allein dieser Gedankengang war der Grund dafür, dass er nicht weiter diskutierte.

Wenn er so nahe bei ihr im Fahrzeug bliebe, könnte er nicht verhindern, was unweigerlich passieren würde. Dann wiederum hätte er vielleicht sowieso schon den Punkt erreicht, an dem es kein Zurück mehr gab.

Luna zuckte mit dem Schwanz und er folgte ihr. In diesem Fall folgte er ihr auf eine Leiter aus Holz und Metall, die an der Seite des Gebäudes angeschraubt war. Sie knarrte und zitterte, als sie die schmalen Sprossen hinaufkletterten.

Er machte sich nicht die Mühe, den Blick von ihrem knackigen Hintern abzuwenden, als sie sich vor ihm in äußerster Perfektion beugte. Vielleicht sabberte er ein wenig bei dem Gedanken, dass sie nackt genauso damit vor ihm herumwackelte. Wenn es um Luna ging, schien sein Widerstand fast vollständig verschwunden zu sein. Es würde nur ein leichter Schubs genügen, um ihn über die Kante zu stoßen. Stattdessen brachte ihn ihr Schubs in die Nähe eines Schornsteins, der Wärme auf das Dach abstrahlte und, da er nahe am Rand saß, bedeutete, dass sie sich warmhalten konnten, während sie den Eingang beobachteten. »Wusstest du, dass sich das hier befindet?«, fragte er und bemerkte die Flaschenkisten, die umgedreht zwischen dem Schornstein und der Brüstung standen.

»Ich bin davon ausgegangen. Die meisten Gebäude haben eine Art Heizsystem, und um diese Jahreszeit pumpen sie heiße Luft in ihre Lagerhäuser, um dafür zu sorgen, dass die Ware nicht verdirbt.«

»Weißt du, in all meinen Jahren der Observierungen bin ich nie auf die Idee gekommen, mir eine Übersicht von oben zu verschaffen. Normalerweise hängen wir uns an ein Fahrzeug ran. Das ist einfacher zu verfolgen.«

»Du musst über den Tellerrand schauen, Wölfchen. In diesem Fall gehst du davon aus, dass es etwas zu verfolgen gibt. Falls du es noch nicht bemerkt hast, um den Klub sind nirgendwo Autos geparkt. Kein einziges. Null. Nix. Also geht Charlemagne entweder überall zu Fuß hin oder er muss ein Taxi rufen. Was bedeutet, dass wir eine Minute oder so haben, wenn das Taxi kommt, um unsere Hintern wieder zum Wagen zu bewegen. Wir haben Zeit, und wenn wir ihn heute Abend nicht schnappen, kriegen wir ihn morgen.«

»Planst du bereits eine weitere Verabredung?« Er konnte nicht umhin, sie zu necken, da er wusste, dass sie bei dem Gedanken an etwas Ernsteres in Panik geriet.

»Wenn das deine Vorstellung von einem Date ist, dann habe ich vielleicht etwas verpasst.« Ihre Lippen verzogen sich zu einem breiten Grinsen. »Du musst zugeben, dass wir von hier eine viel bessere Sicht auf das Geschehen haben.«

In diesem Punkt hatte sie recht. Sie waren gut versteckt, was bedeutete, dass sie nicht direkt vor dem Klub parkten. Sie wären sonst sofort bemerkt worden. Aber hier oben, im Schatten verborgen? Dies war ein großartiger Ort für Spione – und für Verliebte.

*Allein. Endlich.*
*Ich muss widerstehen.*
*Scheiß drauf.*

Jeoff hatte es satt zu widerstehen. Er war seiner eigenen verdammten Regeln und Moralvorstellungen müde. Er hatte sich nicht mehr wie er selbst gefühlt, seit er angefangen hatte, Zeit mit Luna zu verbringen. Im Gegenteil, er war frustriert und nervös, erregt und lebendig. So verdammt lebendig.

Es waren nicht nur die Katzen, die wahnsinnig neugierig waren. Er war auch neugierig. Er wollte wissen, wie es sich anfühlen würde, wenn er es einfach mit ihr tun würde. Wenn er beschloss, seine Prinzipien über Bord zu werfen und mit ihr zu schlafen, wie er es sich ständig vorstellte.

Hier und jetzt. Warum warten?

Bevor die Logik sein Bedürfnis durchkreuzen konnte, zog er Luna an sich, schloss sie in seine Arme und legte seinen Mund auf ihren, wobei er feststellte, dass ihre Lippen nachgiebig und willig waren.

Ein Teil von ihm erkannte, dass das, was sie taten, gefährlich war, und nicht, weil sie sich in Sichtweite des Klubs küssten, der möglicherweise in die Entführung und das Verschwinden von Menschen verwickelt war. Die Umarmung stieß an die Grenze der Gefährlichkeit, weil er wusste, dass er nicht aufhören konnte und dass er noch mehr wollen würde.

*Alles. Ich will sie ganz.* Sich vom Singleleben verabschieden. Es spielte keine Rolle, dass Luna dachte, sie würden nur eine Affäre haben, dass dies etwas sein würde, das sie ein paarmal taten und das ihnen dann langweilig werden würde.

Er wusste es besser. *Sie ist die Richtige für mich.*

Die Erkenntnis, die er immer wieder zu leugnen versucht hatte, war der Grund, warum er so lange gekämpft hatte. Sobald er in sie eindrang, Luna nahm und sie zu der Seinen machte, war es um ihn geschehen. Sie würde ihn für andere Frauen völlig ruinieren. Das stand außer Frage.

Und er würde jeden Kerl ruinieren, der dachte, er könnte sie haben – und zwar mit seiner Faust.

Der Stolz, einen kühlen Kopf zu haben, galt nur dort, wo Luna nicht betroffen war. Berührte er sie, wurde er rasend.

## Kapitel Dreizehn

Luna hatte sich fast davon überzeugt, dass sie damit fertig war zu versuchen, Jeoff zu verführen. Der Mann schien damit zufrieden zu sein, sie beide zu quälen, und er war entschlossen, ihr die widersprüchlichsten Signale aller Zeiten zu senden. Als er ihr Gesicht in beide Hände und ihre Lippen in Besitz nahm, erwartete sie einen glühenden Kuss, gefolgt von intensiver sexueller Frustration.

Dies bedeutete jedoch nicht, dass sie ihn wegstieß. Sie konnte es nicht. Die Berührung seines Mundes auf ihrem entzündete ein Feuer in ihr, einen wilden, ursprünglichen Drang, diesen Mann als den Ihren zu markieren, ihn zu dem Ihren zu machen.

Es gab einen Größenunterschied zwischen ihnen, den er ausglich, indem er sie anhob. Da sie nicht wollte, dass er sie fallen ließ, schlang sie ihre Beine um seine Taille. Das redete sie sich zumindest ein, aber in Wirklichkeit bewegte sie nicht nur ihre Lippen im Einklang mit seinen, sondern drückte auch ihre Muschi gegen ihn – gegen den härtesten Teil von ihm.

Er konnte nicht leugnen, dass sie ihn erregte. Sie machte

sich jedoch Sorgen, ob dies wieder in einer weiteren Enttäuschung enden würde. Es waren nicht nur Männer, deren Körperteile schmerzhaft anschwollen.

Zwischen den Küssen schaffte sie es zu fragen: »Was machen wir da?«

»Wonach sieht es denn aus?«, lautete seine Antwort.

Diese Antwort half ihr jetzt nicht viel weiter. »So wie es aussieht, küssen wir uns«, lutsch und saug, »aber als wir uns das letzte Mal so nahe waren«, ein kleiner Biss in seine Unterlippe, »bist du einfach abgehauen.« Sie würde wahrscheinlich sterben, wenn er ihr das noch einmal antat.

»Ich kämpfe nicht mehr dagegen an. Ich gehe nirgendwohin, nicht diesmal. Nie mehr.«

Und was sollte das jetzt schon wieder heißen?

Die Bitte um eine Erklärung würde warten müssen. Er vertiefte den Kuss, sein Mund forderte ihren mit feuriger Leidenschaft, einem besitzergreifenden Verlangen, das auch sie empfand. Jeoff zu küssen war anders als alles, was sie je erlebt hatte, und sie hatte viel erlebt.

Warum der Unterschied? Warum das Gefühl, an einem ziemlich gefährlichen Abgrund zu sitzen?

Die Intensität des Moments machte ihr Angst. Die Folge, dass dies zu etwas noch Schrecklicherem führen würde. War sie darauf vorbereitet? Bereit für Jeoff und alles, wofür er stand?

Bei all der gegenseitigen Neckerei hätte sie sich nie träumen lassen, dass es tatsächlich geschehen würde. Sie hoffte es, hatte aber nie gedacht, dass es über eine Fantasie hinausgehen würde.

*Was passiert nach dem Sex?* Jeoff widersetzte sich nicht mehr. Im Gegenteil, er verführte sie, aber er hatte ihr klargemacht, was er vorhatte. Er wollte eine Beziehung. Die Frage war: Wollte sie das? Vielleicht konnte sie ihn überzeugen, etwas Ungezwungeneres auszuprobieren? Würde ihm das genügen oder würde er etwas mehr von ihr erwarten, etwas Tiefgründigeres?

*Was will ich von ihm?*

War es zu viel verlangt, ihn für immer zu wollen?

Etwas, das man Zweifel nennt, etwas, das sie nicht sehr oft erlebt hatte, brachte sie dazu zu denken, dass es besser wäre zurückzuweichen, etwas Abstand zwischen sie zu bringen. Ein paar Atemzüge zu machen und ihren Kopf freizubekommen.

Ha! Nein. Auf keinen Fall wollte sie sich von den Lippen lösen, die über ihren lagen. Wie konnte sie dem Necken und Knabbern, dem sinnlichen Erforschen ihres Mundes widerstehen? Ganz einfach: Sie konnte es nicht. Oder besser gesagt, würde es nicht. Aber er spürte, dass sie sich zurückzog, und er hielt lange genug mit dem Kuss inne, um zu sagen: »Alles in Ordnung? Soll ich aufhören?«

»Würdest du denn aufhören?«

»Das würde ich, wenn du mich darum bittest.«

Weil er sie respektierte. Verdammt.

»Wage es ja nicht, jetzt aufzuhören.« Sie hatte noch nie jemanden so sehr begehrt.

»Sonst?«, neckte er sie und sie spürte seinen Atem sanft auf ihren Lippen.

Sie schlang ihre Arme um seinen Hals und zog ihn fest an sich, wobei sie ihren Mund auf den seinen drückte. Jeoff stöhnte, ein Laut der Wertschätzung, den sie mit geöffneten Lippen aufnahm, die zuließen, dass er mit seiner Zunge einen Streifzug durch ihren Mund machte. Die Intimität des Zungenkusses machte sie ganz wild, während sein Geschmack sie um den Verstand brachte. Ihre Fingerspitzen grub sie in seinen Rücken, während sie sich an ihn klammerte. Lästige Kleidung war ihr im Weg, sodass ihre Haut sich nicht berührte. Wie schrecklich und irritierend.

Sie löste ihre Lippen von seinen und knabberte an seinem

glatt rasierten Kiefer entlang. Irgendwie hatte er heute die Zeit gefunden, sich schnell zu rasieren. Eine Schande, es hätte ihr nichts ausgemacht, das Kratzen seines Dreitagebartes zu spüren. Sie bewegte weiter ihre Lippen, und er neigte den Kopf nach hinten und entblößte seine Kehle in der ultimativen Geste des Vertrauens.

Sie strich mit der Zunge über den schnellen Puls an seinem Hals. Dann presste sie die Lippen dagegen, das Raubtier in ihr freute sich, dass er nicht versuchte, sie seinem Willen zu beugen. In diesem Moment gehörte er ihr.

*Wir sollten ihn markieren. Und zwar jetzt sofort.*

Die glatte Haut an seinem Hals würde mit einem Zahnabdruck so unglaublich gut aussehen. Er gehörte ihr.

Allein der Gedanke ließ sie keuchen und zurückweichen. Sie musste Abstand gewinnen, bevor sie etwas tat, das sie bereuen würde. Er kannte jedoch nicht die bösen Gedanken, die ihr Gehirn fluteten, und sah nicht den geistigen Kampf, der in ihrem Kopf tobte. Er gab ihr einen weiteren glühenden Kuss und brachte damit ihren Widerstand zum Schmelzen. Widerstand war töricht.

Sie wollte das hier. Sie musste nur darauf achten, dass sie ihn nicht biss.

*Ich hätte einen Maulkorb mitbringen sollen.*

Da er sie hochgehoben hatte, konnte sie ihn überall anfassen, aber er konnte seine Hände nicht über ihren Körper gleiten lassen. Vielleicht erklärte das, warum er plötzlich auf das Dach sank und sich so hinkniete, dass sie rittlings auf seinem Schoß saß.

Sie ließ den Stoff seiner Jacke los, sodass sie ihre Finger frei nach oben wandern lassen und sie in den feinen Strähnen seines Haares vergraben konnte. Er erwies sich bei seiner Erkundung als weniger subtil, indem er ihren Hintern mit den Händen umfasste und zudrückte. Er zog sie eng an seinen Körper, ihre Position war unglaublich intim. Da ihr

Rock hochgerutscht war und ihr um die Hüften hing, befand sich jetzt nur noch das winzige Stückchen Stoff ihres Höschens zwischen ihnen, und das war hoffnungslos durchweicht. Auch er durfte den Abdruck davon tragen, da der dicke, undurchdringliche Stoff seiner Jeans ein wenig von ihrer Feuchtigkeit aufsaugte. Konnte er die Hitze spüren, die von ihr ausging?

Er drückte ihren Hintern und sie konnte nicht umhin, ihn zu necken: »Mein Hintern ist keine Orange, weißt du. Du brauchst ihn nicht zu drücken, um festzustellen, ob er reif ist.«

»Das tue ich nicht, um ihn zu testen, sondern eher, weil er mir so gut gefällt. Weißt du eigentlich, wie lange ich dir schon an den Hintern fassen möchte?«

Als er das zugab, überkam sie plötzlich eine hitzige Erregung. »Wenn du meinen Hintern gut findest, dann warte nur, bis du zwischen meinen Beinen liegst und ich mich anspanne.« Zu spät fragte sie sich, ob ihre offene Herzlichkeit ihn vielleicht verschrecken würde.

Er lachte leise an ihren Lippen. »Ich freu mich schon drauf.«

Ihre Antwort wurde zu einem Keuchen, als er seine Lippen zu ihrem Ohrläppchen wandern ließ. Er zwickte mit den Zähnen in die Spitze und stöhnte vor Lust. Er hatte ihre Schwachstelle gefunden. Und er nutzte das voll aus.

Während er ihre Ohrmuschel quälte, drückte sie sich fester an ihn, sodass ihre Brustwarzen an dem Stoff scheuerten, der sie bedeckte. Sie brannte vor Verlangen. Sie wollte so sehr, dass er sie berührte.

Sie lehnte sich zurück, öffnete die Knöpfe an ihrem Hemd und zog es aus, sodass sie nur noch mit Rock, BH und Höschen auf seinem Schoß saß. Selbst ohne den heißen Schornstein in seinem Rücken hätte der heiße Blick aus ihren Augen ausgereicht, um sie aufzuheizen.

Er verschlang sie mit seinem Blick und versengte ihr die Haut. Er ließ seine Hände von ihrem Hintern zu ihren Rippen gleiten und machte am Saum ihres BHs halt. Es war nicht das erste Mal, dass ein Mann sie berührte, doch Luna konnte nicht anders, als unter seiner Liebkosung zu erschaudern. Suchend ließ er die Hände auf ihren Rücken gleiten und mit geschickten Fingern öffnete er den BH, legte ihn ab und befreite ihre Brüste.

Sie lehnte sich zurück und leckte sich einladend die Lippen. Ein Hauch eines Lächelns huschte über seine Lippen, aber sein Blick war fest auf ihre Brüste gerichtet. Er umschloss ihre Brüste, eine perfekte Handvoll für jede seiner Hände. Mit dem Daumen streifte er über ihre Brustwarze; die ohnehin schon feste Knospe zog sich noch straffer zusammen. Er zwickte und rollte sie zwischen seinen Fingern und sie seufzte auf. Als er an ihrer Brustwarze zupfte, stöhnte sie.

»Du bist so unglaublich schön.« Er knurrte die Worte praktisch. Er hätte sich nicht die Mühe machen müssen. Sie konnte die erhitzte Anbetung in seinem Blick lesen, aber er wollte mehr tun, als sie nur anzusehen. Er wollte ihr mit dem Mund zeigen, wie sehr sie ihm gefiel. Als er seinen Kopf nach vorn senkte, wölbte sie den Rücken, um ihm ihre Brüste hinzustrecken. Jeoff nahm, was sie ihm anbot, er legte die Lippen an eine ihrer hervorstechenden Brustwarzen und saugte mit seinem warmen, feuchten Mund daran. Ihre andere straffe Knospe wurde nicht vernachlässigt, da er sie mit den Fingern liebkoste und sie reizte, sodass sie es vor Verlangen kaum aushielt. Sie konnte nichts für ihre Lustgeräusche und ihm schien die akustische Bestätigung zu gefallen, denn er wurde immer dreister mit seinen Liebkosungen.

Als er sein Gesicht in ihrem Dekolleté vergrub, umarmte sie ihn fest und wünschte sich, er würde sein Gesicht woanders vergraben. Mmm. Allein bei dem Gedanken löste sie sich von ihm und stellte sich hin.

»Was machst du –«

Sie erstickte seine Frage, indem sie mit der Hand in sein Haar griff und ihn an die Stelle zog, an der sich ihre Oberschenkel trafen. Er verstand den Wink und ging auf die Knie, ein Bittsteller, der es kaum erwarten konnte, ihr zu huldigen. Ihr Rock war noch immer über ihre Taille hochgeschoben, wodurch ihr vor Erregung völlig durchweichtes Höschen zum Vorschein kam. Er hakte seine Finger ein und zog es an ihren Beinen herab, bis es ihr um ihre Knöchel und Stiefel hing. Seine Finger grub er in ihre Oberschenkel, hielt sie fest und spreizte ihre Beine, sodass er alles sehen konnte. Er streichelte sie, rieb sein Gesicht an ihrem Hügel und neckte sie mit seinem warmen Atem. Es gelang ihm, seine Zunge zwischen ihre Oberschenkel zu zwängen, wobei er mit der glatten Spitze seiner Zunge über ihre Schamlippen fuhr.

»Ja.« Sie schnurrte das Wort praktisch immer und immer wieder, als er sich mit der Zunge an ihr zu schaffen machte und sie wieder und wieder leckte. Sie erbebte vor Verlangen und alles an ihr war bereit für mehr.

Sie wollte, dass er in sie eindrang. Sofort ... Ohne weitere Verzögerung.

Sie stieß ihn weg und er knurrte: »Ich bin noch nicht fertig.«

»Stimmt, das bist du nicht.« Es gelang ihr, sich umzudrehen, ohne hinzufallen, da ihre Knöchel ja noch durch ihr Höschen zusammengebunden waren. Sie beugte sich vornüber, die Hände an der Brüstung, in dem vollen Bewusstsein, dass er jetzt alles von ihr sehen konnte. Sie hörte, wie er nach Luft schnappte. Sie sah sich mit einem Schlafzimmerblick über die Schulter nach ihm um, und das reichte schon, dass er sich nahm, was sie ihm anbot.

Er stand vom Boden des Daches auf, die Hände am Reißverschluss seiner Hose. Er öffnete sie und zog sie nach unten, bis sein dicker, geschwollener Schwanz in seiner ganzen Pracht hervorsprang.

»Wer hätte das gedacht? Du hattest recht. Du fällst nicht in Ohnmacht, wenn er hart wird.«

»Machst du dich ernsthaft in einem Moment wie diesem über mich lustig?« Er stellte sich hinter sie und schlug ihr mit seinem Schwanz gegen den Hintern. »Du weißt schon, dass du mir völlig ausgeliefert bist.«

»Das wird langsam aber auch wirklich mal Zeit. Würde es dir etwas ausmachen, den Mund zu halten und stattdessen Taten sprechen zu lassen?«

»So was von respektlos«, grummelte er und schlug ihr immer noch mit seinem Schwanz gegen den Hintern, wobei er gleichzeitig seine Hand zwischen ihre Beine steckte und seine Fingerspitzen über ihre Muschi gleiten ließ. Als sie schon glaubte, sie müsste schreien, weil er sonst nichts tat, legte er einen Arm um ihre Taille und hob sie an. Erst dann positionierte er die Spitze seines Schwanzes zwischen ihren feuchten Schamlippen. Als sie spürte, wie groß er war, konnte sie nicht umhin zu erschaudern, wodurch sich ihre Muschi zusammenzog und es ihm noch schwerer machte, in sie einzudringen.

»Er wird nicht in mich hineinpassen«, stieß sie ungläubig hervor.

»Er wird perfekt hineinpassen«, erwiderte er im Brustton der Überzeugung.

Er ließ sich auf die Knie fallen und während sie noch vorgebeugt war, drückte er seine Zunge an sie und ließ sie einige Male über ihre Muschi gleiten, bis sie stöhnte. Während er seine Aufmerksamkeit nun auf ihre Klitoris richtete, schnappte sie nach Luft, als er ihr seine Finger in die Muschi stieß, besonders als er sie erst mit zwei und dann mit drei Fingern und schließlich mit vier Fingern dehnte.

Sie stöhnte, während er begann, sie mit seinen Fingern zu

ficken. Diesmal verkrampfte sie sich nicht, als er abrupt aufstand, mit dem Schwanz in sie eindrang und in ihre enge Feuchte glitt. Und wie eng sie war.

Jeoff dehnte sie aus, dehnte sie so wunderbar mit seinem großen Schwanz. Sie hielt sich an der Brüstung fest und drückte sich gegen ihn. Sie konnte fühlen, dass er sich zurückhielt, wahrscheinlich wegen des irrigen Glaubens, er würde ihr wehtun. Er würde lernen, dass sie es ein wenig härter mochte. Tatsächlich gefiel es ihr, wenn ein Liebhaber sie nicht zu langsam und sanft nahm. Wie könnte sie ihm besser zeigen, wie sie es mochte, als fest gegen ihn zurückzustoßen und seinen Schwanz tief in sich aufzunehmen?

Obwohl sie ihn nicht sehen konnte, hörte sie ihn, als Jeoff ein Heulen ausstieß, nicht der diskreteste Laut und so überraschend. So zutiefst befriedigend. Sie brachte ihn dazu, die Kontrolle zu verlieren. Gut, denn er tat dasselbe mit ihr. Während Jeoff immer wieder in sie eindrang, und zwar in einem Rhythmus, der ihren Atem zum Stottern brachte, konnte sie sich nur in der bevorstehenden Ekstase sonnen, weil sie wusste, dass die sich aufbauende Begierde, die jedes ihrer Nervenenden zum Glühen brachte, in dem lächerlichsten Orgasmus aller Zeiten gipfeln würde. Wenn er sich endlich gehen lassen würde.

»Nimm mich«, knurrte sie. Er stieß in sie. »Besorg es mir, Wölfchen. Hart und schnell. Mach mich zu deiner Hündin. Ich will, dass du mich zum Schreien bringst.« Die schmutzigen Worte sprudelten aus ihr heraus, ehe sie sie aufhalten konnte. Die Frage war, würden sie ihn verscheuchen?

Wohl nicht. Jeoff ließ ein weiteres Freudengeheul hören. Er hielt sie fest, sodass er schnell und hart in sie stoßen konnte. Immer wieder drang er in sie ein, eine ständige Reibung, die sie fast um den Verstand brachte. Ausnahmsweise gab ein Mann Luna endlich das, was sie verdammt noch mal wollte. Er prallte auf sie und traf mit jedem tiefen

Stoß genau die richtige Stelle in ihr. Sein Körper prallte klatschend gegen ihren Hintern.

Sie bewegte sich mit ihm, ihr Körper war so im Einklang mit dem seinen, dass sogar ihr Geist, ihr eigentliches Wesen sich um Jeoff zu winden schien und sie seine Emotionen spüren ließ. Sie fühlte seine Reaktion auf ihr Seufzen und Stöhnen, seine intensive Erregung, mit ihr zusammen zu sein.

Das brachte sie zum Höhepunkt, brachte sie dazu, seinen bereits fest umhüllten Schwanz noch fester zu drücken. Ihn bis zum Anschlag in sich zu haben, als sie kam, bedeutete, dass sie etwas hatte, das ihr Halt gab, als sie zitternd den Höhepunkt erreichte. Etwas, an dem sie sich festhalten konnte. Es sorgte dafür, dass sie wieder und wieder kam, und als er sich schließlich ebenfalls zitternd gehen ließ, füllte die Hitze seiner Essenz sie aus und sie zerbrach in tausend Scherben.

Sie wäre bebend zusammengebrochen, wenn er sie nicht mit seinem Körper festgehalten hätte. Er hielt sie eng an sich gedrückt und gestattete ihr, sich zu erholen, während sie sich bemühte, ihren schweren Atem zu beruhigen. Es war ein seltsam intimer Moment.

Und er ruinierte ihn, indem er sprach.

## Kapitel Vierzehn

»Geht es dir gut?« Diese Frage schien ihm angemessen zu sein, nachdem er vollkommen die Kontrolle verloren hatte. Wie konnte er ihr das nur antun, ihren süßen Körper so grob zu benutzen – ihr zartes Geschlecht mit seinem hammerharten Penis zu malträtieren, weil er nicht imstande gewesen war, diesem feuchten Paradies zu widerstehen – ohne jegliche Rücksicht auf sie? Es spielte keine Rolle, dass sie ihn gebeten hatte, sie hart zu nehmen. Ein echter Gentleman sollte zumindest nachfragen, ob seine Geliebte die Erfahrung unbeschädigt überstanden hatte.

Aber hier ging es um Luna und sie wollte keine Höflichkeit. »Ob es mir gut geht? Hast du sie nicht mehr alle?« Luna richtete sich auf. »Natürlich geht es mir gut. Ich bin doch kein zartes kleines Pflänzchen, wie du weißt.« Als sie ihm diese Worte entgegenschleuderte, wurde ihm auf einmal etwas klar.

Wie oft hatte er schon erlebt, dass Luna harte Anschuldigungen oder Aufforderungen abfeuerte? War diese ganze Dreistigkeit vielleicht nur eine Art Selbstschutz? Sie wurde gerade mit einem Moment der Intimität konfrontiert und wusste nicht, wie sie darauf reagieren sollte. Sie hatte Angst davor, sich darüber zu freuen. Aber warum? Warum sollte sie so empfinden? »Ich verstehe nicht, warum du so sauer bist. Ich wollte doch einfach nur höflich dir gegenüber sein.«

»So wie du es zu jeder anderen Person auch wärst.« Luna ließ auf höchst untypische Weise die Schultern sinken. »Wahrscheinlich bist du zu jeder anderen Person, die du vögelst, genauso nett. Es bedeutet nichts.« Es war fast so, als spräche sie mit sich selbst.

»Was in aller Welt redest du denn da? Ich bin nicht nett zu dir, weil ich mich dazu verpflichtet fühle. Ich bin achtsam mit dir, weil du mir etwas bedeutest, verdammt noch mal. Verstehst du das nicht, Luna? Du. Bist. Mir. Wichtig.« Das stimmte, und zwar wichtiger, als er sich jemals hätte vorstellen können.

»Wenn ich dir so viel bedeute, warum hast du mich dann immer weggestoßen?«

Er fuhr sich mit der Hand durchs Haar. »Warum? Das habe ich dir doch gesagt. Weil ich wusste, dass Sex mit dir alles komplizierter machen würde.«

»Warum? Ich erwarte doch gar nichts von dir.«

»Genau, und trotzdem will ich immer mehr. Das macht mir Angst. Mit dir zusammen zu sein ist so, als würde ich einen Hurrikan in mein Leben lassen.«

Sie stemmte die Hände in die Hüften. Eigentlich hätte das lächerlich aussehen müssen zusammen mit ihren zerzausten, blonden Locken. Sie stand oben ohne vor ihm, schwer atmend, ihre Brustwarzen noch immer hart und fest, sodass er sich danach sehnte, daran zu saugen, und den Rock um die Hüften hochgezogen, sodass ihre schöne, rasierte Muschi freilag. »Also bin ich jetzt eine zerstörerische Naturgewalt? Na los, mach mir noch mehr so nette Komplimente, warum nicht?«

»Das würde ich ja gern, aber du würdest mich entmannen, wenn ich das täte.«

»Du hast recht, das würde ich tun. Ich brauche dich nicht, um mir zu sagen, wie toll ich bin. Ich weiß selbst, dass ich großartig bin.« Trotzig hob sie das Kinn.

»Oh ja, das bist du«, stimmte er ihr zu und sie warf ihm einen brennenden Blick zu.

»Großartig und immer noch nicht gut genug für dich, Mr. Zimperlich.«

»Oh, Kätzchen, du bist mehr als perfekt für mich.« Er nannte sie bei dem Kosenamen, obwohl er wusste, wie sehr sie ihn hasste, konnte aber nicht widerstehen, wenn sie so verdammt wütend und süß aussah. Er zog sie an sich, aber sie ließ es sich nicht gefallen.

»Oh nein, das lässt du schön bleiben. Kuscheln ist nicht erlaubt. Glaub nur nicht, ich wüsste nicht, was du vorhast.«

»Mein Glück ein zweites Mal zu versuchen?«

Sie schüttelte den Kopf. »Auf gar keinen Fall. Ich sagte dir doch, dass wir es nur ein Mal tun sollten, um diese Spannung zwischen uns zu beseitigen. Ich für meinen Teil fühle mich vollkommen erfüllt.« Sie gab vor, sich entspannt zu strecken. »Da wir das nun hinter uns gebracht haben, fühle ich mich vollkommen befriedigt. Nun, da die sexuelle Spannung beseitigt ist, können wir uns voll und ganz auf unseren Job konzentrieren.«

»Dir ist doch wohl klar, dass du mich nicht überzeugen kannst, solange du halb nackt vor mir stehst.«

Er streckte die Hand aus, um eine ihrer Brustwarzen zu berühren. Schnell wich sie zur Seite und zog dabei an ihrem hochgerutschten Rock.

»Ich denke, das sollten wir lieber nicht tun.«

»Wow, das hört sich an wie etwas, das ich immer gesagt habe.« Er konnte ein sarkastisches Grinsen nicht unterdrücken.

Als er die finstere Miene sah, mit der sie ihn daraufhin strafte, wurde sein Grinsen noch breiter. »Ich glaube, du hast recht. Wir sollten einen gewissen Abstand bewahren.«

»Was soll das? Du weist mich zurück, nachdem du meinen armen, wehrlosen Körper missbraucht hast?«

Sie schnaubte ungläubig. »Oho, warte mal. Welchen wehrlosen Körper? Es gibt nichts, aber auch gar nichts an dir, das irgendwie schutzbedürftig wäre.«

»Was ist mit meinem Herzen?«

»Das darfst du nicht mit deinem Ego verwechseln. Ich glaube, du bist nur sauer, weil ich recht hatte. Eine kurze Vögelei und zack, bin ich von dir geheilt.«

Sie mochte behaupten, dass sie ihn nicht mehr begehrte, aber das glaubte er ihr nicht. Er kreuzte die Arme vor der Brust. »Du lügst.«

»Nein.«

»Doch.«

»Das kannst du nicht beweisen.« Sie warf den Kopf zurück, und zwar mit einer trotzigen Geste, die er bereits kennen – und lieben – gelernt hatte.

»Ich glaube doch, dass ich das kann. Wenn du keine Lust mehr auf mich hast, dann komm her und küss mich.«

»Jetzt wird nicht mehr geknutscht. Blamiere dich nicht, indem du darum bettelst.«

»Ich bettele doch nicht.«

»Dann ist dieses Gespräch jetzt beendet.« Luna nahm sich ihr Hemd vom Dach und steckte die Arme hinein. »Es ist höchste Zeit, wieder an die Arbeit zu gehen.«

»Scheiß auf die Arbeit.« Es schien ihm auf einmal sehr viel wichtiger zu sein, sich mit dieser Abfuhr zu beschäftigen.

»Wir haben schon genügend Zeit verschwendet. Sieh mal, es wird langsam ruhiger im Klub. Es fahren schon viele Autos weg und –«

»Das ist mir scheißegal. Ich will das jetzt klären. Du und ich. Und zwar jetzt sofort.«

»Es gibt kein du und ich.« Sie ging von ihm weg, dahin, wo das Geländer der Leiter über die Brüstung führte.

»Oh nein, du bleibst hier.« Mit einigen großen Schritten holte er sie ein, ergriff ihren Arm und wirbelte sie herum, sodass sie ihn ansah. »Warum vermeidest du es so hartnäckig, darüber zu reden, dass wir weitermachen, was wir angefangen haben, und eine Beziehung beginnen? Du warst doch diejenige, die mir keine Ruhe gelassen hat, bis ich nachgegeben habe. Und jetzt habe ich nachgegeben und du stößt mich fort.«

»Eine Beziehung?« Sie zog die Nase kraus. »Kann ein Mädchen sich nicht einfach nur Befriedigung holen?«

Sie war absichtlich so gefühllos, um Abstand zwischen sich und ihm zu schaffen. Aber das ließ er nicht zu. »Gut. Wir verzichten auf den Begriff Beziehung. Wie wäre es mit Sexpartnern für eine gewisse Zeit? Betrachte es einfach als Zeitersparnis. Ich habe Bedürfnisse. Du hast Bedürfnisse. Warum sollten wir uns also nicht zusammentun und diese Bedürfnisse gemeinsam befriedigen?« Er verwendete ihre eigenen Argumente gegen sie.

»Das wird nicht funktionieren.«

»Warum denn nicht?« Das war kläglich, zugegeben, aber er konnte die Frage nicht zurückhalten. Ihm war klar, dass er sich einfach umdrehen und weggehen sollte. *Ich sollte sie in Ruhe lassen.* Er sollte sie auf das verzichten lassen, was zwischen ihnen sein könnte. Aber wenn er jetzt ging, dann würde er die Gelegenheit verpassen herauszufinden, ob sie beide zusammen etwas absolut Großartiges miteinander haben könnten. Was, wenn Luna die Richtige war? Was, wenn er nie wieder eine andere Frau finden würde, die ihn so zum Leben erweckte? Die eine solch starke Sehnsucht in ihm auslöste – nach ihr, einer Zukunft, einer Familie, für immer?

Wenn man im Wörterbuch den Begriff *trotzig* nachschlug, dann würde dort der Name Luna stehen. Sie richtete sich zu voller Höhe auf. »Darum. Und bevor du weiter nervst, ist dir noch nicht der Gedanke gekommen, dass ich vielleicht nicht interessiert bin, weil der Sex scheiße war? Vielleicht will ich dich nur schonend loswerden.«

Ein weniger selbstbewusster Mann hätte sich jetzt mit eingezogenem Schwanz verdrückt, von ihren Worten am Boden zerstört. Aber Jeoff wusste es besser. Ein verschmitztes Grinsen stahl sich in sein Gesicht. »Das war eine so gewaltige Lüge, dass ich mich wundere, dass deine Nase nicht länger wird. Du warst überwältigt von dem, was zwischen uns passiert ist. Denk daran, ich habe gespürt, wie du auf meinem Schwanz gekommen bist.«

In Anbetracht dessen, wie ihr der Atem stockte und ihr Herz plötzlich raste, erinnerte sie sich offensichtlich auch daran. »Okay, also der Sex war vielleicht ganz gut –«

Er zog eine Augenbraue hoch.

»Na gut, er war toll, aber trotzdem lasse ich dich sitzen. Das ist alles zu viel für mich. Ich brauche und will keinen anhänglichen Typen, der mir mein Leben durcheinanderbringt.«

»Anhänglich?«, schnaubte er. »Jetzt klammerst du dich aber wirklich an einen Strohhalm. Ich glaube, du hast einfach Angst, dass du mich mögen könntest und bei mir bleiben willst. Ich verspreche dir, das ist nicht so schlimm, wie es sich anhört. Immerhin kann ich putzen und kochen.«

»Versuch nicht, mich zu bestechen. Das ist nicht fair.«

»Mich verrückt zu machen, bis ich den Verstand«, und die Hose, »verloren habe, war auch nicht fair.«

»Nun, das ist jetzt vorbei. Es ist besser, wenn wir die Dinge ruhen lassen. Du arbeitest eng mit dem Rudel zusammen, und wenn es zwischen uns nicht läuft, könnte dir das Schwierigkeiten bereiten.«

Ihre negative Einstellung störte ihn. »Warum denkst du, es würde nicht laufen?«

»Warum glaubst du, dass es laufen wird?«

*Weil du mir gehörst.* Eine Überzeugung, die sie nicht teilte.

Sie ging wieder von ihm weg. Sie gab einfach auf. Die Löwin, die sonst bis zum letzten Atemzug kämpfte, gab einfach auf, ohne es wenigstens versucht zu haben. *Sie nimmt den einfachen Weg.* Er ließ sie wissen, was er davon hielt.

Ein gackerndes Geräusch drang in die Stille.

Sie wirbelte wütend herum und fragte: »Was war das?«

Er gackerte wieder und flatterte mit den Armen.

Sie kniff die Augen zusammen. »Nennst du mich ein feiges Huhn?«

*Gack.* »Wenn der Schuh passt.« *Gack.* »Du hattest kein Problem damit, mich so zu nennen, und jetzt bist du dran. Du bist feige, wenn es um das Thema Beziehung geht.« Er sagte es ohne Beschönigung. Luna würde sowieso jede Heuchelei sofort durchschauen. Sie war eine Frau, die die Wahrheit schätzte, echt und unverfälscht.

»Warum bist du nur so stur?«

»Vielleicht habe ich zu viel Zeit mit einer gewissen Löwin verbracht und es gefällt mir.« Anscheinend war sie ihm wichtiger als sein innerer Friede. *Innere Harmonie und Frieden werden sowieso völlig überbewertet. Chaos macht das Leben wirklich lebenswert.*

»Was zur Hölle soll ich nur mit dir machen?«

»Mach es *mit* mir«, wollte er gerade sagen, aber da knurrte plötzlich sein innerer Wolf und warnte ihn vor Gefahr. »Pass auf!«, schrie er.

Aus dem dunklen Himmel stieß etwas hinab. Die einzige Warnung war das Rauschen der verdrängten Luft, bevor klauenbewehrte Hände nach Luna griffen. Gut, dass sie die schnellen Reflexe einer Katze hatte.

Auf seinen Warnruf hin duckte sie sich sofort und wich zur Seite aus. Gerade noch rechtzeitig! Das Wesen erwischte nur noch Luft und erhob sich mit flatternden Flügeln wieder in den Nachthimmel.

»Was ist das für ein Ding?«, schimpfte Luna. Sie stand geduckt da, mit gebeugten Knien und erhobenen Fäusten, bereit, sich zu verteidigen.

»Ich habe keinen blassen Schimmer.« In dem schwachen Licht konnte er keine Einzelheiten, sondern nur einen ungefähren Umriss erkennen, der aber überhaupt keinen Sinn machte. Was er sah, ähnelte einem Hybrid aus Mensch und Fledermaus. Es sah so aus, als hätte diese Kreatur eine absichtliche Halbwandlung durchgeführt. Das war jedoch nicht möglich. Gestaltwandler waren entweder Tier oder Mensch. Da gab es kein Zwischenstadium. Klar, manchmal konnte man eine Kralle ausfahren oder die Zähne wurden etwas länger, oder manchmal wuchs einem Mann plötzlich ein Bart, aber das waren kleine, unbedeutende Änderungen, die meistens von starken Gefühlsanwandlungen ausgelöst wurden. Solche kleinen Veränderungen waren nichts verglichen mit diesem Halbwesen, halb Mensch, halb Fledermaus.

So etwas sollte eigentlich nicht möglich sein. Trotzdem flatterte der lebende Beweis gerade auf die Dachterrasse und zog seine riesigen, lederartigen Flügel auf den Rücken zurück, sodass die Spitzen hinter ihm aufragten. Auch ohne die riesigen Flügel wirkte das Wesen bedrohlich mit seinen großen, gestiefelten Füßen, kräftiger Statur und offensichtlichen Muskeln.

*Ein Fledermausmann auf Steroiden. Na super.*

Er sah dem Ding in die Augen. In jeder Kultur, ob Mensch oder Tier, gab es gewisse Rituale. Jeoff bezeichnete es als »Wer ist hier der Mann?«-Syndrom.

Dabei untersuchte er das Gesicht des Wesens, ein Gesicht, das im Wesentlichen menschlich war, doch gleichzeitig eine unheimliche, fast außerirdische Wirkung ausstrahlte. Graue Haut, wie nasser Schiefer, war mit Linien und Wirbeln überzogen, die Jeoff an einen Fingerabdruck erinnerten. Es war faszinierend und er fragte sich, ob es ein natürlicher oder künstlich hergestellter Effekt war. Die Augen waren echt unheimlich. Der rote Schlitz der Pupille leuchtete wie ein gefährliches Feuer in der finsteren Nacht. Dunkles, kurz geschnittenes Haar enthüllte spitze Ohren. Aber hier handelte es sich nicht um einen Elfen.

Hätte Jeoff einen Vergleich anstellen sollen, hätte er das Ding mit einem Dämon verglichen, und jeder wusste, auf welcher Seite Dämonen spielten.

Der Moment des Schocks über das Auftauchen der Kreatur war vorbei und anscheinend war das Wesen nicht gewillt, beim Anblick von Jeoff zu verschwinden. Ein Kampf? Nun gut. Jeoff war bereit. Er ließ die Hand in sein Jackett gleiten und ergriff den Revolver, der immer noch im Halfter steckte, da er ihn vor ihrer heißen Nummer nicht herausgenommen hatte. Er zog ihn hervor und – mit langer Erfahrung im Schießstand – zielte er und feuerte.

*Bang*. Der laute Knall bewies, dass die Kugel verschwendet war und ihr Ziel um einiges verfehlt hatte. Jeoff stellte fest, dass es nicht an seiner Zielgenauigkeit gelegen hatte, sondern dass das Fledermauswesen sich unerwarteterweise schneller bewegte, als das Auge folgen konnte. In einer Sekunde hatte er direkt vor ihm gestanden und in der nächsten zwei Meter weiter links.

Bevor er auch nur blinzeln und seinen Stand ändern konnte, bewegte sich die Kreatur wieder mit blitzartiger Geschwindigkeit.

Luna rief: »Denk nicht einmal daran, auch nur einen Finger an mich zu legen, Kumpel.« Das war eine Warnung, die jeder, dem sein Leben etwas bedeutete, beachtet hätte.

Aber nicht ihr Angreifer.

Der Fledermausmann war fest entschlossen, Luna anzugreifen. Er stieß vor, wieder mit ungeheurer Schnelligkeit, aber Luna schaffte es, ihm auszuweichen. Aber auszuweichen bedeutete nicht, dass sie weglief. Dazu war sie viel zu trotzig und mutig.

Die Tatsache, dass sie nicht davonlief, hatte den Nachteil, dass Jeoff nicht auf das Wesen schießen konnte. Er konnte gut zielen, wollte aber nicht riskieren, sie zu treffen. Er rannte auf die beiden zu und hoffte, aus der Nähe einen besseren Schuss abgeben zu können.

»Ich hasse Ratten, besonders wenn sie Flügel haben«, schrie Luna und stürzte sich auf den Fledermausmann, wahrscheinlich mit der Absicht, irgendwelchen Kampfsport anzuwenden. Luna war eine starke Frau, die man besser nicht unterschätzen sollte – es sei denn, man war ein superschneller Fledermausmann.

Die gleiche Überraschung, die Jeoff empfand, spiegelte sich in Lunas Gesicht wider, als das Fledermausding plötzlich hinter ihr stand und ihr einen Arm um die Kehle legte. Mit den Fingern zog sie vergeblich an dem Arm, der sie erstickte, und sie zappelte mit den Füßen. Verzweifelt versuchte sie, den Fuß des Wesens mit ihrem Cowboystiefel zu zerschmettern, aber da ihre Beine zu kurz waren, war das unmöglich. Als ihr das nicht gelang, versuchte sie einen Pferdetritt nach hinten, der den Kerl am Knie treffen sollte. Aber auch dieses Manöver misslang, weil er so groß war, dass er sie in genügend Abstand von seinem Körper baumeln lassen konnte.

»Halt.« Das gebieterische Wort ging mit einer Bewegung des Armes der Fledermauskreatur an Lunas Kehle einher.

Jeoff hielt in seinem Ansturm inne und schätzte die Situation ein, was bedeutete, dass er sich den Kerl noch einmal genau ansah und wieder überrascht war, wie menschlich er wirkte, trotz seiner lederartigen, dunklen

Haut und den riesigen Flügeln, die hinter seinem Rücken aufragten.

»Lass sie los!«, befahl er. Es konnte nicht schaden, erst mal zu verhandeln.

»Ich werde das Mädchen behalten. Wirf die Waffe weg oder sie stirbt.« Obwohl die Stimme rau war, wurden die Worte perfekt ausgesprochen, ohne gutturale oder tierische Laute.

»Und wie kann ich sicher sein, dass du sie nicht trotzdem tötest?«

Das Wesen entblößte scharfe Zähne zu einem albtraumhaften Lächeln. »Das kannst du nicht. Und ich werde es vielleicht tun.« Der Arm drückte fester zu und er konnte sehen, dass Lunas Augen aus den Höhlen traten. »Aber vorher werde ich noch ein wenig mit ihr spielen.« Der Fledermausmann bewegte sich mit schlangenhafter Geschwindigkeit; er öffnete weit den Mund und schlug seine langen Reißzähne in ihre nackte Schulter, von der ihr Hemd abgerutscht war. Das Ding saugte an ihr und machte dabei grunzende Geräusche. Es war völlig irrsinnig und so unerwartet, dass Jeoff erstarrte. Statt anzugreifen zögerte er, weil er Angst hatte, dass das Wesen wütend werden und ihr die Kehle aufreißen würde.

Aber das Blutsaugen machte es auch nicht besser. Er musste zusehen, wie Luna sich erst versteifte und dann entspannte. Ihre Augenlider flatterten, als gäbe sie sich dem Angriff hin.

Das riss ihn endlich aus seiner Starre, da er wusste, dass Luna so etwas niemals freiwillig hinnehmen würde. Jeoff schrie auf, als er loslief und hilflos mit ansehen musste, wie der Fledermausmann sich in die Luft schwang und die leblose Luna an sich drückte. Er zielte und schoss auf die Flügel, die aber ungehindert weiter flatterten, weil die Kugel danebenging.

Das höhnische Gelächter der Kreatur steigerte seine Wut

ins Unermessliche, aber das Schlimmste war, dass er zusehen musste, wie der Fledermausmann mit der bewusstlosen Luna fortflog. Er stieß ein lautes Geheul aus, das überall widerhallte, ein tierischer Schrei der Wut über seine Hilflosigkeit. Es war egal, ob er vier Pfoten oder zwei Füße hatte, er konnte den geflügelten Feind nicht verfolgen und stellen. Er hatte nicht einmal eine Witterung, die er aufnehmen konnte.

*Dieses Vieh haut mit meiner Frau ab.*

Der Gedanke war furchtbar. Wie konnte er sie beschützen, wenn er keine Ahnung hatte, wohin dieses Monster Luna bringen würde? Aber ihm kam eine Idee, wer etwas wissen könnte. Jemand im Klub hatte etwas damit zu tun. Er starrte über die Brüstung und betrachtete die Reihe von Taxis vor der Tür, die auf die Gäste warteten, die zu betrunken waren, um selbst zu fahren. Er bemerkte auch Charlemagne, der vor dem Klub stand und völlig unbeteiligt tat. Aber das kaufte er ihm nicht ab. Charlemagne war nicht derjenige, der Luna entführt hatte, aber er wusste ganz bestimmt etwas.

*Jage ihn. Pack ihn am Nacken und schüttele ihn, bis er redet.*

Das schien so ein kühner und wundervoller Plan zu sein, würde aber wahrscheinlich Lunas Untergang bedeuten. Solche primitiven Instinkte würden ihr nicht helfen.

*Halt die Klappe, Fellkugel.* Er stieß seinen inneren Wolf mental an, denn er konnte fühlen, wie das wütende Biest gegen die Grenzen anstürmte, die ihn unter Kontrolle hielten. Der normalerweise so gut erzogene Wolf war geradezu irre vor Wut und versuchte, Kontrolle über ihrer beider Körper zu erlangen.

Er konnte seine Verzweiflung sehr gut verstehen. Luna war fort und er musste sie finden, aber um das zu tun, brauchte er eine Ortsangabe. Jeoff warf einen Blick zum Klub hinunter. Der Klub, der irgendwie mit allem zusammenhing.

*Mein Gefühl sagt mir, dass Charlemagne weiß, was los ist,*

*und er fängt besser an zu reden.* Aber um ihn zum Reden zu bringen, brauchte er Verstärkung, da der Mann wieder hineinging und so von Wänden und wahrscheinlich Leibwächtern geschützt wurde.

Trotz des knurrenden Drängens seines inneren Wolfes, sich sofort auf Charlemagne zu stürzen, tat Jeoff das einzig Richtige und rief zuerst Arik an.

»Was ist passiert?«, fragte Arik sofort.

Sowohl Jeoff als auch sein innerer Wolf ließen beschämt den Kopf hängen, als sie ihr Versagen zugeben mussten. Heute gab es kein wütendes Gebrüll von dem Rudelführer, nur die kalte, ruhige Aussage: »Heute Nacht gehen wir auf die Jagd.«

Die Löwen würden heute Nacht nicht schlafen gehen, bis sie Luna und ihren Entführer gefunden hatten.

Nach diesem Telefonat Geduld zu bewahren war nicht einfach für ihn. Der sonst so besonnene Jeoff wäre am liebsten in den Klub gestürzt und hätte angefangen, die Gäste durchzuschütteln, um Antworten zu bekommen. Aber seine innere Vernunft warnte ihn, dass die anderen in der Überzahl waren.

Die Wachen, die an den Ecken und am Haupteingang des Klubs wachten, sahen ihn. Es war ja auch nicht seine Absicht, sich zu verstecken. Jeoff stellte sich direkt gegenüber des Klubs hin, lehnte sich an die Wand eines geschlossenen Lagerhauses und starrte auf die Tür. Insgeheim hoffte er, dass Charlemagne herauskommen würde. Aber obwohl viele Menschen den Klub verließen und sich lauthals über das abrupte Ende ihres Abends beklagten, gab es keine Spur von dem Mann, auf den er wartete. Einige von denen, die hinauskomplimentiert wurden, blieben noch vor dem Klub stehen. Der Rauch ihrer Zigaretten vernebelte die Sicht und überdeckte die Gerüche. War Lunas Entführer einer von ihnen? War er zu spät gekommen?

*Warum warten wir noch?* Obwohl ein Wolf bei der Jagd durchaus Geduld zeigen konnte, drängte er ihn nun, etwas zu unternehmen. Egal was.

Er durfte nicht unüberlegt handeln – auch wenn er große Lust hatte, die Ketten der Zivilisation abzuwerfen. Er musste auf Verstärkung warten – je mehr, desto besser –, um Lunas Chancen zu erhöhen.

Glücklicherweise hatte Luna viele Freunde. Viele Autos kamen, eine ernst zu nehmende Brigade von Fahrzeugen der oberen Preisklasse, aus der eine vorwiegend goldfarbene Armee stieg. Die sandfarbene Legion nahm den Bürgersteig ein; dunkles und rötliches Fell fügte hier und da etwas Farbe hinzu.

Als Arik aus einem aufgemotzten schwarzen Geländewagen stieg und seine Mähne schüttelte, stieß Jeoff sich von der Wand ab. Der eitle Anführer des Rudels hatte seit dem Missgeschick der Friseurin – die nun seine Ehefrau war – seine Mähne wachsen lassen. Es ging das Gerücht um, dass sie den nächsten Erben unter dem Herzen trug, allerdings waren die Löwinnen bei jeder, die ein paar Pfund zugenommen hatte, immer gleich überzeugt, dass sie schwanger sein musste.

Arik wurde begleitet von Hayder und Leo, Beta und Omega des Rudels, die einem der ihren zur Hilfe kamen. Aus den anderen Fahrzeugen stiegen hauptsächlich Löwinnen, die wahren Jägerinnen des Rudels und nicht zu unterschätzen, wenn sie gereizt wurden. Jeoff erkannte einige von ihnen, wie die kakaofarbene Reba und die rothaarige Stacey. Er war sich ganz sicher, dass sie gekommen waren, weil sie es wollten. Es war nicht nötig, ihnen zu befehlen, was sie tun mussten. Der Zusammenhalt unter Löwen war enorm stark, besonders in diesem Rudel. Jeoff hatte gehört, dass unter Ariks Herrschaft das Band zwischen ihnen besonders stark geworden war.

Allerdings waren es nicht nur Freundschaft und Loyalität, die sie zu Hilfe eilen ließen. Ein Hauch von Gewalt lag in der Luft, was die Damen besonders reizte. Sie liebten eine aufregende Schlägerei.

Während die Damen des Rudels den Bürgersteig besetzten, verzogen sich die Nachzügler, die vor dem Klub noch eine Zigarette geraucht und auf ein Taxi gewartet hatten. Klug von ihnen. Es war besser, der goldenen Welle nicht in die Quere zu geraten.

Jeoff überquerte die Straße, um Arik und seine Leute zu begrüßen.

»Hast du irgendetwas gesehen?«, fragte Arik mit einem Blick auf den Klub.

»Nichts.«

»Können wir sicher sein, dass Charlemagne noch drinnen ist?«

»Nein.« Jeoff hatte nur eine Tür im Auge behalten können.

»Aber du bist davon überzeugt, dass er weiß, wer oder was Luna entführt hat?«

»Ja.« Man konnte es Bauchgefühl oder verzweifelte Hoffnung nennen, aber Charlemagne war der Einzige, von dem Jeoff sich vorstellen konnte, dass er ihm einen Hinweis auf Lunas Aufenthaltsort geben könnte.

»Das reicht mir.« Arik ging auf die Tür zu. Sofort blockierten die beiden Türsteher den Eingang.

Der Größere der beiden stellte sich ihm in den Weg. »Wir lassen heute Abend keine weiteren Gäste ein.«

Arik zog eine goldene Augenbraue hoch. »Verweigert ihr mir den Eintritt?«

Die einzige Antwort waren ablehnend vor der Brust verschränkte Arme.

Jeoff musste beinahe lachen, denn er wusste, was als Nächstes geschehen würde. Arik schnippte mit den Fingern und mit der lässigen Grazie, die nur Katzen an sich haben, schlichen die Löwinnen vor.

»Ich lasse mich nicht dazu herab, mich mit Bediensteten herumzuschlagen«, schnaubte Arik verächtlich. »Meine Damen, würden Sie bitte übernehmen?«

Bevor die beiden Türsteher reagieren konnten, wurden sie von den Löwinnen angefallen. Arme Idioten.

Jeoff und Arik sahen dem Kampf einen Moment lang zu.

»Sie sind schneller als Menschen. So schnell wie Wandler«, bemerkte Arik, als es einem der Kerle gelang, Reba eine zu verpassen – was sie nur noch wütender machte.

»Und geruchlos.«

»Seltsam. Ob das wohl ein Teil ihres Tarnsystems ist?«, überlegte Arik laut.

»Das erklärt aber nicht das Beißen.« Jeoff konnte nicht aufhören, daran zu denken.

»Vielleicht sind sie Vampire«, gab Hayder zu bedenken. »Die saugen doch gern an Hälsen, oder?«

Sie zuckten alle leicht zusammen, als Stacey ihr Knie in die Eier des kleineren Türstehers krachen ließ.

»Es gibt keine Vampire«, brummte Leo.

»Es gibt auch keine Fledermausmänner«, gab Jeoff zurück.

Reba schlug dem großen Typen ins Gesicht. Als er zurücktaumelte, stellte Joan ihm ein Bein und er fiel um. Einen Moment später war der Weg in den Klub frei.

»Sollen wir?« Als Anführer des Rudels durfte Arik nicht als Erster hineingehen; nicht weil sie Angst um seine Sicherheit hatten, denn alle wussten, dass er sehr gut auf sich selbst aufpassen konnte. Aber indem er seine Soldaten vorschickte, sandte er eine Botschaft – *Ich bin wichtig.* Arik hatte es Jeoff einmal so erklärt: Manchmal ist es nicht die tatsächliche Stärke, sondern der Eindruck von Stärke, der wichtig ist.

Als der Weg frei war, drängelten sich die Löwinnen, um

als Erste durch die Tür zu gehen, fest entschlossen, sich jeder wartenden Gefahr zu stellen. Ein Ausdruck der Enttäuschung huschte über ihre Gesichter, als sie in den ersten Ring vorstießen und nichts geschah.

Die Eingangshalle vibrierte von den rockigen Nummern mit dem wummernden Bass, die im Klub gespielt wurden. Der pulsierende Rhythmus hatte jetzt allerdings keinen Einfluss auf ihn. Als hätte er Lust zu tanzen, solange Luna in Gefahr war.

Das Rudel ergoss sich durch die nächste Tür, vorbei an der Garderobe und in den eigentlichen Klub. Die Löwen verteilten sich auf der Tanzfläche, nahmen den Raum ein und umringten die wenigen verbleibenden menschlichen Gäste. Es gab zu viele Zeugen für das, was vielleicht geschehen würde. Sie mussten die Menschen loswerden, aber auf unauffällige Weise.

Um die Sache zu beschleunigen, ging Stacey in die DJ-Kabine. Die Musik endete abrupt. In der plötzlichen Stille hörte man die verwirrten Stimmen der Gäste: »Was ist los? Wo bleibt die Musik?«

Mit dem Mikrofon in der Hand winkte Stacey aus dem DJ-Fenster der Menge zu und sprach mit rauer Stimme: »Tut mir leid, Leute. Wir sind vom Gesundheitsamt und machen hier eine Überraschungsinspektion. Bitte holen Sie sich Ihre Mäntel und verlassen Sie ruhig und geordnet das Gebäude.«

Das hätte gut funktioniert, wenn nicht irgendein Volltrottel geschrien hätte: »Das ist eine Razzia!«

Die Löwengruppe beobachtete voller Verachtung, wie die Menschen auf die Ausgänge zustürzten. Anscheinend hatten die meisten von ihnen Angst, bei einer Razzia mit Drogen erwischt zu werden. Jeoff hatte bewusstseinsverändernden Substanzen noch nie irgendwelche Reize abgewinnen können.

*Du trinkst doch Bier.*

Das ist doch was ganz anderes. Und, ja, er hatte nichts gegen eine doppelte Moral.

Die Panik der fliehenden Menschen interessierte ihn nicht im Geringsten. Ihm fiel auf, dass einige Gestaltwandler, die nicht zum Rudel gehörten und die bereits im Klub gewesen waren, zurückblieben und am Rande des Geschehens abwarteten. Offensichtlich glaubten sie, dass sie als Zeugen für all das bleiben sollten, was geschehen würde.

Schon bald war der Klub leer bis auf die Wesen, die sich in Felltiere verwandeln konnten. Nicht ein einziger Angestellter war zu sehen oder zu riechen. Das gefiel Jeoff überhaupt nicht. Wo waren sie alle? Sicherlich hatten sie sich nicht wie Feiglinge aus dem Staub gemacht.

Arik stemmte die Hände in die Hüften und rief: »Gaston Charlemagne, der König dieser Stadt befiehlt dir, vor ihn zu treten. Zeige dich.« Arik schaffte es, genau den richtigen, arroganten Tonfall zu treffen.

Aber niemand antwortete.

»Bist du sicher, dass er noch hier ist?«, fragte Arik stirnrunzelnd.

»Ja.« Jeoffs Bauchgefühl war sich jedenfalls sicher. »Aber anscheinend ist er nicht bereit, sich mit denen abzugeben, die er Tiere nennt.«

»Wer ist ein Tier?«, fragte Leo.

»Du, im Bett, so scheint es. Jedenfalls hat deine Frau keinerlei Hemmungen, alle Einzelheiten auszuplaudern.« Hayder machte ein klickendes Geräusch, zwinkerte mit den Augen und machte eine Geste, als wollte er jemanden in die Rippen stoßen.

Obwohl Meena in jeder Hinsicht sehr offen war, wurde Leo bei diesen Worten schamrot. »Ihr dürft ihr kein einziges Wort glauben.«

»Wen interessiert es, ob Leo der Bringer im Bett ist? Wir

sollten uns verteilen und Charlemagne suchen«, zischte Reba.

»Wie sollen wir ihn finden, wenn er nicht stinkt?«, warf Hayder ein.

»Wir nehmen den Laden auseinander. Wenn er hier ist, dann finden wir ihn.«

Anscheinend reichte diese Drohung aus, um die Aufmerksamkeit des Gesuchten zu wecken. »Würde es dir etwas ausmachen, deine Handlanger davon abzuhalten, mein Geschäft zu zerstören? Euer Auftauchen hier hat mich heute Abend bereits genug Einnahmen gekostet.« Bei diesen Worten aus ihrer Mitte sprossen mehr als einem Löwen die Reißzähne, als ihr inneres Tier sich in den Vordergrund drängen wollte und die Zähne fletschte. Arik und sein innerer Kreis waren die Einzigen, die das nicht berührte – oder es jedenfalls supergut vortäuschten. Katzen waren Meister in der Kunst der gespielten Gleichgültigkeit.

Jeoff zeigte kaum eine Reaktion. Er hatte mit einem dramatischen Auftritt gerechnet. Trotzdem, wie war es dem Kerl gelungen, in ihre Mitte zu treten, ohne dass einer von ihnen es bemerkt hatte? Und woher nahm er den Mut, das zu tun? Nur Selbstmordkandidaten würden es wagen, sich mitten in eine Horde wütender Löwen zu schleichen.

»Du bist Charlemagne, nehme ich an.« Arik musterte ihn von Kopf bis Fuß. »Schicker Anzug.«

Tatsächlich hatte Charlemagne die lässigen Klamotten vom Morgen gegen einen maßgeschneiderten Anzug getauscht, der ihm eine gewisse Eleganz verlieh und sie daneben fast schäbig wirken ließ.

»Ich glaube kaum, dass ihr hier seid, um meine exquisite Kleidung zu bewundern. Sagt, was ihr von mir wollt, und haut ab.« Er sprach mit einem leichten Akzent und totalem Selbstbewusstsein.

Das funktionierte vielleicht mit anderen, aber hier hatte er es mit Löwen zu tun. Arroganz war Ariks zweiter Vorname. Der Löwenkönig schlenderte um Charlemagne herum, der, das musste man ihm lassen, sich weder anspannte noch umdrehte, selbst als das Raubtier sich hinter ihm befand.

Als er wieder vor ihm stand, hielt Arik inne. »Jeoff hat mir gesagt, dass du über uns Bescheid weißt.«

»Ja, ich weiß alles über euer tierisches Königreich, und es interessiert mich nicht besonders. Die Belange von Tieren gehen mich nichts an.«

»Das war vielleicht dort, wo du herkommst, eine akzeptable Einstellung, aber hier«, Arik lächelte, das kalte Lächeln eines Raubtiers, »gibt es Regeln. Meine Regeln.«

»Was habe ich mit deinen Regeln zu tun?«

»Eine ganze Menge, weil diese Stadt mir gehört. Ich besitze sie, und das bedeutet, dass du mir unterstehst. Und eine dieser Regeln lautet, dass du mir berichten musst, wenn du kein Mensch bist.«

»Warum glaubst du, dass ich kein Mensch bin?«

Die Löwen schnaubten ungläubig, Arik am lautesten von allen. »Spiel uns doch nichts vor. Ich weiß, dass du kein Mensch bist.«

»Vielleicht bin ich das nicht, aber ich kann dir versichern, dass ich meinen Geist nicht mit irgendeinem primitiven Lebewesen teile.«

»Willst du etwa behaupten, dass du nicht mit diesem Fledermausmann verwandt bist?«, hakte Jeoff nach.

»Fledermausmann?« Charlemagne lachte, ein volltönendes, samtiges, sinnliches Lachen. Bei dem Geräusch verwandelten sich einige. »Der Name gefällt mir, vielleicht übernehme ich ihn. Und um deine Frage zu beantworten, nein, ich bin kein Whampyr.«

»Ein Wham was?«, fragte Hayder.

»Whampyr. So nennt man Diener mit gewissen Fähigkeiten.«

»Wessen Diener?«

Das selbstgefällige Lächeln auf Charlemagnes Gesicht stand dem von Arik in nichts nach.

Jeoff wurde sauer. »Sie dienen ihm, das ist doch offensichtlich. Aber wenn er weiß, was sie sind, dann heißt das, er weiß auch, wer Luna entführt hat.«

»Ein Whampyr hat die Frau entführt, der ich heute Morgen begegnet bin?« Charlemagnes Gesichtsausdruck wechselte abrupt von ironisch zu ernst. »Wann? Wo?«

»Gegenüber, auf der anderen Straßenseite, von dem Dach, auf dem wir Posten bezogen hatten.«

»Entführt in voller Sicht? Das geht gar nicht.« Charlemagne wirbelte herum und schnippte mit den Fingern. Ein riesiges Wesen schwebte von der Decke herab. Seine großen, steingrauen Flügel bremsten seinen Abstieg. Anscheinend war Jeoff nicht der Einzige, der die Kreatur oben an der Decke nicht bemerkt hatte. Einige der Löwinnen duckten sich und knurrten missbilligend.

»Sie haben einen Wunsch, mein Herr«, sagte der riesige Kerl.

»Durchzählen. Sofort. Ich will wissen, ob jemand fehlt.«

Leise, warnende Knurr- und Zischlaute füllten den Raum mit einer bedrohlichen Stimmung, als dunkle Gestalten, in Schwarz gekleidet, mit dem Klublogo auf der Brust, aus den Schatten hervortraten. Sie waren geruchlos und still, ein perfektes Dutzend insgesamt, mit Charlemagne als Nummer dreizehn.

Von den Zwölfen hatten nur drei die Gestalt einer Fledermaus – der Anführer der Whams und zwei weitere –, aber keiner von ihnen ähnelte dem Fledermausmann, den Jeoff auf dem Dach gesehen hatte, weder in Größe noch Gestalt.

»Fehlt einer deiner Angestellten?«, fragte Arik Charlemagne, während Jeoff sich die menschlichen Gesichter genauer betrachtete. Konnten sie sich alle in riesige Fledermäuse verwandeln? Und waren sie wirklich keine Gestaltwandler, wie Charlemagne behauptete?

»Alle meine Diener sind hier. Vielleicht hat dein Haushund sich geirrt.«

»Ich weiß, was ich gesehen habe.« Jeoff drängte sich nach vorn. »Wenn es nicht noch andere Fledermausmänner in der Stadt gibt als die, die hier herumlaufen, dann hat es einer von diesen hier getan.«

»Wenn deine Behauptung der Wahrheit entspricht, dann begeht einer meiner Diener eine ungeheuerliche Ungehorsamkeit.« Charlemagne betrachtete seine Leute mit scharfem Blick.

»Es ist keine Ungehorsamkeit, wenn man Blut trinken will.« Der unauffällige Typ hob plötzlich den Kopf aus seiner unterwürfigen Stellung und seine Augen glühten. Die Ähnlichkeit war nur schwach, sein menschliches Gesicht schmaler und seine Nase edler, aber der Gesichtsausdruck und die Worte waren die gleichen.

Das Gesicht des Klubbesitzers wurde kalt und hart. »Wir trinken nicht von den Tieren.«

»Zu spät. Wir haben es bereits getan.« Der Kerl leckte sich die Lippen. »Sie sind köstlich. Und du, der Meister, der glaubt, dass er alles weiß, hattest keine Ahnung. Wir haben uns die Tiere hier, direkt unter deiner Nase, aus diesem Klub geholt.«

Bei dieser Aussage knurrten die Löwinnen und drängten sich vor. Arik hielt abwehrend die Hand hoch und sie hielten inne, aber ihre Blicke versprachen Rache. »Ihr habt ihre Häuser geleert und alle Spuren verwischt?«, fragte Arik.

Der Mann verzog verächtlich den Mund. »Meine Freunde und ich haben gelernt, unsere Spuren zu verwischen. Das hier ist nicht die erste Stadt, in der wir uns amüsieren, aber hier haben wir das erste Mal Wesen eurer Art geschmeckt. Und es war ganz bestimmt nicht das letzte Mal.«

Jeoff musste sich mit aller Gewalt beherrschen, um dem Kerl nicht die Kehle herauszureißen. Allein das Wissen, dass sein Tod auch Lunas sicheren Tod bedeuten würde, hielt ihn zurück.

*Hab Geduld, mein Wolf.*

Charlemagne war offensichtlich nicht begeistert von der Vorstellung, dass seine Diener ohne sein Wissen und seine Erlaubnis gehandelt hatten. »Auf Verrat gegen euren Meister steht die Todesstrafe.«

»Was wir getan haben, ist kein Verrat, sondern ein Führungswechsel. Wir haben genug von deinen Regeln. Es ist Zeit, dass wir die Schwachen auf dieser Welt beherrschen, wie es unsere Bestimmung ist.«

»Wir? Was heißt hier wir?«, schnaubte Charlemagne verächtlich. »Anscheinend ist das Blut, das du getrunken hast, dir zu Kopf gestiegen, denn du hast wohl vergessen, dass ich euch erschaffen habe und euch ebenso gut wieder vernichten kann.«

»Nicht, wenn wir dich zuerst umbringen. Tötet ihn!«, schrie das Monster.

Auf einmal brach die Hölle los. Die Löwinnen reagierten sofort auf eine Herausforderung, wenn ihnen eine gestellt wurde. Schwarze Stofffetzen flogen durch die Luft, als sich Körper in enorme Fledermäuse verwandelten. Es schien, als wären die meisten von Charlemagnes Dienern in den Aufstand verwickelt. Sie zischten und fletschten drohend ihre Reißzähne, bevor sie sich auf Charlemagne stürzten, der plötzlich verschwunden war. Aber die angreifenden Whams fanden andere Gegner, die mehr als bereit waren zu kämpfen.

Die Löwinnen fielen über die geflügelten Wesen her. Die meisten hatten zarte Haut gegen weiches Fell getauscht. Die Whams, die an dem Aufstand beteiligt waren, kämpften mit grimmiger Verbissenheit. Ihre unglaubliche Kraft und Geschwindigkeit zwang die Löwinnen, ihr ganzes Kampfgeschick anzuwenden. Zwei der Whams standen Charlemagne zur Seite. Dieser verzog das Gesicht, tat aber nichts, um das Gemetzel seiner verräterischen Diener zu stoppen. Das Ergebnis des Kampfes schien offensichtlich zu sein, da die goldene Armee klar in der Überzahl war. Genau deshalb schien einer von ihnen sich wegschleichen zu wollen, was Jeoff bemerkte. Es war genau der, den Jeoff lebend haben wollte.

Er lief hinter dem Anführer der Rebellen her und rief mit rauer, drohender Stimme: »Wo ist Luna? Wohin hast du sie gebracht?«

»An einen Ort, den du nicht erreichen kannst, Hund«, kam die sarkastische Antwort.

Als der Fledermausmann herumwirbelte, um nach einem Ausgang zu suchen, durch den er entkommen konnte, kam Jeoff ihm nahe genug, um zuzugreifen. Doch das Biest war zu schnell. Es schwang sich in die Luft und flog zu hoch, als dass Jeoff ihn im Sprung hätte erreichen können. Zum zweiten Mal an diesem Tag musste er zusehen, wie das Monster ihn schlug.

*Er entkommt mir.*

Aber er konnte nichts daran ändern. Hoch über ihm schlug das Wesen eine der geschwärzten Fensterscheiben ein und flog in den Nachthimmel. So schnell Jeoff auch nach draußen rannte, er konnte nicht mehr sehen, in welche Richtung der Fledermausmann geflogen war. Und so war er immer noch weit davon entfernt, Luna zu finden.

*Verdammte Scheiße.*

## Kapitel Fünfzehn

Das tut verdammt weh. Die eine Seite von Lunas Kopf pochte vor Schmerz, eine unangenehme Erinnerung an ihre Niederlage. Sie wollte einfach nur wieder einschlafen.

*Wach auf!* Ihre innere Löwin schlug nach ihr.

Sie zog die Nase kraus. *Hör auf damit. Ich will schlafen.* Sie wollte sich der Müdigkeit ganz und gar überlassen.

*Wach auf. Wir sind in Gefahr.* Ihre innere Löwin gab nicht nach und Luna reagierte wie in Zeitlupe. Es schien ihr alles egal zu sein. Es war nicht die Sonne, die sie zu einem Schläfchen verführen wollte, sondern da war auf jeden Fall etwas anderes, das sie dazu anhielt, die Augen zu schließen und sich zu entspannen.

*Wir dürfen uns nicht entspannen. Er wird zurückkommen.*

Wer war *er*? Jeoff? Sie hätte nichts dagegen, wenn er käme und mit ihr kuscheln wollte. Vielleicht würde sie sogar ihren Sonnenfleck mit ihm teilen. Besonders wenn er nackt war.

Ein nackter Jeoff war sehr schön anzusehen. Sogar noch besser anzufassen.

*Das kann doch nicht dein Ernst sein!* Ihre innere Katze war nicht so begeistert von ihren angenehmen Gedanken an Jeoff. Sie hörte nicht auf, von Gefahr zu faseln.

*Ich sage dir was. Warum kümmerst du dich nicht darum?* Während sie sich in ihrer sanften Müdigkeit treiben ließ.

*Arg.* Ihre innere Löwin stöhnte vor Verachtung, war aber insgeheim erleichtert. Wenn Luna keine Lust hatte, die Kontrolle zu übernehmen, nun, die Katze war bereit. Ohne weiteres Tamtam drängte sich das Tier in ihr an der schwachen menschlichen Hülle vorbei, bis seine Glieder aus der hinderlichen Kleidung barsten und die Tatzen aus den engen Stiefeln glitten.

Die Löwin stand auf ihren vier Pfoten, schüttelte ihren goldenen Kopf und sah sich um. Die schmerzhafte Verwandlung hatte ihr anscheinend den nötigen Kick geliefert. Ihr menschliches Wesen kämpfte gegen die Fesseln der Müdigkeit an und bemühte sich, sich zu konzentrieren.

*Warte mal. Wo sind wir?*

An einem sehr schlimmen Ort. Die Löwin schnaubte. Ein übler Geruch erweckte ihre Neugier. Was war an diesem Ort gewesen?

Mit der Nase am Boden untersuchte sie den Raum. Sie stellte fest, dass er gerade groß genug war, um darin herumzulaufen, aber nur gerade eben. Das einzige Licht kam durch ein Loch in der Wand, das den Raum schwach beleuchtete. Da es ihr am nächsten war, begutachtete sie es zuerst und wich zurück, als die Kanten des Lochs absplitterten. Sie sah nach unten und knurrte frustriert. Es war zu hoch, um herunterzuspringen, und da sie nicht wusste, wie viele Leben sie noch übrighatte, wollte sie nichts riskieren.

Sie wirbelte herum und wartete einen Moment, bis ihre Augen sich an die Dunkelheit gewöhnt hatten.

Die Öffnungen in der Wand waren mit Holz verbarrikadiert – *das sind Fenster,* jammerte ihr anderes Ich –, um eine

Flucht zu verhindern. Eine offene Tür führte in einen gekachelten Raum, nicht sehr groß, mit einem sehr großen, trockenen Becken und einem kleineren, in dem noch ein Rest schimmeliger Feuchtigkeit stand.

Es roch ziemlich unangenehm. Außerdem gab es hier keinen Ausgang, genau wie in dem anderen Raum daneben. Es gab nur diese wenigen, kleinen Zimmer, die sie ärgerten und reizten, weil sie eine Herausforderung bedeuteten. Dieser Ort wollte sie unterkriegen. Aber sie ließ sich nicht unterkriegen. Es musste irgendwo einen Ausgang geben. Die Wohnungen der Menschen, selbst die verlassenen, hatten immer einen Eingang. Sie kehrte in den ersten Raum zurück, in dem noch immer das Loch in der Wand klaffte, noch immer zu hoch, um herauszuspringen. Sie stand still und drehte den Kopf nach beiden Seiten. Ihre Augen filterten Licht und Schatten, um alles zu sehen.

Der Vorbereitungsbereich für Lebensmittel wies keinen Ausgang auf. Die Vorratsschränke standen offen, die Türen waren entweder ganz herausgerissen oder hingen schief.

Sie machte einen Schritt zum anderen Ende des Raumes und zuckte zusammen, als der Boden laut krachte. Sie blieb sofort stehen, verteilte ihr Gewicht auf alle vier Pfoten und spürte ihrer Stellung nach. Es gab kein weiteres Knacken, aber sie senkte vorsichtig den Kopf und witterte. Morsch. Alles war morsch.

*Du musst ganz vorsichtig laufen.* Der Boden war gefährlich, Teile davon waren völlig verrottet und die Dielen sanken unter ihrem Gewicht ein. Da sie hinter sich bereits alles überprüft hatte, gab es logischerweise nur noch eine Öffnung, die sie untersuchen musste. Noch eine Chance, einen Ausweg zu finden, ohne aus großer Höhe eine glatte Mauer hinabklettern zu müssen.

Wie bei allen anderen Öffnungen lehnte die Barriere dazu – *Tür, weißt du noch, wie wir das gelernt haben? Es ist eine Tür* – an der Wand daneben. Ihre Nase nahm weitere verrottete Gerüche und mehr Öffnungen wahr, die es zu untersuchen gab. Über ihr war die Decke zum Teil eingebrochen. Schutt und ein juckendes, rosa Zeug blockierten die eine Richtung. Als sie in die andere Richtung sah, bemerkte sie eine dunkle Öffnung, aus der ein fauler Geruch drang, der die Luft mit seinem ekligen Pesthauch vergiftete.

*Oh, was ist das?* Das hätte sie gern näher betrachtet, aber ihre menschliche Seite mahnte zur Vorsicht.

Die Löwin hätte diese Mahnung überhört, wenn sie nicht plötzlich ein leises Geräusch wahrgenommen hätte.

*Wer wagt es, so nahe zu kommen?*

Aus purem Instinkt wirbelte sie herum und stürzte sich auf die große Gestalt, die dort stand, aber bevor sie ihm das Herz aus der Brust reißen konnte, war der Mann schon geschickt zur Seite gewichen.

*Komm zurück.* Sie wollte weiterspielen.

Er anscheinend auch. Das geruchlose Wesen streckte die Hand aus, zwickte sie in den Schwanz und zog herausfordernd daran.

*Wie kann er es wagen, meinen Schwanz anzufassen!* Der Mensch in ihr war vollkommen empört.

Sie zog die Lefzen hoch und knurrte, als sie herumwirbelte und mit wütend zusammengekniffenen, goldfarbenen Augen das *Ding* betrachtete, das es gewagt hatte, sie hierherzubringen. Das *Ding*, das es wagte, sich mit einer Löwin anzulegen. *Knurr!*

Den Blick fest auf das *Ding* gerichtet, stürzte sie sich wieder darauf, kam aber nicht weit, da der Boden splitterte und ihre Pfote durch die verrotteten Dielen schoss. Sie stieß ein überraschtes Wimmern aus, als ihre Bewegung abrupt zum Stillstand kam. Zu ihrem großen Entsetzen steckte sie fest. Sie zerrte an ihrer Pfote und zischte vor Schmerz, während die Holzsplitter sich in ihre Haut gruben.

Ihre menschliche Hälfte versuchte, sie zu beruhigen. *Lass mich dir helfen.*

»Sitzt das Kätzchen in der Falle?« Die geflügelte Maus in Menschengestalt – *ich weigere mich, ihn Fledermaus zu nennen!* – kam auf sie zu. Es war ziemlich seltsam, ein Monster in schwarzer Jeans und Joggingschuhen, aber ohne Hemd zu sehen. Diese normale Kleidung betonte nur die Absurdität seiner Erscheinung.

*Das sagt die Frau, die sich in eine Löwin verwandeln kann.*

Apropos Löwin, sie musste dafür sorgen, ihre Pfoten freizubekommen, damit sie nicht total im Nachteil war. Die Gestaltwandlung gelang schnell und, was noch besser war, sie hatte überlebt. Sie hatte gehofft, dass der Typ den schwachen Moment der Halbverwandlung, der bei jeder Gestaltwandlung vorkam, nicht nutzen würde, um sie zu töten.

Die gute Neuigkeit war, dass sie ihre Hand aus dem Loch befreien konnte. Allerdings steckten ein paar ziemlich tiefe Splitter darin. Aber als alle ihre Gliedmaßen frei waren, verwandelte sie sich nicht wieder zurück in ein Tier. Wenn sie ihn in ihrer tierischen Form nicht besiegen konnte, dann könnte sie ihn als Mensch vielleicht überlisten. Und welche andere coole Sache konnte sie in ihrer menschlichen Gestalt viel besser? Ihn wütend ansehen, was sie jetzt durch die Strähnen ihres Haares tat.

*Man darf niemals Angst zeigen.* Das war eine wichtige Regel, nach der sie lebte.

»Wer bist du? Wie bin ich hierhergekommen?« Ernsthaft jetzt, wie *war* sie hierhergekommen? Luna konnte sich nur daran erinnern, dass die fliegende Maus sie im Würgegriff festgehalten und versucht hatte, ihr einen Knutschfleck zu verpassen. Als ihr das wieder einfiel, befühlte sie mit der Hand ihren Hals. Sie spürte die unregelmäßigen Risse einer

Bisswunde auf ihrer Haut. Sie verheilte bereits, aber die Haut war noch geschwollen. »Du hast mich gebissen!«

»Ich habe noch mehr vor, als dich nur zu beißen, Kätzchen. Ich habe mich immer gefragt, warum unser Meister darauf bestanden hat, dass wir uns nicht an euch vergreifen dürfen. Ich hatte angenommen, es war, weil ihr einfach nicht gut schmeckt. Aber jetzt kenne ich die Wahrheit.« Der graugesichtige Typ fasste sich in den jeansbekleideten Schritt und gierte sie lüstern an. »Ihr schmeckt wunderbar. Besonders wenn ihr ganz frisch seid.« Er leckte sich die Lippen. Luna wusste, dass eine normale Person jetzt mit Entsetzen oder sogar Panik reagiert hätte.

Normal. Normal war völlig überbewertet.

Luna streckte ihm den Mittelfinger entgegen. »Fick dich. Niemand nimmt einen Bissen aus diesem Körper.« Es sei denn, sein Name war Jeoff. Für ihn würde sie eine Ausnahme machen, wenn er sie noch wollte. Sie erinnerte sich, dass sie ihn hatte abblitzen lassen, bevor sie von diesem Ding entführt wurde.

*Vielleicht habe ich überstürzt reagiert. Vielleicht sollten wir mal sehen, wie es mit uns weitergehen könnte.* Oder wenigstens noch mehr tollen Sex haben.

Natürlich wäre das mit dem Sex nur möglich, wenn sie die nächsten Minuten überlebte.

»Euer temperamentvolles Wesen ist sehr anziehend. Die anderen Paare, die ich mit meinen Kameraden geschnappt habe, hatten nicht das gleiche Feuer wie du und dieser Hund.«

Gut zu wissen, dass Temperament dem Fleisch Geschmack verlieh. Und bis jetzt hatten alle geglaubt, dass man sie mit Knoblauch abwehren könnte. »Wenn wir so lecker aussahen, warum habt ihr dann den Schwanz eingezogen und nur mich entführt? Keine Eier in der Hose? Waren wir beide zu viel für dich?«

»Ich bin kein Feigling. Es war eine einfache Geschmackssache, dass ich den Wolf nicht mitgenommen habe. Seine Rasse schmeckt nicht schlecht, etwas schmackhafter als Menschen, aber sein Aroma kann mit dem einer Katze nicht mithalten. Ich bevorzuge Muschi.« Er wollte, dass es sich schmutzig anhörte, und das war ihm voll gelungen.

Es war eklig. Sie verzog angewidert das Gesicht. »Wenn das ein Beispiel deiner Verführungskünste sein soll, dann wundert es mich nicht, dass du Schwierigkeiten hast, Mädchen dazu zu bringen, sich mit dir zu verabreden. Aber du hast die falsche Frau entführt. Du wirst nichts davon bekommen.« Sie zeigte auf ihren Körper und erregte so seine Aufmerksamkeit. Gut, denn wenn er auf ihre Titten starrte, dann würde er nicht merken, was sie wirklich vorhatte.

»Du kannst mich nicht daran hindern, alles mit dir zu machen, was ich will.«

»Das denkst du. Ich sehe dieses Mal keine Drogen.« Keine Nadeln, das bedeutete, dass sie eine Chance hatte. Dieses Mal würde sie seine Schnelligkeit und Kraft nicht unterschätzen. Sie musste mit Klugheit gegen ihn vorgehen. *Und lass dich nicht von ihm beißen.* Sie wollte nicht noch einmal so die Kontrolle und Motivation verlieren.

Ihr Entführer schnaubte verächtlich. »Ich brauche keine Drogen, um dich zu überwältigen. Die benutze ich nur, wenn ich ein Pärchen mitnehme. Dann geht alles ruhiger ab. Aber zwei sind zu viel Arbeit. Ich muss hin- und herfliegen, um zwei zu transportieren. Es ist sehr viel einfacher, nur eine Person zu stehlen und sie dann wirklich zu genießen. Obwohl mir das Weinen und das Betteln auch fehlen. Die Frauen hatten ein echtes Problem damit, wenn ich mich vor ihnen an ihren Männern gütlich tat.« Er zeigte seine scharfen Zähne.

Er zeigte ebenfalls ein enormes Ego, das gern über sich selbst redete. *Nur weiter so.* Das gab Luna die Gelegenheit, die Lage auszuloten. Klar, der einzige Ausweg lag hinter ihr.

Aber sie war sich nicht sicher, ob dieser Flur zu einer Fluchtmöglichkeit führte oder ob sie sich dadurch in eine noch schlechtere Lage bringen würde.

Aber das würde sie nie herausfinden, wenn sie hier einfach nur herumstand. Sie beugte sich nieder und ergriff den Saum ihrer Bluse. »Was machst du da?«, fragte er gereizt.

»Ich ziehe mich an. Da du so lange brauchst, um zum Punkt zu kommen, wird mir langsam kalt.« Außerdem wollte sie eine Schicht Stoff zum Schutz am Körper haben, falls sie klettern musste.

*Fell ist am besten.* Man würde eine Katze nie von etwas anderem überzeugen können.

»Hier, zieh den auch an.« Er warf ihr ihren Rock zu. »Damit ich beim Fliegen nicht abgelenkt werde.«

»Ich werde ganz sicher nicht mit dir fliegen.«

»Wir brechen sofort auf. Charlemagne ist wahrscheinlich schon hinter mir her. Aber er glaubt, dass ich mich an einem anderen Ort verstecke. Ich habe die Rolle des Dieners und Saboteurs sehr gut gespielt.«

»Was in aller Welt faselst du da?«, fragte sie, da sie sich jetzt, da ihre Muschi – wie Jeoff sagen würde – wieder bedeckt war, sehr viel selbstbewusster fühlte.

»Hör auf zu reden und komm her.«

»Tut mir leid, aber ich habe schon einen Freund, na ja, zumindest so ähnlich.« Es war kompliziert.

»Komm her. Sofort.«

Sie trat einen Schritt zurück und grinste ihn herausfordernd an. »Zwing mich doch.«

Er stampfte wütend auf sie zu und sein Fuß sank durch den verrotteten Boden, sodass er gefangen war.

Auf diesen Moment hatte sie gewartet. Sie lief in den horrormäßigen Flur, in die dunklen Schatten, und entdeckte einen Aufzugsschacht. Ein Ausweg nach unten.

Hinter ihr erklangen die wütenden Schreie ihres Entführers, dem sein Abendessen gerade weggelaufen war.

*Sie rannte.* Schnüffel. Ihre innere Löwin brachte ihre Unzufriedenheit zum Ausdruck.

*Sei ruhig beleidigt.* Luna zog es vor zu leben. Löwinnen waren vielleicht ganz schön verrückt, aber dumm waren sie nicht. Sie waren zu klug, um ein Risiko einzugehen, wenn die Chancen schlecht standen. Schlechte Aussichten wurden am besten vom Rudel übernommen.

Und sobald sie ihre Freundinnen gefunden hatte, würden sie diesen Mistkerl jagen und ihm zeigen, was geschah, wenn jemand dem Rudel Schaden zufügte.

Wenn es ihr gelang zu entkommen.

## Kapitel Sechzehn

*ICH KANN NICHT GLAUBEN, DASS DIESES VERFICKTE Arschloch sich einfach aus dem Staub gemacht hat.*

Mit diesem Gedanken stampfte Jeoff zornig in den Klub zurück, in der Hoffnung, jemanden zu finden, den er dafür bestrafen konnte. Pech für ihn, denn der Kampf im Inneren war beendet und die meisten Beteiligten lagen auf dem Boden. Keiner mehr da, dem er eine verpassen konnte. Verdammt. Nur eine Handvoll Leute standen noch, darunter Charlemagne und Arik. Reba und der große Fledermausmann schienen ebenfalls unverletzt, aber sie funkelten sich voller Wut an.

Die leblosen Körper machten ihn betroffen. »Sind sie etwa alle tot?« Ein entsetzter Ton schlich sich in seine Stimme. Er mochte die weiblichen Rudelmitglieder – auch wenn sie ihn in den Wahnsinn trieben – und er wäre sehr traurig, sie tot zu sehen.

»Sie schlafen nur.« Charlemagne wedelte mit den Fingern. »Manchmal ist es klüger, einen Kampf zu vermeiden.«

Einen Kampf vermeiden, wenn Jeoff den unbändigen

Drang verspürte, jemanden zu schlagen? »Aber du hast doch gesagt, dass Verrat mit dem Tod bestraft wird.«

Einen Moment lang wurden die Augen des anderen Mannes tiefschwarz und mit schwarz war der gesamte Augapfel gemeint. »Oh, sie werden bestraft. Keine Sorge. Es gibt keine zweite Chance für Whampyre, die ihren Herrn betrügen.«

»Du wirst also diese hier bestrafen. Juhuuu! Und was ist mit dem, der abgehauen ist? Der Anführer der Meuterei ist noch immer auf freiem Fuß und wir wissen immer noch nicht, wo Luna ist.«

»Sie ist wahrscheinlich in seinem Unterschlupf.«

»Unterschlupf?«, wiederholte Arik ungläubig.

Es war ein seltsames Wort, das an düstere Höhlen und modrige Gerüche erinnerte.

»Unterschlupf. Versteck. Was immer ihr dazu sagen wollt. Der Whampyr wurde erschaffen, um zu dienen, aber es liegt in seiner Natur, sich eine Art Versteck zu suchen, wohin er sich zurückziehen kann, wenn es nötig ist.«

»Wenn es nötig ist?«

»Darüber musst du nichts wissen.« Charlemagne neigte den Kopf. »Und so lange wir hier die Sitten der Whampyre diskutieren, hat der Whampyr genügend Zeit, um sich ein neues Versteck zu suchen. Wenn wir uns beeilen, dann können wir ihn noch finden.«

»Du weißt, wo sein Versteck ist?«

»Natürlich. Ich bin nicht nur dem Namen nach ein Meister, Wolf.«

Als sie jedoch zehn Minuten später vor dem verlassenen Gebäude standen, fragte Jeoff sich, ob Charlemagne ihn verarscht hatte. Nicht eine einzige Witterung in und um das Gebäude herum ließ auf Lunas Spur schließen. Die Eingänge zum Gebäude waren verbarrikadiert und nichts deutete darauf hin, dass jemand sich daran zu schaffen gemacht hatte oder eingedrungen war.

»Bist du sicher, dass sie hier sind?«, fragte Jeoff. Wollte Charlemagne vielleicht nur Zeit gewinnen, damit das Monster Luna Schaden zufügen konnte?

»So skeptisch.«

»Kannst du es mir übel nehmen?«

»Nein. Du hast recht damit, vorsichtig zu sein. Das liegt nun mal in eurer Natur. Tiere wissen immer, wenn sie einem Raubtier begegnen.«

»Ich sollte dich einfach umbringen«, knurrte Jeoff. Sicherlich hatte Arik ein Gesetz, das es erlaubte, selbstgefällige Arschlöcher zu töten.

»Hier wird niemand umgebracht«, knurrte Arik, der mit seinem Telefon am Ohr aus dem Auto stieg. »Anscheinend hat er Freunde in mächtigen Positionen, die sehr ungehalten wären, wenn ihm etwas passierte.«

»Wer hat das Recht, dir etwas vorzuschreiben? Du bist der König«, sagte Jeoff zornig, ruderte dann aber mit einem verstehenden »Oh« zurück. Es gab nur eine Gruppe von Lebewesen, die die Macht hatte, Arik Befehle zu erteilen. Der Hohe Rat bestand aus einer Gruppe von Gestaltwandlern, die niemand je zu Gesicht bekam, die aber im Hintergrund die Fäden zogen, die ihre Zivilisation schützten. Wer sich mit ihnen anlegte, riskierte, bei Nacht und Nebel zu verschwinden, und zwar so, dass keine Spur übrig blieb und sein Name nie wieder genannt wurde. So jedenfalls ging das Gerücht. Niemand sprach von denen, die verschwunden waren.

»Nun, da sich jemand für mich verbürgt, solltet ihr euch vielleicht etwas beeilen. Derjenige, den ihr sucht, ist in diesem Gebäude. Ich glaube, im Moment denkt er nicht wirklich rational. Das Mädchen wird leiden, wenn ihr jetzt Zeit verliert.«

Knurr. Die Andeutung, dass Luna in Gefahr war, machte ihn verrückt. Es half auch nicht, dass das ganze Gebäude versiegelt war. Jeoff untersuchte die Kanten der Holzplanken, die den Weg versperrten, und runzelte die Stirn. Wie sollte man dort hineinkommen? Jemand hatte absolut sichergestellt, dass niemand hineingelangte, wenn man die absurde Menge der Nägel betrachtete, die zum Befestigen benutzt worden waren. »Hat jemand vielleicht eine Brechstange dabei?«

Anscheinend hatte das Löwenrudel sogar einige in den Kofferräumen ihrer Autos dabei. Stacey reichte ihm eine Brechstange, und Jeoff steckte sie in eine Spalte und drückte. Das Quietschen der sich lösenden Nägel vermischte sich mit dem Krachen des brechenden Holzes. Aus der kleinen Lücke, die er freigelegt hatte, waberte ein unglaublicher Gestank.

Tod.

Verwesung.

*Wunderbar.*

Sein innerer Wolf fragte sich, warum Jeoff immer Parfüm wählte, wenn er einkaufen ging.

Der stinkende Hinweis, dass hier etwas Schlimmes passiert war, konnte weder Jeoff noch die anderen zurückhalten. Innerhalb kürzester Zeit war der Boden mit Holzstücken übersät und der klebrige Gestank verwesenden Fleisches hing dick in der Luft. Durch die vielen Eingänge, die sie sich geschaffen hatten, drangen sie in die untere Etage des Gebäudes ein, das traurige Erinnerungen an die Vergangenheit heraufbeschwor.

Einst, vor mehreren Jahrzehnten, gab es in diesem Gebäude Wohnungen für Familien mit geringem Einkommen. Es war in einfachem Stil erbaut worden. Lange Flure mit Türen zu beiden Seiten. An einem Ende des Flurs befand sich ein Aufzug, an der anderen eine Treppe.

Wohin sollte er gehen? Da es keinen Strom gab, schien

die Entscheidung einfach. Aber ... von der Treppe kam kein Geruch und Jeoff war mit neugierigen Katzen zusammen, die wissen wollten, was im Aufzug zu finden war.

Bei diesem Gestank war Jeoff absolut sicher, dass es nichts Gutes sein konnte. Sogar Hayder, ein ausgesprochen abgehärteter Löwe, wurde blass bei dem Anblick, der sich ihnen bot, als sie die Aufzugstüren öffneten.

Niemand konnte unberührt bleiben von dem Berg von Leichen, die in den Aufzugsschacht geworfen worden waren. Viele von ihnen waren teilweise verspeist worden, alle von ihnen aufgeschichtet auf der Aufzugskabine, die ein Stockwerk tiefer permanent stillstand. Diese Entdeckung erklärte den fürchterlichen Geruch. Was Jeoff aber auch schockierte war die Tatsache, dass er einen der Toten oben auf dem Haufen erkannte.

»Das ist der vermisste Wolf aus dem Rudel.«

Und Reba entdeckte das verschwundene Tigerpaar. Was die anderen betraf ... vielleicht konnte man mit DNA-Tests und Zahnarztunterlagen ihre Identität ermitteln und ihre Familien benachrichtigen.

Eine Welle der Erleichterung durchfuhr ihn, als er keine frischen Toten entdeckte, insbesondere nicht Luna. Hätte er sie hier vorgefunden, wäre er durchgedreht.

Aus dem oberen Teil des Hauses drangen gedämpfte Kampfgeräusche zu ihnen hinunter. Sehr hoch oben. Die Löwinnen, einige von ihnen schon zum zweiten Mal an diesem Abend, entledigten sich ihrer Kleidung und schossen die Treppe hinauf, eine goldene Armee, fest entschlossen, die Spitze des Turms zu erreichen.

Jeoff jedoch bemerkte die metallenen Stufen, die in den Aufzugsschacht montiert waren. Sie führten direkt nach oben und waren wahrscheinlich sicherer als die anderen Wege.

Bevor er es sich anders überlegen konnte, klopfte er Leo auf die Schulter. »Du musst mich da hochwerfen.«

»Hochwerfen, wohin?«, fragte der große Löwe.

Es war wunderbar, Freunde zu haben, die nicht fragten warum. Jeoff zeigte nach oben. »Über die Toten hinauf. Ich muss zu dieser Leiter gelangen.«

»Wird gemacht.«

In kürzester Zeit, nach Leos tatkräftiger Hilfe, kletterte Jeoff die rostige Leiter empor, so schnell er konnte, da er wusste, dass jede Sekunde zählte. Es dauerte lange, die vielen Stockwerke hinaufzuklettern, und es war zeitweise angsteinflößend und gefährlich, besonders als sich eine der Sprossen aus der Wand löste. Jeoff ließ die Sprosse fallen und es schauderte ihn bei dem Gedanken, dass sie auf den ganzen Leichen landen würde.

*Hauptsache ich muss sie nicht als Auffangnetz benutzen.*
Schauder.

Er kletterte weiter hinauf und nahm über sein eigenes angestrengtes Keuchen die Geräusche eines Kampfes wahr. Ein Kampf, in dem Luna alles tat, um sich zu retten.

Er kletterte schneller, erreichte das nächste Stockwerk und blickte über den Rand der Türöffnung, als er eine halb nackte Luna erblickte, die auf ihn zuraste, verfolgt von dem Fledermausmann.

Er hatte eine Idee. »Klettere auf meinen Rücken«, rief er und hielt sich an den Sprossen fest, wobei er inständig hoffte, dass sie zusätzlich zu seinem Gewicht auch Lunas aushalten würden.

»Behandelst du mich wieder wie ein Mädchen und willst mich retten?«, motzte sie ihn an, als sie sich neben den Schacht hockte.

»Na klar. So was macht ein richtiger Freund.«

»Wir sind nicht zusammen.« Sie spähte über die Kante.

»Das sagst du. Aber warte nur ab, ich bin hartnäckig.«

»Ich dachte, das wäre eine Eigenschaft von Bullterriern.«

»Und Wölfen«, neckte er sie. Er ließ den Fledermausmann nicht aus den Augen, der einen wütenden Schrei ausstieß, als Luna ihre Arme um Jeoff schlang und sich in den Aufzugsschacht gleiten ließ. Sie schlang ihre Schenkel um seine Hüften und klammerte sich an ihn, aber dennoch mahnte er: »Halt dich gut fest.« Denn die Reise nach unten würde holprig werden.

Der Abstieg ging wesentlich schneller als der Aufstieg, da er einfach nur die nächste Sprosse erspüren und sich darauf niederlassen musste. Über ihnen hörten sie die zornige Stimme des Fledermausmannes: »Ihr kommt nicht weit. Ich werde euch finden. Jetzt, da ich Geschmack an euch gefunden habe, könnt ihr mir nicht mehr entkommen.«

Jeoff konnte es Luna nicht übel nehmen, dass sie einen Arm löste, um dem Kerl den Mittelfinger zu zeigen, und ihm zurief: »Fick dich.«

Das brachte ihn in Rage. Das Monster schrie eine Tirade von Flüchen heraus, die aber beunruhigenderweise abrupt abbrach. Was hatte das zu bedeuten? Waren die Löwinnen über die Treppe im obersten Stock angekommen?

Nein.

»Er folgt uns«, sagte Luna.

Und damit meinte sie nicht, dass er die Sprossen benutzte. Das Monster ließ sich einfach in den Schacht fallen, ergriff Luna im Vorbeifliegen und zerrte sie von Jeoffs Rücken.

»Luna!« Er schrie ihren Namen und spähte hilflos in die Dunkelheit. Er konnte nach unten hin nichts sehen, nur dunkle Schatten.

Er hangelte sich in mörderischem Tempo an den Sprossen hinunter und nahm erst in letzter Sekunde ihre Witterung wahr. Da, im dritten Stock, durch die halb offenen Aufzugtüren, an deren Kanten Lunas Duft noch wahrnehmbar war. Jeoff drängte sich durch die Öffnung und erhaschte noch einen Blick auf Luna und den Fledermausmann am Ende des Ganges. Durch die Kanten der holzverkleideten Fenster drang ein schwacher Lichtschein, der ihre Silhouetten erkennen ließ.

Jeoff knurrte und lief los. Seine Wut war enorm, so stark, dass seine Krallen hervortraten und seine Zähne länger wurden. Eine tierische Wut erfüllte ihn.

Die Kreatur hielt Luna, die vor Zorn spuckte und zischte, mit einem Arm fest. Der Wham schlug mit seiner freien Hand auf die Holzlatten ein, die das Fenster verschlossen. Sie zersplitterten unter seinen Schlägen und gaben den Weg nach draußen frei.

*Er wird wegfliegen.* Scheiße, nein! Wenn der Fledermausmann sich jetzt mit Luna aus dem Staub machte, dann würde er sie nie wiederfinden. Jeoff legte noch einen Zahn zu, entschlossen, das zu verhindern. Als der Whampyr Luna näher an sich zog, reagierte sie, indem sie ihre Zähne in seinen Arm versenkte und so fest zubiss, dass sie einen ganzen Klumpen Fleisch herausriss. Mit einem wütenden Schrei ließ der Whampyr sie los. Aus seiner Wunde quoll dunkles Blut.

Luna spuckte. »Schmeckt wie Scheiße.«

»Du verdammte Hure!«, kreischte das Monster. »Das wirst du mir bezahlen.«

Einen Moment lang befürchtete Jeoff, dass der Kerl Luna wieder ergreifen würde, aber ihre Blicke begegneten sich und der Fledermausmann steckte stattdessen seinen Kopf und die Schultern durch das Loch, das nach draußen führte.

Perfekt. Jeoff sprang die letzten Meter. Seine menschlichen Beine bewegten sich mit enormer Kraft und Schnelligkeit. Er streckte die Hände aus und erwischte die Flügel des Monsters, bevor es sich aus dem Fenster drängen konnte.

Die Kreatur kreischte zornig, als Jeoff sie an den Flügeln festhielt und ein Geräusch wie von reißendem, fleischigem Papier und brechenden Knochen deutlich zu hören war.

Das Monster wehrte sich so heftig, dass Jeoff zur Seite geschleudert wurde, gegen eine Wand prallte und an dem feuchten Putz hinabglitt. Er stieß sich von der Wand ab, konnte aber nur noch zusehen, wie das Monster kurz vor dem offenen Fenster zögerte, als würde es sich fragen, ob es mit den verbogenen Flügeln fliegen konnte.

Aber Luna nahm ihm die Entscheidung ab. Sie stieß das Biest mit einem kräftigen Stoß aus dem Fenster.

Sofort steckte sie den Kopf hinaus und sah ihm nach. »Mist«, schimpfte sie, »er kann mit den Dingern immer noch fliegen.«

Jeoff eilte an ihre Seite und zusammen blickten sie aus dem Fenster. Der Fledermausmann hatte seine Flügel ausgestreckt und wollte sich in die Lüfte erheben. Aber er wackelte und trudelte. Dann fing er sich wieder und stieg höher und höher. Jetzt war er außer Reichweite und machte sich davon, und er hätte es geschafft zu fliehen, wenn nicht andere Schatten, geflügelte Wesen, auf einmal aus allen Richtungen aufgetaucht wären.

Gegen einen einzelnen Gestaltwandler hätte der verletzte Fledermausmann vielleicht eine Chance gehabt, aber gegen mehrere Gegner seiner Art und mit beschädigten Flügeln, die ihn kaum trugen?

Es war schwierig nachzuverfolgen, was sich in der Luft abspielte, aber sie hörten einen schrillen Triumphschrei und dann sahen sie, dass ein Kopf vom Himmel fiel, den Mund in einem stummen Schrei geöffnet. Er prallte auf dem Asphalt auf und zerfiel zu Staub. Das Gleiche geschah kurz danach mit dem Körper.

*Es ist vorbei.* Luna war in Sicherheit und das Monster tot.

## Kapitel Siebzehn

NICHT ALLE DIESE MONSTER SIND TOT. ALS SIE DAS bemerkte, löste sich Luna knurrend aus Jeoffs Griff, sobald sie auf dem Boden draußen gelandet waren. Sie stürzte sich auf den Fledermausmann, der hinter Charlemagne stand.

Allerdings konnte sie nicht verstehen, warum kein anderer versuchte, ihn zu töten.

»Luna, ich befehle dir, sofort aufzuhören.« Ariks Stimme drang laut und deutlich zu ihr durch.

»Was?« Eine quietschende innere Bremse hielt sie auf und sie schoss ihrem Anführer einen ungläubigen, wütenden Blick zu. »Warum?«

»Weil du weder Gaston Charlemagne noch seine Diener umbringen kannst.«

Sie wandte wieder den Kopf und begutachtete abschätzend den Kerl im Anzug. »Ich bin mir ziemlich sicher, dass ich das kann.«

»Egal, ob du es kannst oder nicht. Du darfst ihn nicht töten.«

»Wie bitte?« Sie konnte den klagenden Ton nicht unterdrücken. »Warum darf ich ihn nicht töten?« Luna hatte den

Befehl ihres Königs gehört, wollte aber nicht gehorchen. »Er steckt mit diesen mörderischen fliegenden Mäusen unter einer Decke.«

»Mäuse?« Der weltmännische Klubbesitzer ließ ein leises Lachen hören. »Ich finde den Vergleich ziemlich amüsant, du nicht auch, Jean Francois?«

Jean Francois verschränkte die Arme vor seiner breiten, graubehaarten Brust. »Vielleicht braucht dieses Weibchen eine Brille.«

»Vielleicht sollten Quietschspielzeuge nicht reden, wenn ich nicht gerade hineinbeiße«, fauchte Luna. »Kann mir vielleicht mal jemand erklären, was hier los ist? Warum verarbeiten wir diese Typen nicht zu Hackfleisch?« Arik erklärte es ihr, da sie während ihrer Entführung einige wichtige Entdeckungen verpasst hatte.

Kurzgefasst war Charlemagne mit seiner Mannschaft von Whampyren in die Stadt gekommen, um hier einen neuen Anfang zu machen – Luna bevorzugte die Bezeichnung Whams, die Hayder kreiert hatte. Einer der älteren Whams war durchgedreht. Er fing an, Leute zu essen und das zu verheimlichen. Anscheinend waren Gestaltwandler eine besondere Delikatesse für die geflügelten Mäuse. *Blut ist wie Wein.* Normalerweise tranken sie es aus Tassen, es sei denn, sie fielen zurück in die alten Sitten und nahmen es direkt aus der Ader, wie es der tote Wham gemacht hatte.

Obwohl noch niemand es gesagt hatte, wusste Luna ganz genau, dass Gerüchte über Vampire in der Stadt in Umlauf kommen würden, sobald sie zu ihrem Wohnhaus zurückgekehrt waren. Vampire, die sie nicht töten durften. Wie konnte man ihnen nur erlauben zu bleiben? Warum durften sie nicht ihre Krallen schärfen und sie aus dieser Welt auslöschen?

*Sie sind Raubtiere wie wir.*

Nein, nicht wie wir. Löwen töten nur zur Nahrungsaufnahme und um zu beschützen.

*Genau.*

Wie erklärte man die Leichen im Aufzugsschaft? Charlemagne hatte eine Erklärung anzubieten. Sein Diener war schlicht und einfach verrückt geworden. Anscheinend kam das bei den Älteren ihrer Art oft vor und er hatte die Anzeichen nicht erkannt. Aber der irre Mauskerl und die, die er auf seine Seite gezogen hatte, waren jetzt tot. Doch was war mit den anderen? Was war mit dem Klub und seinem Besitzer und den anderen Dienern, die noch bei ihm waren?

Mit einem dramatischen Augenrollen und einem schweren Seufzer »Was ich nicht alles tue, um die wilden Tiere glücklich zu machen« erklärte Charlemagne sich höflicherweise bereit, Ariks Gesetze für die Stadt zu respektieren, und Luna fragte sich, wie lange dieser unsichere Waffenstillstand wohl anhalten würde.

Während die Leute, die zu Lunas Rettung geeilt waren, wieder in ihre Autos stiegen und beratschlagten, ob sie wohl irgendwo ein Restaurant finden würden, das um vier Uhr morgens schon Frühstück servierte, wischte Charlemagne sich lässig den Staub vom Jackett. »Da wir ja hier jetzt fertig sind, muss ich mich um neue Angestellte bemühen. Diesmal werde ich Menschen einstellen, denke ich.«

Als der Klubbesitzer sich umdrehte, um zu gehen, knurrte Arik: »Wir sind noch nicht fertig miteinander. Ich habe noch Fragen.«

»Die hast du bestimmt und vielleicht werde ich sie dir irgendwann einmal beantworten.«

»Du wirst –« Aber es hatte keinen Zweck, den Satz zu beenden; Charlemagne war verschwunden. Hatte sich in Luft aufgelöst.

»Verdammt, wie macht er das nur?« Luna glaubte nicht an Magie.

Anscheinend glaubte allerdings Jeoff an Wunder, anders konnte sie sich nicht erklären, wie er glauben konnte, dass er nicht sterben würde, als er laut verkündete: »Hayder, ich leihe mir deinen Wagen aus und bringe Luna in meine Wohnung.«

»Oooh, da wird jemand heute Nacht glücklich gemacht werden«, trällerte Stacey.

»Hast du auch genügend Erdnussbutter?«, kicherte ein anderes Mädchen der Clique. Luna, die schamlose Luna aus dem Löwenrudel, wurde beinahe rot, als sie an ein Gespräch mit ihren Freundinnen in der Kneipe zurückdachte, dass man seine Muschi nur richtig geleckt bekam, wenn man Erdnussbutter darauf schmierte und einen Wolf lecken ließ.

»Ich habe nichts zum Anziehen bei dir«, wandte sie ein.

»Großartig.«

»Auch keine Zahnbürste.«

»Ich habe bestimmt eine für dich.«

»Ich sagte doch, dass ich nichts Ernstes will.«

»Lass mich nicht vor deinen Freunden anfangen zu gackern, du feiges Huhn.«

Luna sah, wie die Damen aus ihrer Clique sie und Jeoff anstarrten. Wie sie ihren Kerl anstarrten.

*Nein, nicht meiner. Aber er könnte es werden.*

Stacey kam auf sie zu geschlendert. Sie trug ein locker sitzendes Kleid und es war deutlich, dass sie darunter keinen BH anhatte. Luna hatte das starke Gefühl, dass ihre enge Freundschaft ein schnelles Ende nehmen könnte.

»Wenn Luna nicht mit zu dir kommen will, dann würde ich gern mitfahren.« Stacey zwinkerte ihm zu.

Luna verlor komplett die Beherrschung. Nur die Tatsache, dass Jeoff sie fest in den Armen hielt, konnte sie davon abhalten, auf Stacey loszugehen, die ihr kichernd auswich. »Ich wusste es doch. Luna ist in Jeoff verknallt.«

Und dann ging es los. »Luna und Jeoff lieben sich so sehr, küssen sich und streicheln sich, immer, immer mehr.« Von da an wurde das Lied immer schmutziger und Lunas Wangen immer roter, bis Jeoff sie schließlich fortschaffte. Es war nicht das Lied oder die Tatsache, dass Jeoff sie fortschleppen musste, die ihr peinlich waren. Nein, was ihr die Röte in die Wangen trieb war der Umstand, dass es stimmte. Sie war wirklich in Jeoff verknallt.

Und das machte ihr eine Höllenangst.

Nie hatte sie ihr Handeln durch Furcht bestimmen lassen. Wenn sie vor einem hohen Berg stand, dann erklomm sie ihn. Wenn sie eine Keksdose auf einem Kühlschrank stehen sah, dann klaute sie sich Kekse daraus. Wenn sie einen großen, starken Wolf begehrte, der fest dazu entschlossen war, einen wichtigen Platz in ihrem Leben einzunehmen, dann ließ sie sich so oft von ihm vögeln, wie er konnte. Weil sie keine Angst hatte.

*Aber was ist morgen? Was passiert dann?*

Sie drehte sich im Flur, nur wenige Schritte vor seiner Tür, abrupt um. Die weite Jogginghose, die er für die Fahrt hierher irgendwo organisiert hatte, rutschte ihr über den Hintern, als sie praktisch zum Aufzug zurück joggte.

Jeoff fing sie problemlos ein und da sie anscheinend noch immer unter dem Einfluss von Drogen stand, ließ sie es zu, dass er sie zu seiner Wohnung trug.

»Wir sollten das nicht tun. Ich weiß nicht, ob ich bereit bin, mich auf etwas Ernstes einzulassen.«

»Dann nimm es nicht so ernst. Nimm mich.«

»Nimm mich?« Sie hörte auf, sich in seinen Armen zu winden, denn anscheinend wollte sie doch dort bleiben. »Soll das sexy sein?«

»Ich fände es sexy, wenn du es sagen würdest. Verdammt, ich fand es total sexy, wie du es gerade einfach nur wiederholt hast. Und um es ganz deutlich zu machen, ja, ich würde dich sofort nehmen.«

Wenn ein Mann so etwas zu einer Frau sagte, dann konnte sie gar nicht anders als dahinzuschmelzen. Manche fänden es vielleicht zu direkt, aber Luna durchschaute ihn. Es war die reine Wahrheit. Jeoff wollte sie.

Sie wollte ihn auch. Deshalb ließ sie es zu, dass er sie auszog. Sie genoss es, wie er langsam mit den Fingern über ihre Haut glitt, während er ihr die Kleider abstreifte. Sie konnte es kaum erwarten, die heiße Berührung seiner Hände zu spüren, wenn er seine Handflächen auf ihre Haut presste.

Aber stattdessen führte er sie ins Badezimmer. Es dauerte nicht lange, bis das Duschwasser heiß war. Er stieg zuerst in die Dusche, hatte aber ihre Hand nicht losgelassen und zog sie auch hinein.

Da Sprechen den schönen Moment zerstört hätte, blieb Luna still. Es gab eine richtige Zeit und einen richtigen Ort für Dirty Talk. Aber manche Momente, intime Momente, wenn eine Entscheidung einen über die Klippe stürzen ließ, die brauchten keine Worte. Es genügten Berührungen, intensive Blicke und heiße Küsse, Lippen, die einen verschlangen.

Jeoff knurrte leise, als sie sanft in seine Unterlippe biss und dann daran saugte.

»Du machst mich verrückt.« Die Worte vibrierten an ihren feuchten Lippen.

»Dito, und nicht nur, weil du ein Problem mit Inkontinenz hast, wenn du trinkst.« Sie lachte, besonders als er mit den Händen ihre nackten Pobacken umschloss und sie näher an sich zog.

»Das ist das letzte Mal, dass du mich mit jemand anderem vergleichst. Ab jetzt gibt es keinen anderen mehr. Nur noch mich. Und dich.«

Er hüllte sie mit seinen Worten ein und sie musste ein leichtes Flattern der Panik niederkämpfen. Jeoff wollte sie besitzen.

*Genauso wie wir ihn besitzen werden.* Eine monogame Beziehung musste von beiden Seiten funktionieren. Wenn er

Anspruch auf sie erhob, dann konnte sie ihn besitzen und niemand durfte ihn mehr anrühren.

Nicht anrühren. Nicht teilen. Nur sie durfte diese Haut berühren, über die sie jetzt mit den Fingerspitzen fuhr. Es erregte sie, wie er bei ihrer Berührung eine Gänsehaut bekam.

»Ich werde dich jetzt ficken«, sagte er und ließ seine Hände von ihren runden Pobacken zu ihrer Taille hochgleiten.

Bei seinen Worten stockte ihr der Atem. So schmutzig. Und das von Jeoff. »Vielleicht ficke ich dich zuerst.« Sie saß sehr gern oben.

Er drehte sie herum und schmiegte sich an ihren Rücken, während er sie an die kühlen Kacheln drückte. »Es ist okay, sich gehen zu lassen. Jemand anderem die Führung zu überlassen.«

»Ich bin kein Kontrollfreak.« Sie drückte ihn zurück, aber er hielt sie in seinen Armen gefangen, presste den Körper an sie und seine Erektion stand hart wie Stahl in die Höhe und drängte sich in den Schlitz zwischen ihren Pobacken. Es war total heiß.

Fast wären ihr seine nächsten Worte entgangen, während sie sehnsüchtig seine nächste Berührung erwartete.

»Ich werde dich jetzt nehmen, Luna. Ich werde dich nehmen. Nicht nur ein Mal, nicht zweimal, sondern so oft es nötig ist, bis du kapiert hast, dass ich bleiben werde.«

»Das könnte etwas dauern.«

»Ich weiß. Das beweist meine Absichten.«

»Kannst du deine Absichten noch auf andere Weise beweisen?« Sie wackelte mit ihrem Hinterteil an seinem Körper und er beugte sich über sie und knabberte an ihrem Ohrläppchen.

Wieder stockte ihr der Atem. Wie schön es war, wenn er an ihrem Ohrläppchen knabberte. Sie schmolz dahin, als er mit Lippen und Zunge ihr Ohr erkundete. Sie bewegte kreisförmig ihre Hüften, ihr Atem kam in kurzen Stößen und ihre Finger ließ sie über die glatten Kacheln gleiten.

Er wirbelte sie in seinen Armen herum, sodass sie ihn ansah, und hob sie hoch. Seine festen Lippen presste er auf ihren Mund in einem leidenschaftlichen Kuss, der ihr den Atem raubte und jeden Nerv in ihrem Körper zum Glühen brachte. Als er sie hochhob, spürte sie die kühlen Kacheln an der brennend heißen Haut ihres Rückens.

Er berührte ihre Haut an vielen Stellen und sie wollte so viel wie möglich von ihm spüren, also zog sie ihn näher an sich heran, schlang die Arme um seinen Hals und die Beine um seine Taille.

Ihre Lippen trafen in feuchter Ekstase aufeinander. Mit der Zunge glitt er in ihren Mund und sie streckte ihm ihre leidenschaftlich entgegen. Als er vor Lust knurrte, verursachte ihr das eine Gänsehaut. Während ihre Münder in sinnlicher Leidenschaft verschmolzen, wanderte er mit den Händen von ihrer Taille zur Rückseite ihrer Schenkel hinab. So konnte er sie so positionieren, dass sein Schwanz sich direkt unter ihrer Muschi befand.

Er presste seine Eichel zwischen ihre geschwollenen Schamlippen und drang in sie ein. Sie warf den Kopf zurück, rang nach Luft und versuchte, ein Geräusch zu machen, als er in sie hineinstieß, das zweite Mal sogar noch besser als beim ersten Mal. Er führte seinen langen, stahlharten Schwanz ganz in sie ein und sie klammerte sich an seinen Schultern fest.

Er begann, sich zu bewegen, drehte seine Hüften, langsam, kreisförmig, tief. Er war ganz tief in ihr. Sie spannte ihre Muskeln um seinen Schaft.

Er zog sich etwas zurück und stieß dann wieder hart in sie hinein. Sie stöhnte und spannte sich noch fester um seinen Schwanz an.

Wieder und wieder neckte er sie, nahm sie in Besitz, bis sie um Erlösung flehte.

»Bitte. Oh, ja.«

Er verschluckte ihre Worte in einem Kuss. »Komm für mich«, flüsterte er.

Ja. JA. JA!

Er grub die Finger in ihre Schenkel und hielt sie fest, während er seinen Schwanz tief in ihre Muschi stieß, wieder und wieder. Sie kam an einen Punkt, an dem sie keinen Laut mehr äußerte, ihr Körper war angespannt bis zum Bersten. Er vögelte sie immer härter, rammte seinen Schwanz in sie hinein und zog ihn wieder heraus, bis die feuchte Reibung sie zum Höhepunkt brachte und ihn gleich mitnahm.

Schließlich fielen sie in einem nackten Gewirr aus verschwitzten Gliedmaßen aufs Bett, was sie wunderbar fand, auch wenn er es gleich wieder verderben musste, indem er sagte: »Das ist schön.«

»Schön ist für Muschis.«

»Na, dann ist ja alles gut.«

»Nur weil ich wieder mit dir geschlafen habe, bedeutet das nicht, dass wir jetzt ein Paar sind.«

»Wenn du das sagst.«

»Ich meine es ernst.«

»Ich weiß.«

»Willst du noch mal ficken?«

Verdammt, klar wollte sie das. Sie könnten später am Morgen noch darüber reden, dass das hier nur eine zweimalige Sache war.

# Epilog

*Einige Monate später ...*

Die warmen Strahlen der Sonne wurden von einem Schatten abgeblockt. Sie öffnete ein Auge und sah, dass Jeoff über ihr lag. Er hatte sich auf die Unterarme aufgestützt und sein nackter Unterkörper drängte sich auf verführerische Weise an ihren.

»Du versperrst mir die Sonne, Wölfchen«, schimpfte sie, obwohl die Hitze in seinem Gesichtsausdruck das mehr als wettmachte.

»Höchste Zeit, dass du aufwachst. Ich dachte, wir könnten noch ein bisschen Spaß haben, bevor ich zur Arbeit gehe.« Er verdeutlichte seine Absicht mit einem suggestiven Stoß seiner Hüften.

Wie er sich doch in der Zeit, die sie zusammen verbracht hatten, weiterentwickelt hatte; er konnte jetzt seinem Begehren nach ihr offen und auf sehr erotische Art Ausdruck verleihen. Da sie ihn ebenso begehrte, traf sich das also ganz hervorragend. Sie machten sich gegenseitig glücklich. Aber sie erwartete, dass es jeden Tag zu Ende gehen könnte.

Schnaub. Okay, selbst sie glaubte das jetzt nicht mehr.

Sie drängte ihre Hüften an seine Erektion und genoss den Anblick, als seine Augen sich weiteten. »Bist du sicher, dass du noch Zeit hast? Vielleicht kommst du dann zu spät. Oder hast du vielleicht nur Lust zu pinkeln?«

»Ich muss nicht pinkeln. Das habe ich schon draußen auf dem Balkon erledigt.«

»Was hast du?«

»Deinen Balkon markiert.«

»Warum?«

Er verdrehte die Augen. »Weil ich ein Mann bin und wir pinkeln auf Dinge.«

»Aber du bist doch nicht betrunken. Mein Ex hat so etwas nur gemacht, wenn er stinkbesoffen war.«

Ein Lächeln huschte über Jeoffs Gesicht. »Davon habe ich gehört, deshalb solltest du entweder den Sessel im Wohnzimmer rausschmeißen oder mich darauf pinkeln lassen oder zu mir ziehen.«

Die einfachste Lösung war, den anstößigen Sessel loszuwerden. Aber sie war total überwältigt von seiner Forderung nach einer ernsthaften Bindung. »Warum sollte ich denn bei dir einziehen? Warum ziehst du nicht bei mir ein? Meine Wohnung ist perfekt für uns beide.«

»Okay.«

Sie blinzelte verwirrt. »Okay?«

»Ja, ich ziehe bei dir ein. Ist dir das förmlich genug?«

»Meinst du das ernst? Du willst wirklich hier wohnen?«

»Ein bisschen schwer von Begriff heute Morgen, oder?«

»Ich will nur ganz sicher sein.«

Er grinste. »Ganz sicher. Genauso, wie ich mir sicher bin, welcher Tag heute ist.«

»Welcher Tag?« Sie zog die Nase kraus. Weihnachten war schon vorbei. Silvester auch. Sie war sich ziemlich sicher, dass sein Geburtstag erst im Sommer war. Was war denn dann noch übrig? »Mist, habe ich etwa vergessen, dir etwas Hübsches zum Valentinstag zu schenken?«

Er seufzte.

»Oh, hör auf mit dem Theater und sag's schon. Was habe ich vergessen?«

»Erinnerst du dich noch daran, wie du einmal gesagt hast, dass du noch nie länger als drei Monate mit einem Mann zusammen warst?«

»Ja.« Sie erinnerte sich. »Willst du mich auf diese Weise daran erinnern, dass wir schon vier Monate hinter uns gebracht haben?«

»Du weißt es!«

»Natürlich weiß ich das. Aber wenn du mich fragst, ist das keine große Sache.«

»Das sagt die Frau, die Angst vor einer Bindung hat.«

»Fang nicht damit an, Wölfchen. Ich kenne da jemanden, der nicht so begeistert war, sich mit einer Löwin einzulassen.«

»Ich habe mich geirrt, und das gebe ich gern zu.«

»So wie ich zugeben kann, dass das Ganze hier gar keine so schlechte Idee war.«

»Ich liebe dich auch.« Er sagte es ohne eine Spur von Sarkasmus und sie sah ihn misstrauisch an.

»Nur weil wir immer noch zusammen sind, müssen wir keine große Sache daraus machen. Ich meine, du und ich, das, was wir haben ... vielleicht war es vorbestimmt. Ich ...« Sie machte einen tiefen Atemzug. Sie konnte das; es waren nur drei kleine Worte. »Ich liebe dich.«

»Endlich gibt sie es zu.« Seine Augen leuchteten. »Es war aber auch Zeit.«

»Erwarte nicht, dass ich so was in der Öffentlichkeit sage. Ich will mir meinen Ruf in der Clique nicht verderben.«

»Zu spät.« Er hielt sein Telefon in die Höhe. »Ich habe es auf Video.«

Sie funkelte ihn zornig an. »Gib mir das.«

»Zwing mich doch.«

Das tat sie. Nackt. Dann lud sie es selbst hoch, da es nur fair war, den Schlampen eine weitere, deutliche Warnung zukommen zu lassen, dass Jeoff in festen Händen war. Pfoten weg oder es gibt Kratzer. *Fauch*.

---

DIE HOHEN ABSÄTZE IHRER TOLLEN SCHUHE klapperten und Rebas üppige Hüften schwangen, als sie an der Warteschlange vorbei zur Tür stolzierte. Warteschlangen waren für Schafe. Und diese stolze Löwin würde nicht geduldig warten, bis man sie hineinließ.

Sie ignorierte die Proteste derer, die nicht so großartig waren wie sie, drängte sich ganz nach vorn ... und wurde von einem Türsteher aufgehalten.

Obwohl sie nicht gerade mit Körpergröße gesegnet war, bedeutete das nicht, dass Reba dem Türsteher nicht von unten einen gewissen Blick zuwarf. *Den Blick*. Den Blick, der besagte: »Geh mir aus dem Weg, du Vollpfosten.« In diesem Fall war der Vollpfosten ein großer, kräftiger Mensch, der dumm genug war, abwehrend eine Hand zu heben und ihr den Zutritt zu verweigern.

»Du darfst nicht rein.«

»Ich werde erwartet«, behauptete sie.

»Niemand hat mir etwas über irgendwelche besonderen Gäste gesagt, also geh zurück zum Ende der Schlange.«

Wollte sich dieser erbärmliche Mensch ihr wirklich ernsthaft in den Weg stellen? Blitzschnell ergriff sie sein Handgelenk und zerrte ihn nahe genug an sich heran, sodass er das animalische, goldene Leuchten in ihren Augen erkennen konnte. »Geh mir besser aus dem Weg. Ich habe schon stärkere Männer zum Heulen gebracht.«

Mit einer scharfen Drehung ihres Handgelenks beförderte sie den Vollpfosten zu Boden, sodass sich sein Gesicht vor Schmerz verzerrte. Meist vergaß sie ihre eigene Stärke, wenn sie sich mit diesen Schafen auseinandersetzen musste.

*Arik sagte, sie dürfe sie nicht so nennen.*

Arik hatte ihr auch nahegelegt, sich nicht immer auf den Pizzaboten zu stürzen, bis er vor Angst quietschte. Als ob sie und ihre Clique ihm jemals gehorchten! Das war Teil ihrer Freitagabendunterhaltung.

Als sie den Ohrhörer bemerkte, den der Mann trug, beugte sie sich vor und flüsterte: »Bereit oder nicht, ich komme jetzt«, bevor sie den Mann losließ. Er ließ sich in die Hocke zurückfallen und sah sie finster an, versuchte allerdings nicht, sie aufzuhalten, als sie das Gebäude betrat. Sie fand sich in einem Vorraum wieder. An den Wänden standen Bänke und es gab eine weitere Tür. Ein paar auffällig angezogene Frauen – wieder Menschen – starrten sie an. Sie hielten Klemmbretter an die Brust gedrückt und trugen ebenfalls Ohrhörer. Reba warf ihnen eine Kusshand zu und lachte, als sie zurückwichen.

Was war nur an ihrem Äußeren, dass sie ihr gegenüber alle so misstrauisch waren? Aber wen interessierte das schon? Sie schritt selbstbewusst auf die zweite Tür zu. Als sie sie öffnete, kamen weitere Angestellte in schwarzen T-Shirts auf sie zu.

Wenigstens erwiesen sie ihr den Respekt, mehr als nur einen zu schicken. Eine Dame wollte schließlich gewürdigt werden. Bevor sie jedoch dafür sorgen konnte, dass die Jungs zukünftig Sopran singen würden, blieben sie alle stehen, drehten sich um und verschwanden in den Schatten des Raumes. Wahrscheinlich weil auf einmal ein Mann still und heimlich hinter ihr aufgetaucht war.

»Hättest du nicht noch ein paar Minuten warten können? Ich hätte gern noch etwas Spaß gehabt«, schmollte sie.

»Hätte ich gewusst, dass du kommst, hätte ich dafür

gesorgt, dass man dir einen Teppich aus Rosenblättern streut, und dich höchstpersönlich an der Tür willkommen geheißen«, sagte eine Stimme, die eigentlich in eine mitternächtliche Radiosendung gehörte, um erotische Schlüpfrigkeiten ins Mikro zu murmeln, während sie mit ihrem batteriebetriebenen Freund allein im Bett lag.

»Warum Zeit verschwenden?«, verkündete Reba. Arik hatte ihr einen Job zugeteilt und je eher sie ihn erledigte, desto besser.

Sie drehte sich auf dem Absatz um und begutachtete die elegante Erscheinung von Gaston Charlemagne. Wie beim ersten Mal, als sie ihm begegnet war, wunderte sie sich, warum alle immer sagten, dass er keinen Eigengeruch hätte. Ihrer Meinung nach roch er gut. Sogar besser als gut. Eine dekadente Schokoladennote mit einem Hauch rauchiger Rätselhaftigkeit. Bei dem Duft lief ihr das Wasser im Mund zusammen.

*Ich will in ihn hineinbeißen.*

»Aber gern doch.« Er bot ihr seine Kehle dar. »Knabbere ruhig ein bisschen.«

Es war nicht die Aufforderung, die sie überraschte, sondern vielmehr die Tatsache – *ER HAT MEINE VERDAMMTEN GEDANKEN GELESEN!*

**Ende – bis wir Reba wiedersehen in »Wenn eine Löwin Springt«.**

# Wenn eine Löwin Faucht

www.ingramcontent.com/pod-product-compliance
Lightning Source LLC
LaVergne TN
LVHW041630060526
838200LV00040B/1511